KB059028

우리는 쑥스러움이 많고 어설프다.
자신의 마음에 솔직해지는 걸 힘들어하고,
그걸 말로 전달하는 건 정말 어려워한다.
상처받는 게 무서워서, 용기가 나지 않아서
혼자서 포기해 버린다.
그래도 마음을 전하는 건 절대 헛수고가 아니다.
어제보다 한 걸음 더 앞으로 나아갈 수 있다.
사람과 사람이 인연을 맺어서 새로운 미래를 개척할 때가 있다.
한 명이 두 명이 되면,
현실도 뛰어넘을 수 있을지 모른다.

정말 좋아하는 사람.

그가 있었기에 나는 변할 수 있었다.

"항상 고마워."

평온한 얼굴로 잠들어있다.

가까이 있으니까 만질 수도 있다.

그 기쁨을 놓고 싶지 않다.

좋아하는 사람과 마음이 통했다는 기적을 한시도 놓치고 싶지 않다.

언제나 내 답은 간단했다.

그를 좋아하는 마음이 시키는 대로 따르면 된다.

단지 그것만으로도 나는 훨씬 강해질 수 있다.

키스미의 모든 것에 나도 돌려주고 싶다.

"너와 함께 있는 게 내 행복이야."

다른 사람과 하는
러브코미는
용서하지
않을 거니까
6

watashi igai

tono

LOVE COME ha

yurusanain

dakarane

하바 라쿠토

ill. 이코모치

일러스트 | **이코모치**

프롤로그

올해도 또 문화제가 왔다.

벌써 몇 년이나 지켜봤지만 이 계절이 되면 자연스럽게 떠오르는 일이 있다.

교사 생활을 하면서 그만큼 인상적인 트러블은 또 없었다.

역경은 성장의 기회.

아직 어리다고 생각했던 학생이 교사의 예상을 뛰어넘는 일은 드물지 않다.

아이들은 때로는 어른의 걱정 같은 건 필요 없다는 듯 순식간에 성장한다.

칸자키 시즈루는 이른 아침의 교정을 걸으며 무심코 감회에 잠겼다.

평소 이 시각은 부활동 아침 연습에 참석하는 학생밖에 없지만, 문화제 당일이 되면 아침부터 떠들썩하다. 모든 교실이 마지막 준비로 분주하다.

"칸자키 선생님, 안녕하세요!"

"안녕하세요. 복도에서 달리면 안 됩니다."

복도에서 마주친 학생과 아침 인사를 나눈다. 그 들뜬 모습은 보기에 흐뭇하다. 부디 올해에도 사고나 다치는 사람 없이 즐거운 문화제가 되기를 기도할 뿐이다.

그렇게 시즈루가 찾아온 곳은 문화제 실행위원회 본부.

"역시 여기 있었군요."

찾던 학생 중 한 명은 커튼을 쳐서 캄캄한 실내에 프로젝터로 띄운 과거 문화제 기록 영상을 보고 있었다.

"학생회장, 잠시 괜찮을까요?"

그 학생은 영상을 뚫어지게 쳐다보느라 담임이기도 한 시즈루의 방문을 눈치채지 못했다.

"메인 무대 일로 확인하고 싶은 게 있는데요."

"시즈루, 지금 하이라이트니까 잠깐만 기다려!"

에이세이 고등학교의 학생회장은 친구 같은 느낌으로 말을 걸면서도 시선은 정면의 영상에 못 박혀 있다.

여느 때처럼 무시하고 말을 이어가려고 했으나 영상이 클라이맥스에 접어들었다.

『요루카! 네가 좋아! 사랑해! 나와 결혼해줘————————————!!』

그립다. 시즈루에게도 잊을 수 없는 장면이 바로 이것이었다.

체육관에 모여있던 학생들 앞에서 연인에게 청혼한 남학생.

연인인 소녀는 얼굴을 새빨갛게 붉히면서도 가슴 앞에서 손으로 작은 동그라미를 만들었다.

너무도 반짝반짝한 청춘의 기록이었다.

설령 세월이 흘러도 그 빛이 퇴색되는 일은 없다.

그 순간에 같이 있었던 사람들에게는 더욱 선명한 인상을 남겼다.

"세나 학생, 또 보고 있는 겁니까?"

입에 익은 이름으로 불렀다.

"시즈루, 모처럼 감동의 여운에 잠겨있으니까 방해하지 말라고."

학생회장은 불만을 드러내며 그제야 이쪽의 얼굴을 보았다.

"학교에서는 칸자키 선생님이라고 부르라고 했을 텐데요."

시즈루는 지적하면서 커튼을 걷었다. 아침 햇살이 실내로 쏟아졌다.

"지금은 둘만 있으니까 용서해줘. 게다가 시즈루는 시즈루잖아."

그 천진한 태도는 처음 만났을 때부터 변함이 없다.

"——오빠 영상을 계속 돌려보다니, 여전히 화목하군요."

"이걸 보면 열심히 하겠다는 의욕이 난다고."

"세나 학생의 오빠가 졸업한 지도 벌써 6년인가요. 시간이 참 빨리 흐르는군요."

그녀의 이름은 세나 에이.

옛 제자, 세나 키스미의 여동생이자 에이세이 고등학교 사상 두 번째로 1학년에 학생회장이 된 인재다.

성적 우수, 스포츠 만능, 대담하고 밝은 성격에다 커뮤니케이션 능력도 탁월한 교내 인기인.

처음 만났을 때의 에이는 아직 초등학교 4학년이었다. 원래도 사랑스러운 얼굴에 성숙한 외모였던 그녀도 지금은 고등학교 2학년. 미소녀는 한층 더 아름답고 현명하게 성장했다.

신입생 대표로 섰던 그녀는 입학하기 전부터 학생회장이 되기를 희망했다.

1학년이면서도 학생회장 선거에 입후보하자 압도적인 득표수로 당선.

이후 그녀는 전설의 학생회장 아리사카 아리아를 방불케 하듯 잇달아 새로운 개혁을 추진하여 학교를 끌고 갔다.

인기와 실적으로 2학년이 되었을 때도 학생회장에 재선.

그 2년의 집대성이라고도 할 수 있는 게 문화제 메인 무대였다.

"오늘은 키스미네도 오니까 시즈루도 기대해줘."

"……금시초문인데요."

시즈루가 커튼을 전부 걷은 타이밍이었다.

"서프라이즈니까. 여동생의 특별 무대니까 히나카도 그렇고 다들 불러줬어. 나도 오랜만에 만나는 거라 두근거려."

예상대로 돌아온 시즈루의 반응에 에이는 활짝 웃었다.

"그런 태도를 보면 점점 아리아의 영향이 느껴지는군요."

살짝 두려움과도 비슷한 쓴웃음이 나왔다.

"에이의 스승님인걸. 당연하지. 게다가 이번 피날레 기획 '꽃길에서 사랑을 외쳐라'도 아리아 언니가 맡겨준 거나 마찬가지니까."

자랑스럽게 가슴을 편다.

"너무 나쁜 영향은 받지 않았으면 좋겠습니다. 고생하는 사람은 저니까요."

시즈루는 제자에게 당부했다.

"학생의 자주성 및 창의성에 제한을 걸면 안 된다니까. 아무도 도전하지 않게 된다고."

에이는 당당한 얼굴로 반박했다.

"그런 부정하기 힘든 억지 논리와 미소로 밀어붙이는 점이 아리아와 똑같군요."

"하하, 대충 오래 알고 지냈으니까 너그럽게 봐줘. 부탁할게, 시즈루."

에이는 천진난만한 미소로 브이 사인을 보냈다. 그러더니.

"그래서 칸자키 선생님, 확인하고 싶은 부분은 뭐죠?"

또 표정과 태도를 확 바꿔서 성실한 학생회장이 되었다.

이 아이는 천성의 인간 자석이다.

이렇게 자유자재로 태도를 바꾸는 유연함이야말로 다양한 타입의 인간과 친해질 수 있는 이유일 것이다.

그 점은 남매가 똑같다.

세나 에이가 아이디어를 낸 메인 무대의 주요 기획에 대해 간단한 상의를 마칠 무렵, 문화제 실행위원 학생들이 등교하기 시작했다.

"그럼 저는 이만. 성공을 기도합니다."

"지도해주신 칸자키 선생님이 우수하니까 괜찮습니다!"

"……, 그런 말투는 오빠와 똑같군요."

"롤모델이 많으니까요. 시즈루도 포함해서."

귀엽게 윙크를 날린 에이는 본부실 문을 열고 들어온 학생들에게 '안녕!' 하고 인사했다.

인기 많은 학생회장은 바로 다른 학생들에게 둘러싸인다.

복도로 나오자 교내의 활기가 한층 짙어졌다.

"그는 무슨 반응을 보이려나요."

시즈루는 쿡쿡 웃었다.

"키스미, 봐봐! 일루미네이션이 예뻐!"

나와 서로 사랑하는 연인, 아리사카 요루카는 전에 없이 신이 난 모습이었다.

오늘은 12월 24일, 크리스마스이브.

나와 요루카는 유원지에 데이트하러 와 있다.

학교 수업을 마친 뒤 교복 차림으로 전철을 타고, 부지 전체에 일루미네이션을 설치했다고 화제인 유원지를 데이트 장소로 정했다.

저녁놀이 지는 부지 내에 한 걸음 들어가자 그곳은 마치 빛의 정원.

극채색의 빛으로 물든 눈부신 광경이 펼쳐져 있었다.

"여기로 오길 잘했어."

나도 요루카와 같은 기분이었다.

상상했던 것보다 더 아름다운 일루미네이션을 보며 크리스마스를 연인과 함께 보내기에는 딱 맞는 장소임을 확신했다.

놀이기구나 건물 외벽은 물론이고 수풀, 상점, 울타리, 벤치에 이르기까지 유원지 내부를 구석구석 일루미네이션으로 장식해놓았다.

특히 장관인 건 여기저기 설치된 크리스마스트리.

크기도 다양한 트리는 디자인도 각각 달랐다. 유원지 내를 걸어 다니기만 해도 다양한 크리스마스트리를 즐길 수 있어서 올겨울 인기 데이트 코스로 주목받았다.

추운 유원지 내에는 우리처럼 커플이나 가족 손님이 많았다.

인파를 불편해하는 요루카도 반짝거리는 일루미네이션이며 화사한 크리스마스의 분위기에 기분이 잔뜩 업되어 즐거워 보였다.

"키스미, 빨리 가자. 놀이기구도 많이 타고 싶어."

기다리지 못하겠다는 양 요루카가 내 손을 잡아당겼다.

"서두르지 않아도 유원지는 안 도망쳐."

"하지만 줄은 서야 하잖아?"

"그게 유원지의 숙명이니까. 특히 겨울은 인내력을 시험당하지."

"아, 예비 손난로 가져왔어. 키스미에게도 줄게."

요루카는 가방에서 꺼낸 손난로를 나에게 건넸다.

"준비가 철저한데. 그렇게 기대했어?"

"그야 키스미와 같이 보내는 첫 번째 크리스마스인걸!"

"……4월에 사귀기 시작했으니까, 시간이 꽤 지났구나."

"너무 많은 일이 일어나서 순식간에 겨울이 되어버렸지."

요루카는 교복 위에 겨울 코트, 목도리, 장갑으로 무장한 모습이다.

추운 계절은 꽁꽁 껴입게 되지만, 그래도 내 연인의 아름다움은 전부 숨겨지지 않았다.

윤기가 흐르는 긴 머리카락. 예쁘게 뻗은 눈썹, 커다란 눈에 길고 짙은 속눈썹, 오뚝한 콧날, 연분홍색 입술. 그게 오밀조밀 모인 작은 얼굴은 예술적인 경지였다. 하얀 피부는 눈처럼 빛나는 것 같다. 치마 아래로 뻗은 긴 다리에 무심코 시선이 간다.

"하지만 다 즐거웠어."

아리사카 요루카와 사귄 뒤로 지루함과는 거리가 멀어졌다.

아무리 같이 있어도 질리지 않는 건 내가 요루카에게 절절히 반했기 때문이겠지.

그녀와 대화하기만 해도 평범한 일상마저 화려하게 물든다.

분명 이런 걸 행복이라 부르지 않을까.

"후후, 이브를 더 즐기자! 먼저 롤러코스터로 고!"

빛의 보석을 깔아놓은 눈부신 유원지 내부는 밤을 반짝반짝 물들인다.

하지만 어떤 일루미네이션보다 요루카의 미소가 더 빛이 났다.

"재미있었어. 소리 너무 질러서 목 아파."

"요루카가 이렇게 무서운 놀이기구를 좋아한다니 의외

였어."

"해방감이 기분 좋잖아. 그게 꽤 중독적이거든."

"이렇게 가끔 오면 재밌네."

"그렇지?"

겨울 하늘 아래, 요루카는 유원지 데이트를 만끽하고 있다.

롤러코스터는 맹렬한 속도로 유원지를 달린다. 낮에는 시야가 트여있어서 상쾌한데, 밤에 타는 건 또 색다른 맛이 있었다. 수없이 많은 빛이 순식간에 옆으로 지나가는 감각은 마치 SF영화에서 우주선이 워프하는 장면을 떠올리게 했다. 높은 곳까지 올라간다 싶더니 한순간에 급강하. 상하좌우로 흔들리며 옆에서 꺄아악 신이 난 목소리를 듣는 사이에 한 바퀴가 끝났다.

"그럼 한 번 더! 또 타자."

"귀가 찢어질 것 같이 추운데."

겨울의 차가운 공기를 가르고 달리는 빠른 속도 때문에 귀가 시리다 못해 아프다.

"아까 준 손난로로 데우면 괜찮아. 자, 내 거도 빌려줄 테니까 양쪽 다 커버할 수 있지?"

요루카는 새로운 데이트 때마다 항상 즐거워 보이지만 오늘은 특히 기분이 좋은 듯했다.

"좀 웃기는 모습 아니야?"

롤러코스터에 또 타기 위해 함께 줄에 서면서 나는 손난로를 양쪽 귀에 가져다 댔다. 아, 따뜻해라.

"부끄러워? 그럼 내가 데워줄게."

요루카는 장갑을 벗더니 내 양쪽 귀에 손을 가져갔다. 그녀의 가느다란 손은 따뜻했다.

"어때?"

"따뜻, 한데……."

"한데?"

"닭살 커플 같지 않아?"

둘만 있을 때라면 몰라도 주변에는 다른 사람도 있는데 대담하다.

이대로 손에 힘을 줘서 얼굴을 끌어당겨 키스라도 할 것 같은 느낌으로 보이는 게 아닐까.

"키스미, 쑥스럽구나."

요루카는 의외로 여유로워 보였다.

아름다운 얼굴이 가까워지면 그야 당연히 쑥스럽다. 많이 보긴 했지만, 코앞에 있으면 넋을 놓게 되어버리는 것도 어쩔 수 없다.

내 연인은 아주 예쁘니까.

"자, 줄 움직인다. 이제 손 놔."

"귀는 따뜻해졌어?"

"그럭저럭."

"사양하지 않아도 더 따뜻하게 해줄게."

요루카는 그렇게 말하며 나에게 몸을 딱 붙였다.

연인이 진심으로 즐거워 보여서 나도 행복하다. 귀가 차가운 정도는 아무렇지도 않다.

그 후에도 요루카의 희망대로 무서운 놀이기구를 중심으로 유원지를 즐겼다.

휴식 겸 회전목마에 탄 뒤에는 자이로드롭. 유원지를 한눈에 담을 수 있는 높은 지점에서 뚝 떨어지는 부유감과 스릴감에는 비명도 나오지 않았다. 그 추락하는 순간, 좌석에서 엉덩이가 뜨는 감각이 제일 무섭다.

우리는 놀이기구를 타는 사이사이 유원지를 돌아다니며 일루미네이션을 즐겼다.

다른 구역으로 이동해서 새 일루미네이션 앞에서 기념 촬영.

다들 이 빛으로 만드는 예술에 스마트폰이며 카메라를 들고 있으니 촬영을 부탁할 상대는 넘쳐났다. 우리의 투샷 사진을 찍어달라고 한 뒤 이번에는 나도 상대방의 사진을 찍는다.

오늘 하루만으로도 사진이 많이 늘어났다.

그토록 카메라를 싫어하던 요루카도 이제는 옛날 일이 되었다.

항상 주변에 명확한 선을 긋고 있던 내 연인은 상당히 개방적으로 변했다.

지금은 교실에서도 나나 세나회 멤버가 아닌 다른 학생들과 평범하게 대화할 수 있게 되었다.

"키스미? 왜 그래? 멍하니."

자기 스마트폰으로도 크리스마스트리 사진을 찍던 요루카는 의아한 듯 나를 보았다.

"요루카가 문화제가 끝난 뒤로 특히 변했다고 느껴서."

"그건 키스미가 청혼해준 덕분이잖아."

요루카는 그때를 떠올렸다는 듯 얼굴이 풀어졌다.

아주 흐물흐물 풀려서 녹아버릴 것처럼.

가을 문화제 때 나와 요루카는 링크스라는 밴드의 멤버로서 무대에 섰다.

실전까지 바쁜 나날을 보내서 둘만 있는 시간을 제대로 만들지 못한 데다 전날에 내가 과로로 쓰러진다는 사고도 있었다. 병실에서 내가 눈을 떴을 때는 무대 시작까지 아슬아슬한 시각. 그런 각종 곤경을 뛰어넘고 연주를 훌륭히 성공한 나는 요루카에게 고마움과 애정이 치민 나머지 많은 관객이 보는 앞에서 청혼해버렸다.

남자, 세나 키스미의 혼신 어린 외침에 요루카는 부끄러워하면서도 동그라미를 주었다.

그 후 요루카는 사람들 앞에서도 태연하게 붙어오게 되었다.

공개 청혼으로 인해 나와 요루카가 서로 사랑하는 연인이라는 건 우리 반만이 아니라 학교 전체에 널리 퍼졌다.

흔들림 없는 주지의 사실인 이상 숨길 필요도 없다며 그녀는 당당해졌다.

본인 왈 참지 않아도 된다며, 의외로 즐겁게 지내고 있다.

이제는 이전처럼 부끄러움으로 가득한 과민 반응이나 쑥스러움을 숨기는 행동이 줄어들어 미술준비실 밖에서도 내 옆에 다가오게 되었다.

　──사랑의 힘은 인간을 성장하게 해준다.

　요루카가 행복하다면 나에게도 만만세다.

　우리는 긴 휴식 겸 관람차를 탔다.

　천천히 꼭대기로 올라가는 곤돌라는 움직이는 밀실이다.

　둘만 있는 공간에, 창밖에는 반짝이는 일루미네이션.

　참으로 로맨틱한 시추에이션이다.

　"이런 거, 좋구나. 멋있어."

　반대편 자리에 앉은 요루카도 같은 감상이었다.

　"크리스마스 이브 당일에 커플끼리 굳이 사람으로 넘치는 정석 데이트 코스에 가는 것도 나쁘지 않구나. 이것이야말로 이벤트의 참맛이란 느낌."

　"인기가 많은 건 나름대로 이유가 있다는 거잖아."

　"게다가 여기라면 사람이 많은 것도 상관없고."

　관람차의 느릿한 회전에 몸을 맡기고 지상의 혼잡과는 잠시 작별.

　지금 여기는 둘만의 세계다.

　"응. 떠들썩한 것도 가끔은 좋지만, 나는 역시 둘만 있는 게 제일 좋아."

요루카는 점점 올라가는 창밖 풍경에서 시선을 떼고 이쪽을 보았다.

"키스미, 그쪽으로 가도 돼?"

"물론이지. 내 옆은 언제나 요루카를 위해 비워놨어."

"나만의 특등석이 있다니 최고야."

요루카는 바로 내 옆에 앉았다. 몸을 딱 밀착시키니 나도 무척 안정이 됐다. 이젠 이게 너무 익숙해져서 사귀기 전으로는 다시는 돌아갈 수 없다.

"추울 테니까 코트 덮어."

나는 내 코트를 벗어 요루카의 무릎을 덮었다.

아무리 니삭스를 신었다고 해도 치마니까 다리가 춥겠지.

"게다가 남친이 너무 신사야."

"문화제 때도 저지 빌려줬잖아."

"언제든 좋아하는 사람이 다정하게 대해준다는 건 고득점 포인트라고."

"폐가 아니라면 다행이고."

"키스미도 춥지 않도록 내가 따뜻하게 해줄게."

요루카는 팔을 감아 나를 꼭 끌어안았다.

여기서는 아무도 보지 않으니까 사양할 필요도 없다. 오늘은 미술준비실에도 들르지 않고 하교했기 때문에 오늘의 첫 포옹이다.

좋아하는 사람을 끌어안으면 '행복 호르몬'인 옥시토신

이 분비된다고 한다.

그 효과를 한층 강화하고자 나도 끌어안아서 더욱 밀착도를 올렸다.

요루카의 얼굴이 코앞에 있다.

어둑한 곤돌라 안에서 요루카의 커다란 눈동자가 아름답게 빛난다.

그 빛에 매료된 것처럼 나는 천천히 얼굴을 가져갔다.

말은 필요하지 않았다. 요루카도 살며시 눈을 감았다.

벌써 몇 번이나 맞닿은 입술이 사랑스럽다.

부드러운 키스의 감촉.

어느새 내 코트가 요루카의 무릎에서 떨어졌지만 아랑곳하지 않고 키스를 이어갔다.

한 손으로 그녀의 어깨를 단단히 안고, 반대쪽 손으로 깍지를 꼈다.

우리는 계속 참았던 걸 해소하듯 서로의 입술을 찾았다.

"키스미, 너무 적극적이야."

"요루카도."

오랫동안 키스했다.

내 연인은 상기된 뺨에 몽롱한 눈으로 바라보았다.

키스하기 전보다 촉촉해진 입술이 작게 뻐끔거린다.

그건 산소를 마시려고 하는 건지, 아니면 키스를 더 해달라고 조르는 건지.

"왠지 처음 했을 때보다 키스가 능숙해졌어……."

요루카는 그런 황송한 말을 해주었다.

"많이 했으니까."

"빠져버렸어?"

"그래. 중독됐어."

"큰일이네."

"남 일처럼 말하기는. 요루카도 그렇잖아."

"나는, 별로."

"그렇게 행복해 보이는 얼굴로는 설득력 없어."

요루카의 뺨을 손으로 감쌌다.

"어쩔 수 없잖아. 생리적인 반응이니까!"

요루카는 눈을 감고 강아지가 친애를 표현하듯 내 손바닥에 뺨을 문질렀다.

"턱이라도 만져주면서 머리 쓰다듬어줄까?"

"연인을 강아지처럼 대하지 마."

그렇게 말하면서도 요루카는 떨어지지 않는다.

완전히 어리광 모드다.

이렇게까지 전폭적인 신뢰와 애정을 보여주면 내 안에서 억누르고 있던 짐승도 욱신거린다.

내가 흥분했다는 걸 냉정하게 자각하는 바람에 점점 초조해졌다. 위험하다.

요루카는 아무튼 예쁘고, 좋은 냄새가 난다.

코트 너머로도 알 수 있을 만큼 밀착한 몸의 가느다란 선과 부드러움은 자극적이다.

심지어 평소에는 쿨뷰티인데 이렇게 무방비한 얼굴로 요구한다.

진정해라, 세나 키스미.

아무리 둘만 있다고 해도 여기는 관람차 안이다.

여기서 더 선을 넘어가는 건 너무 위험하다고!

그렇게 갈등하는 사이 요루카가 내 손에서 얼굴을 뗐다.

"키스미도 문화제가 끝난 뒤로 조금 변했지?"

"나? 어디가?"

무언가 간파당한 걸까 순간 철렁하면서도 강철같은 정신력으로 평정을 유지했다.

"침착해졌어."

"딱히 실감은 없는데."

뭐, 여차할 때 전보다 덜 들통나게 된 건 확실하다.

"정말? 요즘 뭔가 변한 거 없어?"

요루카는 내 뺨을 손가락으로 콕콕 찔렀다.

"글쎄……, 기말고사 순위는 상당히 올라갔더라."

가장 최근에 생긴 변화로 떠오른 건 2학기 기말고사에서 전보다 확연히 좋은 점수를 받았다는 점이다. 문화제 라이브 성공 체험의 영향인지 신기하게도 평소 생활하면서 의욕도 늘어났고 시험 공부도 집중이 잘 됐다. 그 성과는 제대로 점수가 되어 나타났다.

"축하해."

"부동의 전교 1등에게 축하받을 정도는 아니야."

한편 요루카는 안정적으로 수석 유지. 참고로 2위가 아사키, 3위가 하나비시로 성적 상위권에는 특별한 변동이 없었다. 다들 너무 똑똑하다.

"시험 말고 뭔가 더 노골적으로 변한 것도 있잖아."

아무래도 요루카가 예상한 대답은 아닌 모양이다.

"전혀 짐작 가는 게 없는데."

요루카는 하고 싶은 말이 있다는 듯 나를 바라보지만, 아무것도 떠오르지 않는다.

"시치미떼는 거야?"

"진짜 모르겠어."

"뭐 숨기는 거 없어?"

"내가 요루카에게 거짓말해서 무슨 이득이 있는데?"

자랑하는 건 아니지만, 내가 연인에게 바치는 순애는 우리 학교에서 1등이라고 자부한다.

만약 대놓고 학교 최고의 미소녀에게 사랑을 맹세한 남자가 부정을 저질렀다간 전교생에게 규탄받고 학교에서 내 자리가 사라질 것이다.

틀림없이 내 고등학교 생활은 끝장이다.

그런 위험하기 짝이 없는 우행을 저지를 리도 없고, 무엇보다 요루카에게 상처를 주는 짓은 하고 싶지 않다.

"하지만 걱정인걸."

"요루카. 뭐 신경 쓰이는 거라도 있어? 있다면 말해줘."

내가 모르는 곳에서 연인이 스트레스를 느낀다면 그건

심각한 사태다.

그 불안을 조금이라도 덜어주고 싶다. 나는 진지한 얼굴로 물었다.

"……요즘 키스미가 더 인기 많아졌단 말이야."

요루카가 털어놓은 건 완전히 생뚱맞은 지적이었다.

"어디가?"

머릿속에 물음표가 무한하게 떠오른다.

심지어 **더 많아졌다**니?

"지난번에도 복도에서 내가 모르는 여자애들 그룹이 말 걸었잖아!"

"여자애들 그룹이라니……. 아, 혹시 아이돌 연구회 애들 말인가?"

"엄청 화기애애한 느낌이었는데, 무슨 얘기 한 거야?"

"문화제 무대에서 보여줬던 비욘드 디 아이돌의 '일곱 빛깔 클라이맥스' 덕분에 멤버가 늘었다고 보고하고, 그 동영상을 업로드했으니까 봐 달라고 홍보한 것뿐이야. 마지막에는 늘 그랬듯 공개 청혼으로 화제가 넘어가서 아리사카 선배와 행복해지라고 응원해줬어."

그냥 잡담이다.

결코 인기가 늘어났다거나 그런 상황이 아니다.

나도 조언을 해줬던 아이들이 성과를 냈다는 건 순수하게 기뻤다.

"그런 거라면 다행이고."

요루카는 은근히 개운하지 않은 모습이었다.

"복도에서 말 거는 건 문화제 이후로 자주 있는 일이잖아."

나는 아리사카 요루카에게 청혼한 남자로 교내에서 유명인이 되는 바람에 응원 반 장난 반으로 청혼 선배라고 불리며 말을 걸어오는 사람들이 늘어났다.

"하지만 내가 모르는 여자애와 키스미가 사이좋게 대화하는 건 마음에 걸려⋯⋯."

"바람피우는 것도 아니고."

"그건 당연하지."

웃으면서, 끝에 하트라도 달려있을 것처럼 달콤하고 부드러운 말.

하지만 눈이 웃지 않고 있다.

"그런 성급한 판단은 러브코미디 만화 같은 에로틱 이벤트가 일어났을 때만 해줘."

나는 요루카의 기우를 달랬다.

"뭐? 여기까지 와 놓고 러브코미디 같은 상황에 휘말리는 것 자체가 키스미가 방심한다는 증거야. 그런 상황에선 철저하게 거리를 둬야지! 발생 금지, 접근 금지, 유발 금지 ──no 러브코미디 3원칙을 철저하게 따를 것. 알았어?"

"그런 3원칙이 있다는 건 처음 들었는데?!"

"있거든! 불만 있어?"

"없습니다."

요루카는 내 표정에 거짓이 없다는 걸 인정하면서도 마

지막으로 당부했다.

"다른 사람과 하는 러브코미디는 용서하지 않을 거니까!"

그렇게 드높이 선언하는 요루카는 정말 즐거워 보인다.

너무너무 좋아서 참을 수 없다는 마음이 그녀의 전신에서 넘쳐난다.

사랑하기 때문에 하는 질투도 나쁘지 않다.

좋아하는 사람과 사귀고, 관계도 계속 양호.

이보다 더 행복할 수는 없다.

서로를 위하고 함께 있을 수 있는 나날에 가슴이 충만하다.

크리스마스라서 특별한 게 아니다.

내년이 되어도, 고등학교를 졸업해도, 어른이 되어도 이런 나날이 계속 이어졌으면 좋겠다.

"그럼 연인과의 더 강렬한 러브코미디 전개를 기대하면서 좋은 걸 줄게."

나는 떨어진 코트를 요루카의 무릎에 다시 덮어준 뒤 자연스럽게 내 가방에서 어떠한 물건을 꺼냈다.

"자, 받아."

작은 상자를 요루카에게 건넸다.

"이거 설마."

각인된 브랜드 이름과 상자 크기로 요루카는 내용을 짐

작한 모양이었다.

"설마 아니고 진짜 크리스마스 선물."

"고마워! 열어봐도 돼?"

"물론."

나는 살짝 긴장하며 요루카의 개봉 작업을 지켜보았다.

포장을 풀고 상자의 뚜껑을 연다. 그 안에 들어있던 반지 케이스를 서서히 열었다.

"이거 내가 갖고 싶던 반지!"

"괜찮다면 내가 끼워줄까?"

"부탁할게!"

나는 반지를 요루카의 오른손 약지에 신중히 끼웠다.

심플하지만 정석적인 디자인은 요루카의 하얗고 가느다란 손가락에 잘 어울렸다.

"와, 손가락에 딱 맞아! 언제 내 사이즈를 조사한 거야?"

감동하는 요루카는 황홀한 시선으로 반지를 바라보았다.

"전에 데이트했을 때 액세서리 샵에서 반지 껴본 적 있었잖아? 나중에 화장실 가는 척하고 가게로 돌아가서 우리를 상대했던 점원에게 사이즈를 물어봤어."

"키스미, 고마워. 너무 멋져. 소중히 낄게!"

"좋아해줘서 나도 기뻐."

오늘의 빅 이벤트를 마친 나도 가슴을 쓸어내렸다.

만약 사이즈가 틀렸다면 어떡하나 조금 걱정이었기 때문에 겨우 한숨 돌릴 수 있었다.

"그럼 나도 보답."

마찬가지로 요루카도 가방에서 선물을 꺼냈다.

"마음에 들면 좋겠는데."

"목도리잖아. 고마워."

나는 바로 목에 감아봤다.

심플한 디자인의 목도리는 차분한 보르도 레드로, 어른스러운 인상을 주었다.

얇으면서도 따뜻하고 감촉도 좋다. 어떤 패션에도 어울릴 것 같으니 겨울 동안 매일 두르고 다닐 수 있을 것 같다.

"키스미에게 잘 어울리네. 다행이다."

실제로 목에 감은 내 모습을 확인한 요루카는 들떠 보였다.

"잘 쓸게."

키스와 선물 교환을 하는 사이에 관람차는 어느새 꼭대기를 지나간 지 오래였다.

요루카는 내 팔을 끌어안으며 계속 반지를 바라보았다.

나는 목도리와 옆에 있는 요루카의 온기로 무척 평온하고 충만한 기분이 들었다.

앞으로도 내가 이 연인을 계속 사랑하리라는 건 말할 것도 없다.

"키스미. 내년에도 그다음에도 계속 같이 있자."

"물론이지."

분명 우리의 관계가 흔들릴 일은 없을 것이다.

관람차의 곤돌라가 슬슬 지상으로 돌아간다.

둘만의 달콤한 시간은 끝이다.

"아아, 이렇게 크리스마스이브를 같이 보내서 다행이야. 역시 미국에는 가기 싫어."

"응? 미국? 무슨 소리야?"

요루카의 입에서 불길한 말이 나왔다.

"어라? 말 안 했던가. 아빠가 미국으로 이사하자고 그랬는데——."

"뭐어어어어어어어어어어어어어어———————?"

요루카의 말을 가로막듯이 절규해버렸다.

너무 동요한 나머지 곤돌라가 떨어질 것처럼 격렬하게 흔들렸다.

나에게는 천재지변이나 마찬가지인 소식.

평온함으로 가득했던 마음이 극도로 어지러워졌다.

"진정해. 이사하자는 제안은 거부했으니까."

요루카는 당연하다는 듯 대답했다.

너무나 청천벽력 같은 소식에 공황 상태에 빠졌던 나.

관람차에서 내린 뒤 놀고 있을 때가 아니라며 유원지 내에 있는 레스토랑에 데려갔다.

난방을 틀어서 따뜻한 실내. 간단한 음식과 음료를 사서 테이블에 앉고 자세한 이야기를 들었다.

"아빠가 미국에서 같이 살지 않겠냐고 그랬어. 나는 당연히 거절했고, 이대로 일본에 남을 거야."

"크리스마스가 제삿날이 되는 줄 알았어."

"키스미가 내 이야기를 끝까지 안 들으니까 그렇지."

"그렇게 심장에 안 좋은 단어가 튀어나오면 착각할 만도 하다고……."

거인의 손바닥에 납작 눌린 듯, 내장이 쪼그라드는 기분이었다.

"그렇게 당황할 정도로 좋아한다는 걸 알고 안심했어."

"좋아한다는 말로는 부족해. 사랑하니까 즉사급 충격을 받은 거야."

나는 동요의 여파가 아직 사라지지 않아서 얼굴을 찌푸렸다.

반대로 요루카는 기뻐 보였다.

"삐지지 마. 당황하는 키스미는 왠지 신선해서 재미있었어."

"미국으로 이사한다니, 아리사카 일가라면 현실성 있는 이야기니까."

요루카의 부모님은 미국을 거점으로 일하고 있으며 문화제가 끝난 날 귀국했다는 건 들었다. 일본에서 해야 하는 일이 있어서 내년 3월까지는 일본에 있다고 한다.

"내가 나와 키스미를 갈라놓는 제안을 절대 받아들일 리 없잖아?"

요루카는 일고의 여지도 없다며 단호하게 말했다.

아아, 내 연인이 든든해서 다시 반할 것 같다. 좋아라.

"애초에 장래를 위해서라는 둥 인생 경험이라는 둥 그럴싸한 소릴 하지만, 지금 미국에서 같이 살자니 너무 갑작스럽다고."

"무슨 경위인지는 모르겠지만 용케 거부됐네."

아이에게는 부당하게 들릴지도 모르지만, 해외 생활을 경험하게 해줘서 장래에 보탬이 되게 하려는 부모의 마음도 상상은 간다.

아이의 의사 하나만으로 밀어낼 수 있을 만큼 가벼운 제안도 아닐 텐데.

"그건 아직 안 끝났어."

요루카의 단정적인 말투에 방심했던 나는 순식간에 얼

어붙었다.

"지금 뭐라고?"

"그러니까 아직 결론은 안 났다고. 내 마음이 바뀔 리가 없는데 이번에는 아빠가 웬일로 끈질기더라."

"자, 잠깐만! 그럼 미국에 갈 가능성은 아직……."

"없어! 내 안에서는."

마지막에 중요한 부분을 툭 덧붙인다.

그건 어디까지나 딸인 요루카의 의견일 뿐 아버지가 받아들인 건 아닌 모양이다.

즉, 사태는 지금도 평행선.

"덕분에 아빠와 인생 첫 부녀 싸움 중이야."

"큰일이잖아!"

"상관없어. 만약 억지로 데려갈 생각이라면 가족의 연을 끊겠다고 쳐냈으니까."

부모가 자식을 위하는 마음이 있듯 자식도 진지하게 반대할만한 이유가 있다.

"과감한 발언을 다 했네."

절대 안 간다는 마음은 물론 이해하고, 나도 그렇지 않으면 곤란하다.

하지만 가족의 연을 끊겠다는 발언은 제법 무겁다.

인생 첫 부녀 싸움에서 튀어나오는 말로는 상당히 강렬하다.

"내가 아무리 솔직하게 말해도 아빠는 냉정하니까 계란

으로 바위 치기라는 느낌이라서 답이 안 보였다고. 그래서 좀 과격하게 느껴지든 강하게 말할 수밖에 없었지."

요루카의 초조함이 충분히 느껴졌다.

그녀 나름대로 노력한 모양이지만 부모와의 대담은 영 잘 풀리지 않은 모양이다.

"요루카의 어머니는 무슨 반응이셨는데?"

부모님 두 명이 반대하면 요루카의 열세를 뒤집는 건 상당히 어려울 것이다.

나는 또 다른 부모인 요루카의 어머니가 무슨 생각인지 신경 쓰였다.

"엄마는 내 마음을 이해해주고 있지만, 최종적으로 정하는 건 아빠니까."

요루카는 답답하다는 듯 중얼거렸다.

아리사카네선 아버지가 최종결정권을 지닌 모양이다.

"어떻게 아버지를 설득하려고 했어?"

"내 마음을 숨김없이 말했어. 물론 키스미에 대한 것도."

"어? 내 이야기도 나온 거야?"

"딸이 장래를 생각하는 상대니까 오히려 미리 알고 있는 게 낫지."

"구체적으로 무슨 이야기를 했는데?"

"입학한 뒤에 키스미와 어떻게 친해졌는지. 고백받고 연인이 된 뒤에 데이트는 어디에 갔는지. 거의 전부."

"전부?!"

"그야 엄마가 엄청 물어 봤단 말이야. 거의 취조였어."

"그럼 문화제 때 청혼한 것도?"

"동영상으로 보여드렸습니다."

창피해!

연인의 부모님이 내 청혼을 봤다니.

내 마음은 진지하지만, 객관적으로 보면 문화제 무대에서 흥분한 고등학생이 고백했을 뿐이다.

세나회 녀석들은 물론이고 그 자리에 있던 관객은 앞서 라이브에서 흥이 잔뜩 올라간 상태였으니 내 열정도 공유할 수 있다.

하지만 영상만 보여주면 과연 내 진지한 마음이 올바르게 전해질까?

오히려 나를 좀 경솔한 애로 보지 않을까?

학창시절의 흑역사 같은 거라고 실소하진 않았을까.

"그래서, 그, 부모님의 반응은……?"

"엄마는 아주 기뻐했고 아빠는 별말 없던데."

그렇겠죠.

딸이 어디의 누군지도 모르는 남자에게서 청혼받는 영상을 보여줬을 때 쌍수 들고 축복할 수 있을 만큼 서글서글한 아버지는 아닐 테지.

"아버지에게 내 이야기를 해 봤자 역효과였던 거 아니야?"

"내 결정타가 확실하게 숨통을 끊었어."

요루카는 자신만만하게 웃었다.

뭔가 흉흉한 단어들이 튀어나왔는데.

"결정타라니?"

"키스미와 결혼해서 나만의 가족을 만들 거야. 손주가 생겨도 아빠에겐 절대 안 보여줘."

요루카는 아무렇지도 않게 선언했다.

일절 망설임이 없는 표정. 그 눈은 진심이었다.

손주라는 미래의 가족까지 끌고 와서 자신의 의지를 주장하는 요루카.

"열렬한 애정 표현이구나. 고마워."

"천만에."

사랑이라는 이름의 파워를 활용해 강제로 찍어누른 셈이다.

나를 위해 부모님 앞에서도 미래 이야기를 해준 건 기쁘다.

"다만 요루카의 아버지에게는 강력한 협박이네."

요루카도 필사적이라는 건 당연히 안다.

하지만 자칫 아버지의 역린을 건드려서 역효과가 나지 않았다면 좋겠는데.

"이건 인생을 좌우하는 중요한 선택이야. 망설임도 사양도 하고 있을 때가 아니라고! 어른의 사정에 휘말리면 지는 거야!"

요루카는 굳건하고, 양보하지 않고, 근본적인 부분에서

절대로 흔들리지 않는다.

긴 인생을 걸어가기에 이만큼 든든한 파트너는 없을 것이다.

"그래, 알아."

그건 나도 요루카에게 마찬가지다.

"……키스미는 성급하다고 생각해? 내가 하는 말이 어린애 같았어?"

요루카는 문득 불안하다는 듯 물었다.

아무리 감정적인 상태여도 요루카는 제대로 이성적인 일면을 남기고 있다.

"그럴 리가. 늦든 이르든 가족에게 결혼 허가를 받아야 하는 건 마찬가지야."

나는 즉답했다.

사랑하는 연인과 결혼해서 가족이 된다는 미래 예상은 내 안에도 있다.

오히려 그것 말고 다른 미래는 생각하고 싶지도 않았다.

이루고 싶은 미래가 지금 이 순간과 이어져 있다.

그 실감을 확인하듯 요루카의 손을 잡았다.

"그, 그렇게 시원스럽게 말해주는구나. 믿음직해라."

내 연인은 쑥스러워하고 있었다.

"하아, 이제 슬슬 아빠랑 말해야 하는데."

"그렇게 오래 대화하지 않은 거야?"

"응. 한 달 넘었어."

길잖아?!

"즉 결론은 보류 상태고, 심지어 지금은 절교 중?"

"이렇게 된 이상 지구전이야. 아빠가 굽히고 들어올 때까지 내가 먼저 말 안 걸어."

요루카는 철저하게 항쟁하겠다는 자세다.

"집안 분위기 불편하지 않아? 귀국하셨으면 아버지도 요루카와 대화하고 싶을 텐데."

부모님의 성격을 모르니까 지구전이 정답인지 아닌지 나는 판단할 수 없었다.

"——오히려 지금처럼 언제든 부모님과 대화할 수 있는 상태가 나에게는 부자연스러운걸."

요루카는 아무렇지도 않게 말했다.

그녀의 표정으로 보아 지금 생활 스타일에 완전히 익숙해져서 부모님이 없다는 외로움도 별로 느끼지 않는 모양이었다.

부모님의 지원 덕분에 아리사카 자매는 도내 노른자땅에 세워진 고급 맨션에서 살며 풍족하게 생활했다.

살아가기에 부족함이 없는 나날을 보내고 있다.

"그래서 돌아오자마자 갑자기 키스미와 장거리 연애를 하게 만드는 제안을 하다니, 용서할 수 없어!"

요루카의 분노에 공감하면서도 나는 냉정해야 한다고 의식적으로 마음을 잡았다.

여기서 화내는 것만으로는 상황은 해결되지 않는다.

"요루카. 지구전이라고 했는데, 중간에 한 번 더 제대로 대화해야 해. 타임 오버가 되었을 때 결국 부모님이 결정을 밀어붙이면 소용없잖아."

아쉽게도 자식이 느끼는 자유는 부모라는 보호막이 있어야 한다.

"알아…… . 연말연시에 가족끼리 슈젠지 온천에 갈 거니까 그때 이야기해볼게."

대화하기 싫다는 본심이 묻어난다.

요루카는 한번 정하면 꼼짝도 하지 않는 완강한 구석이 있다.

더불어 부녀 싸움이 익숙하지 않다 보니 어디서 매듭을 지어야 하는지 놓치고 있는 것처럼 보이기도 했다.

"좋은데. 새해부터 온천에서 휴가라니 호화로워."

나는 밝은 목소리로 그녀가 긍정적인 생각을 할 수 있도록 달랬다.

환경이 달라지면 기분도 변한다. 대화하기 쉬워질지도 모른다.

"나는 정월에도 키스미와 같이 있고 싶었어."

"그건 나도 그렇지만."

"골든 위크에도 가족여행에 갔지만 역시 키스미 생각만 나고."

"귀국한 그날 방과 후에 등교했을 정도니까. 기뻤어."

"키스미와 떨어지면 안절부절못해. 그러니까 미국에 끌

려가면 분명 정신에 병이 생길 거야."

솔직히 나도 그런 느낌이다.

연인과 떨어지는 게 싫은 건 물론이고, 단순히 요루카가 걱정이었다.

굳이 새로운 환경에서 힘들어할 걸 알면서도 웃으며 보내줄 자신이 없다.

"──나는 언제나 요루카 편이야. 그러니까 도움이 될지는 모르지만."

다음 말을 할지 말지 나는 살짝 주저했다.

"모르지만, 뭔데?"

요루카는 뒷말을 요구했다.

"필요하다면 나도 대화에 참석하게 해줘."

굳게 마음먹고 말했다.

오지랖이 심하다는 건 잘 안다.

가족의 문제에 **아직** 외부인인 내가 끼어드는 건 실례일지도 모른다.

연인인 내가 나타나서 괜히 더 꼬일 가능성도 충분히 있다.

하지만 이건 틀림없이 나와 요루카의 문제이기도 하다.

남의 일이라고 방관할 수는 없다.

나에게도 할 수 있는 일이 있을 것이다.

가족이기 때문에 요루카가 말하기 어려워하는 건 대신 말하고, 감정적으로 지나친 말을 한다면 적절히 커버하고 싶다.

"그건, 키스미가 아빠와 엄마를 만나준다는 거야?"

요루카는 환한 표정이 되더니 신중한 태도로 확인했다.

"당연하지."

나는 교두보다.

싸우는 아버지와 딸 사이에도 다리를 놓겠다.

나는 나의 강점을 고등학교에 들어간 뒤에 겪은 나날을 통해 알게 되었다.

연인인 요루카와 세나회의 친구들, 칸자키 선생님과 아리아 씨, 많은 사람과 엮이면서 발휘되었고 많은 곤경을 극복했다.

그러한 경험은 내 인생의 이런 중요한 국면을 위해서인 거겠지.

"기뻐."

그 짧은 말에서 넘칠 정도의 기쁨이 느껴졌다.

"하지만 부모님께 처음으로 인사드리러 가는 게 부녀 싸움 중인 상태라니 제법 하드하네."

나는 솔직하게 토로했다.

그렇지 않아도 연인의 부모님을 만난다니 긴장되는데, 심지어 싸우는 중이라니 난도가 높다.

"괜찮아. 키스미는 자랑스러운 연인인걸."

요루카의 보증서는 평범한 남자인 나에게는 무엇보다 큰 자신감이 된다.

"부모님께서 마음에 들어 하시면 좋을 텐데."

"언니도 좋아하니까 키스미라면 식은 죽 먹기일 걸."

"……, 그런 거려나."

내 떨떠름한 반응에 요루카의 표정이 살짝 어두워졌다.

"나도 키스미네 가족 같은 관계가 가장 좋다고 생각해. 문화제 때도 가족이 다 함께 놀러 와서 아들을 응원하는 게 무척 좋아 보였어."

"세나 가문을 아주 좋게 보고 있네."

"키스미의 부모님에게 인사했을 때 무척 친절하게 대해 주셔서 안심했는걸. 언젠가 내가 부모가 된다면 그런 사람이 되고 싶어."

"그렇게까지 말해줘서 고마워."

설마 요루카가 그렇게 좋은 인상을 품고 있을 줄은 몰랐다.

나에게는 당연한 일상이라 그 특별함은 평소 의식할 일도 별로 없으니까.

"하지만 우리 집은 달라. 1년의 태반은 떨어져 지내고, 서로 간섭하지 않아서 잘 굴러온 거니까."

긴 세월이 그런 가족의 거리감을 만들었다. 그건 뒤집을 수가 없다.

요루카는 어딘가 체념한 듯한 표정으로 그렇게 말했다.

"독립적인 어른의 관계네."

"진심으로 그렇게 생각하는 거라면 이제 와서 같이 살자고 하지 않을걸."

요루카는 다시 눈에 쌍심지를 켰다.

"……만약 연인이 없었다면 요루카는 미국에 갔을까?"

나는 시험 삼아 물어보았다.

"그 질문 자체가 넌센스고, 무엇보다 질문이 이상해!!"

요루카는 진지한 얼굴로 화냈다.

"아니, 내가 발목을 잡는 게 아닌가 해서. 일단 확인하려고."

"키스미가 약한 마음 먹으면 어떡해! 발목을 잡는다고? 키스미는 나에게 자유롭게 날 수 있는 날개를 준 사람이야! 키스미가 있어 준 덕분에 학교가 즐거워졌고 친구도 생겼어. 반 아이들과도 평범하게 대화할 수 있게 됐어. 삶이 편해졌다고."

"요루카……."

"키스미가 없다니, 내 인생에선 말도 안 되는 일이니까!"

"미안해. 요루카 말이 맞아. 조금 마음이 약해졌어."

"됐어. 폐를 끼치는 건 나니까."

요루카는 어색하게 웃었다.

"참고로 질문에 대답한다면, 순순히 미국에 갔을 거야."

"그렇구나."

역시 요루카도 그 정도의 냉정한 판단력은 지니고 있었다.

부모님이 그 부분을 찔렀을 가능성은 충분히 있다.

"하지만 일본을 떠나기 싫은 건 연인이 있기 때문이 아니야."

"어?"

"키스미니까 같이 있고 싶어. 세나 키스미라는 특별한 사람이 내 연인이니까 떠나기 싫은 거야. 다른 사람과 사귀는 건 상상도 해본 적 없지만, 나에게 키스미가 최고의 상대인 건 자신 있게 말할 수 있어. 그것만은 확실해."

그 말은 어떤 선물보다 가치가 있었다.

내 인생에서 그렇게까지 각별하다고 부를 수 있는 상대가 얼마나 있을까.

다른 사람이 그렇게 생각해준다니 영광이다.

그 말에서 요루카의 애정과 각오가 뼈저리게 전해졌다.

"그러니까 키스미는 날 믿고 기다려! 이건 우리 집의 문제니까. 키스미에게는 폐를 끼치기 싫어."

가족의 관계는 사람마다 다르다. 가치관, 거리감은 가족의 숫자만큼 있다.

그래도 나는 사랑하는 사람을 위해 할 수 있는 일을 하고 싶었다.

"알았어. 다만 무슨 일 있으면 꼭 상담해줘."

"응. 항상 걱정해줘서 고마워."

미국행 이야기는 거기서 끝냈다. 소소한 잡담을 즐기며 코코아를 다 마시고 다시 밖으로 나왔다.

"아직 시간도 있는데, 롤러코스터 또 타지 않을래?"

"그래, 모처럼 크리스마스니까. 데이트를 만끽해야지!"

"응! 그게 제일이야!"

우리는 일루미네이션으로 반짝이는 유원지 데이트를 아슬아슬한 시각까지 즐겼다.

만족감과 아쉬움, 기분 좋은 피로를 느끼며 귀로에 접어들었다.

요루카를 집에서 가까운 역까지 배웅한 뒤 혼자 남아 오늘 데이트의 여운에 잠겼다.

첫 크리스마스 데이트는 즐거웠다.

하지만 관람차에서 내린 뒤 요루카와 한 대화가 자꾸만 떠오른다.

요루카가 미국에 가면 장거리 연애가 된다.

아무리 통신 기술이 발달했다고 해도 간편히 만날 수 없는 건 힘들다.

만나려면 바다를 건너가야만 한다.

거기에 들어가는 비용은 저렴하지 않다. 학생의 아르바이트로 충당하는 것도 한도가 있다.

물리적으로도 금전적으로도 지금처럼 자주 만나는 건 어려워진다.

만약 장거리 연애가 되었을 때 우리는 이 사랑을 유지할 수 있을까?

그런 의문이 머리를 스친다.

인생은 무슨 일이 일어날지 알 수 없다.

그 험난한 현실에 직면했을 때 이상은 연약하게 무너진다.

네가 없는 세상을 상상하고 나는 두려워진다.

아무리 서로 사랑해도 이런저런 사정으로 헤어지는 연인들이 있다.

사랑만으로는 극복할 수 없는 문제도 있다.

──나는 그 현실과 싸우기 위해 뭘 할 수 있을까?

미래가 불확실하다는 건 누구에게나 평등하다.

다만 어린아이이기에 미숙한 내가 원망스럽다.

나는 어른이 되어 사랑하는 사람을 지킬 수 있는 사람이 되고 싶었다.

"""""""""메리 크리스마스!!!!!!!"""""""""

파티 폭죽이 일제히 터지며 요란한 소리가 내 방에 울려 퍼졌다.

어제 요루카와 크리스마스 데이트를 하고 하룻밤이 지나 12월 25일.

오늘은 우리 집에서 세나회의 크리스마스 파티를 열었다.

"이예이! 메리 크리스마스 건배! 산타와 루돌프의 파티!"

"처음부터 너무 신났잖아, 나나무라! 방이 그렇게 넓진 않으니까 너무 움직이지 마. 부딪치면 위험해."

음료가 든 종이컵을 높이 들어 올린 나나무라가 건배하고 다녔다.

다 함께 쇼핑하러 갔을 때 음식과 함께 크리스마스용 가장 의상도 샀다.

나는 전신을 모조리 덮는 루돌프 인형옷을 입고 있었다.

프리 사이즈라 나에게는 커서 헐렁하다. 후드에는 순록 뿔 장식도 달려있고 은근슬쩍 주머니까지 있어서 편리했다.

나나무라는 농구부에서 단련한 근육질의 장신인 만큼 사이즈가 맞지 않아 뿔 머리띠와 빨간 코 장식만. 너무 안 어울리는 게 오히려 크리스마스를 온몸으로 즐긴다는 느낌을 강조하고 있다.

실제로도 신나게 즐기고 있고.

"아리사카와 데이트했다고 크리스마스가 끝났다고 생각하는 거냐? 이브의 데이트를 우선하게 해준 우정에 감사하면서 오늘도 제대로 즐기라고."

"고마워하고 있고, 즐기고 있어."

남자 혼자 쓰는 방에 7명이나 들어가 있으니 다들 옹기종기 모여있는 상태가 된다.

여성진은 바닥에 쿠션을 깔고 앉았고, 나는 침대에 걸터앉고, 나나무라는 책상 앞 의자에 앉았다.

중앙 테이블에는 빼곡하게 구겨 넣은 파티 메뉴.

후라이드 치킨, 감자튀김, 피자, 샐러드, 각종 안주 모둠, 간단히 집어먹을 수 있는 과자도 많이 준비했다.

먹고 싶은 걸 자신의 종이 접시에 가져가는 스타일이다.

하지만 나는 눈앞의 음식보다 역시 여자아이들의 옷차림에 시선을 빼앗겼다.

남자가 루돌프라면 여자는 산타클로스.

여성진이 입고 있는 건 파티용 미니스커트 산타 코스프레 의상이었다.

"산타인데 이렇게 섹시해도 되는 거야?!"

요루카는 연신 벌어진 가슴팍과 짧은 치마 길이를 신경 썼다.

반들반들한 벨루어로 만든 빨간 원피스 타입으로 가장자리에 하얀 장식을 달았다. 그 위에는 어깨에 걸치는 케이프, 머리에는 하얀 솜뭉치가 달린 삼각 모자를 썼다.

두 다리를 감싸는 검은색 니삭스와 어우러져 섹시함과 큐트함이 공존했다.

산타클로스라는 기호를 여성복에 도입한 의상은 심플하면서도 압도적인 매력으로 넘쳐났다.

"뭔가 전체적으로 묘하게 못 가리고 있지 않아? 불편한데."

요루카는 안절부절못하면서 한 손으로 치맛자락을 누르며 케이프 아래로 튀어나온 가슴에 손을 올렸다.

"그건 그거죠, 요루 선배가 나이스 보디라서 의상이 감당하지 못하는 것뿐이에요! 꺄, 파렴치해."

직설적인 코멘트는 내 한 학년 후배인 유키나미 사유.

같은 산타 의상을 입었지만, 이쪽은 당당했다.

쇼트헤어나 본인의 활발한 분위기 덕분에 쾌활하고 밝은 산타라는 느낌이다.

"수영복도 봤으니까 새삼 신경 쓸 것도 없잖아."

하세쿠라 아사키는 냉정한 조언을 던졌다.

나와 같은 학급 임원으로, 인망과 행동거지 덕에 우리 학년의 중심인물이다.

화려함과 차분함을 겸비한 아사키도 산타 의상을 당당하게 입고 있다.

그녀는 부탁하지도 않았는데 알아서 테이블 위의 요리를 접시에 적절히 나눠 담고 있었다.

배려심이 탁월하다.

"요루요루. 잘 어울리는 데다 여기에는 친구밖에 없으니까 신경 쓰면 지는 거야."

농담처럼 던지는 금발 산타클로스는 미야우치 히나카.

이 자리에서 가장 몸집이 작은 미야치는 기성품이다 보니 의상의 사이즈가 살짝 안 맞았다. 그 오버핏 느낌이 절묘한 귀여움을 연출했다.

"게다가 스미스미도 아주 기뻐하는 모양이고."

미야치의 킬 패스. 내 코멘트 차례다.

"물론 최고지. 이런 산타가 와 준다면 밤새 일어나 있을 수 있어."

너무나 훌륭한 산타가 우리 집에 왔다!

산타 천국이여, 영원하라!

그런 마음의 외침을 적당히 포장해서 말했다.

멋진 산타를 만날 수 있어서 행복하다, 그만큼 대단히 좋다는 순수한 칭찬이었다.

하지만 방의 분위기는 어째서인지 굳어버렸고 여성진은 뺨을 붉히며 고개를 숙였다.

……실수했나?

"세나, 갑자기 섹드립 날리지 마! 네가 세울 수 있는 건 머리의 뿔뿐이라고."

폭소하는 나나무라는 긴 팔을 뻗어 내가 입은 루돌프 인형옷 후드에 달린 뿔을 잡고 내 머리째 흔들어 댔다.

"나는 진심에서 나온 칭찬을 말하려고 했던 거야. 흑심 같은 건 없어!"

"사실은 아리사카에게 '선물은 나야' 같은 말 듣고 싶은 주제에."

"——, 그건 남자의 로망이잖아. 다들 그럴걸."

"뻔뻔해졌잖냐, 세나. 너도 남자구나."

"뭐야, 문제 있어?"

"아니. 나중에 좋은 거 줄게. 기대하라고."

나나무라가 히죽 웃었다.

"남자는 코스프레를 좋아하는구나. 문화제 기획 회의 때도 거기 두 사람은 신나게 바니걸 토크를 해댔고."

큭, 부정할 수 없다.

아사키의 싸늘한 감상에 우리는 침묵할 수밖에 없었다.

"있지. 키스미, 에이는 산타 잘 어울려?"

초등학교 4학년인 내 동생, 세나 에이도 오늘 파티에 참석했다.

에이의 산타 의상도 사 왔는데, 10살이라기에는 발육이 좋아서 어른용 S사이즈여도 문제없이 입을 수 없었다.

처음 입는 산타 의상이 언니들과 세트라서 들뜬 모양이다.

멀리서 보면 어른인 동생도 그 반응은 아직 어린아이다.

"잘 어울려. 그러니까 산타님, 저한테 선물 주세요."

나는 반쯤 농담으로 동생 산타에게 졸라봤다.

"에이, 선물이라면 에이한테 줘."

"나는 루돌프. 배달 전문."

이 모습을 보고도 모르냐며 동생의 조르기를 회피했다.

"키스미 쪼잔해."

"쪼잔하다는 나쁜 말을 하는 아이에게는 진짜 산타가 안 온다?"

"키스미. 아직도 산타가 있다고 믿는 거야? 어린애다~."

초등학생이 도발했다.

"에이도 작년까지는 믿었잖아. 산타를 보겠다고 매년 잠들었던 걸 억울해했던 주제에."

부모님 대신 에이의 머리맡에 선물을 놓은 건 다름 아닌 나다.

발소리를 죽이며 들키지 않고 방에 들어가는 건 소소한 게임이었다.

"내가 언제."

시치미 떼는 동생을 다들 귀여워하는 눈으로 바라보았다.

내 동생은 여전히 사랑받는구나.

이렇게 정기적으로 세나회 모임에 참석해서 멤버들에게 귀여움을 받고 있다.

건배하자마자 에이는 오늘 첫 치킨을 다 먹고 두 개째로 손을 뻗었다.

"에이. 많이 있으니까 천천히 먹어."

"맛있는 건 유안하다고. 그러니까 빠른 사람이 임자야."

아, 유한하단 거구나. 뭐, 크리스마스에 먹는 치킨은 특별한 느낌이 있어서 흥분되는 건 나도 겪어본 바 있다.

"너무 많이 먹으면 케이크 안 들어간다."

"디저트 배는 따로 있으니까 괜찮아!"

"너는 대체 어디서 그런 표현을 배우는 거야?"

"아리아 언니!"

허를 찌르고 나온 요루카의 언니 이름에 깜짝 놀랐다.

"너 그렇게 아리아 씨와 사이좋았던가?"

여름이나 문화제 때 등 몇 번 만났지만 저렇게까지 친근한 사이였나?

"──우리만의 비밀이야."

내가 모르는 곳에서 동생은 비밀을 만들고 있었다.

"그런데 요루 선배. 그 오른손의 반지는 처음 보는데, 혹시 키이 선배가 크리스마스 선물로 준 거예요?"

사유의 눈이 번뜩였다. 계속 물어보고 싶어서 근질거렸던 모양이다.

"맞아. 어제 받았어."

요루카도 자연스럽게 오늘도 반지를 끼고 있었다.

"디자인 예쁘다. 센스 좋은데."

디자인에 조예가 깊은 미야치가 반지에 합격 도장을 찍었다.

"이 느낌은 아리사카가 고른 것 같은데. 그렇지?"

아사키가 즉각 날카로운 통찰력으로 사정을 간파했다.

"눈썰미가 대단하네. 그런 것까지 알 수 있구나."

그 정확함에는 감탄이 나왔다.

"남자 혼자만의 센스라면 하트처럼 더 노골적인 걸 고르곤 하니까."

"요루카의 취향에 맞춰서 사길 잘했네."

이상한 걸 선물하지 않아서 다행이다. 사전 조사는 역시 중요하다.

"나는 키스미가 주는 거라면 뭐든 기뻐!"

요루카는 바로 주장했다.

"안 이해. 그건 키스미니까 할 수 있는 말이야! 만약 센스가 괴멸적인 선물이라도 웃음을 유지할 수 있어?"

"유, 유난히 신경 쓰네."

요루카는 살짝 당황했다.

그야 애매한 걸 선물받으면 다들 어떻게 반응해야 하나 난감하겠지.

이 시기면 중고 시장에 액세서리 종류가 대량으로 출품된다는 현실을 보면 모든 선물이 행복한 결말을 맞는다는 보장은 없다. 안타까운 이야기다.

진실된 사랑은 쉽게 찾을 수 없다.

"요루카, 부럽다."

에이는 요루카의 반지를 물끄러미 바라보았다.

"키스미, 에이도 반지 갖고 싶어!"

"초등학생에게 반지는 이르지 않아? 게다가 금방 사이즈도 안 맞게 될 텐데."

"에이도 꾸미고 싶어!"

"그럼 내년에 산타에게 부탁해. 나는 안 줘."

"우우, 키스미가 요루카만 편애해."

요루카는 난처한 듯한 얼굴이었고 다른 애들도 쓴웃음을 지었다.

"무슨 말을 그렇게 하냐. 요루카는 연인이니까 당연히 특별하지."

"에이도 동생인걸!"

"동생이 오빠의 연인과 경쟁하지 마. 애초에 승부도 안 된다고. 자, 끝!"

물고 늘어지는 에이를 상대하다간 끝도 없이 졸라댈지

도 모른다.

"키스미는 에이가 싫은 거야…….."

무릎을 껴안고 삐진 동생은 할 말이 많다는 듯 이쪽을 노려보았다.

"자, 저런 매정한 오빠는 버려두고 내가 사 줄게."

보다 못한 나나무라가 대신 비위를 맞추려고 했다.

"싫어! 키스미에게 받고 싶어! 나나무라는 커서 조금 무섭단 말이야!"

쿠웅. 나나무라는 웬일로 진지하게 충격을 받은 얼굴이었다.

여자들의 가차 없는 의견을 항상 웃어넘기는 나나무라도 초등학생의 솔직한 의견은 가슴에 박히는 모양이다.

초등학생 여자아이의 눈에 나나무라처럼 축복받은 체격을 지닌 스포츠맨은 든든하다기보단 거인과 필적하는 위압감을 줄 테지.

"아예 키이 선배가 여자 전원에게 선물하면 원만하게 수습할 수 있어요!"

"좋은 아이디어라는 듯이 무슨 끔찍한 소릴 하는 거야! 남고생의 지갑 사정을 얕보지 말라고! 적자 오브 적자다!"

"에이, 이렇게 귀여운 여자애들을 잔뜩 모아놓고 선물 하나 없는 거예요? 간사님, 멋진 모습 좀 보여주셔야죠."

사유 녀석, 자기 좋을 때만 애교부리고 말이야.

이 후배도 미소녀니까 가볍게 알고 지내는 남자라면 간

단히 속아버릴 거다. 귀여움을 악용하지 마라.

"사유. 나도 그건 좀 간과할 수 없는데."

요루카는 지옥에서 올라온 듯한 목소리로 맹랑한 후배를 타일렀다.

결코 긴 문장은 아니었지만 효과는 충분했다.

"아, 아이참. 요루 선배. 그냥 농담이에요. 설마 진심으로 키이 선배에게 선물을 뜯어낼 리가 없잖아요."

사유는 경직된 목소리와 표정으로 자신의 요구를 냉큼 철회했다.

"오히려 이 파티장을 제공하고 자잘한 일도 맡아준 간사 키스미에게 뭐라도 해줘야 하지 않을까?"

그렇게 제안한 사람은 아사키였다. 역시 항상 센스가 좋다.

"딱히 대단한 것도 아닌데 신경 쓰지 않아도 돼."

다 함께 파티를 즐길 수 있다면 나는 그걸로 만족이다.

"세나, 마음이 넓다는 어필이야?"

"그냥 사양하는 거다. 동생까지 데리고 놀아줘서 고마울 정도니까."

오늘은 부모님 모두 밤까지 일해야 해서 에이를 돌봐줄 사람이 나밖에 없다.

아무리 그래도 크리스마스 당일에 동생을 집에 혼자 두는 건 불쌍하다.

세나회의 그룹 채팅으로 상담했더니 다들 흔쾌히 에이의 참가를 허락해주었다.

그런 경위도 있었기에 오늘의 파티 회장은 우리 집이 되었다.

"키스미는 욕심이 없구나. 그래, 쇼핑할 때 짐 들어줬으니까 피곤하지? 내가 마사지해줄게."

아사키가 침대에 앉은 내 옆에 딱 붙었다.

"어? 아니, 운반하는 게 루돌프의 역할이잖아."

"그럼 칭찬해주는 게 산타의 역할이지."

아사키는 내 왼팔을 잡고 주물렀다.

"키이 선배. 저도 아까 실언한 걸 사과하게 해주세요!"

즉각 사유도 반대쪽 자리를 차지하더니 마찬가지로 왼팔을 마사지했다. 이쪽은 농구부 시절부터 근육을 풀어주는 게 익숙하니까 정말로 기분 좋았다.

아사키와 사유는 쿵짝을 맞추며 나를 몰아갔다.

뭐냐 이 연계 플레이!

"그럼 나는 어깨를 주무르면 되나?"

미야치까지 장난기가 발동해서 내 뒤에 서더니 어깨에 손을 올렸다. 미야치의 작은 손이 핀포인트로 뭉친 곳을 자극했다.

갑자기 미니스커트 산타 세 명에게 완벽히 포위당한 나는 옴짝달싹도 할 수 없었다.

"에이도!"

시끌벅적한 걸 재미있어한 에이가 막타를 치듯 내 무릎 위로 뛰어들었다.

에이는 아침마다 깨우러 올 때의 느낌으로 플라잉 보디 프레스를 날렸다.

그 충격에 나는 균형이 무너졌고 연쇄적으로 다들 침대 위로 쓰러졌다.

"아하하하, 재밌다~~!!!!"

에이가 내 위에서 다리를 동동거리니까 배가 압박당한다. 숨 막혀.

문득 옆을 보자 아사키의 얼굴이 코앞에 있었다.

눈이 마주치자 가슴이 크게 뛴다.

"침대에 남자와 같이 누워있는 건 아무래도 두근거리네."

조금 전까지 보이던 놀리는 분위기는 어디 가고, 몸을 움직일 수 없는 아사키는 뺨을 붉혔다.

"스미스미, 머리 너무 움직이지 마. 뿔이 찌르니까."

머리 위쪽에서 들린 목소리에 무심코 고개를 돌렸다.

미야치가 난감해하는 얼굴로 가슴께에 닿았던 후드의 뿔을 슬며시 밀었다.

당황한 나는 억지로 몸을 비틀어 탈출을 시도했으나 오른쪽 귀가 요염한 교성을 포착했다.

"키이 선배의 팔이 낀 상태니까 가만히 있으라고요."

오른쪽을 보자 사유가 원망하는 눈으로 노려보고 있다.

오른팔에 의식을 집중하자 부드러운 감촉 사이에 끼어 있다는 걸 느꼈다. 사유의 다리 사이에 팔이 들어간 상태였다.

큰일이다. 섣불리 움직였다간 사태가 괜히 더 악화될지도 모른다.

"에이, 빨리 위에서 비켜줘!"

한층 궁지에 몰아가듯 스마트폰의 셔터 소리가 들렸다.

"증거 사진 확보. 제목은 산타 헤븐이면 되려나. 크리스마스에 미니스커트 산타 미소녀들을 옆에 끼다니."

"나나무라, 마음대로 찍지 마! 당장 지워!"

나는 필사적으로 항의하며 문득 가장 중요한 인물이 아직 한마디도 하지 않았다는 걸 깨달았다.

"키이스으미이? 내가 어제 알려준 3원칙 벌써 잊어버렸어?"

"발생 금지, 접근 금지, 유발 금지!"

나는 즉각 복창했다.

"하나도 못 지켰잖아!"

크리스마스. 눈 대신 요루카의 벼락이 떨어졌다.

자칫 유혈이 낭자하는 미니스커트 산타 대전이 일어나는 줄 알았다.

"세나, 잠깐 복도로 와 봐."

크리스마스 파티의 분위기가 무르익는 가운데 나나무라가 슬쩍 말을 걸었다.

"여기선 안 돼?"

"나는 상관없는데, 여자애들이 무슨 반응을 해도 난 모른다."

사악한 얼굴로 예언하는 나나무라.

뭔가 꾸미고 있는 건 명백했기에 얌전히 따르기로 했다.

나나무라가 화장실에 간다며 먼저 방에서 나갔다.

잠시 시간 차를 둔 뒤 나도 음료를 추가로 가져온다고 하고 일어났다.

따뜻한 방에서 나오자 복도의 공기가 괜히 더 차가운 느낌이었다.

"왔냐?"

나나무라는 복도 구석에서 어둠 속에 숨어 기다리고 있었다.

머리띠나 벗어라, 루돌프.

난방을 틀어놨기 때문에 내 방문은 닫혀있다.

만에 하나 누군가가 복도로 나와도 이 위치라면 바로 들키진 않는다.

마치 뒷거래를 하는 듯한 경계 모드다.

"굳이 왜 불러냈는데? 추우니까 빨리 돌아가자."

"쉿. 목소리가 커."

지적당해서 입을 다물었다. 그리고 나나무라는 목소리를 죽여서 말했다.

"대체 뭔데?"

"너에게 이걸 주려고. 내 개인적인 크리스마스 선물이야."

나나무라가 주머니에서 꺼낸 수수께끼의 작은 상자.

"나한테 선물? 무슨 바람이 불었대?"

미심쩍어하면서도 상자를 확인했다.

상당히 가볍고, 흔들어보자 안에서 개별포장된 무언가가 달그락거리는 소리가 났다.

손바닥 크기의 직사각형 상자인데 빨간색 패키지는 얼핏 보면 내용물을 알 수 없다. 잘 보지 않으면 자세한 사항을 알 수 없지만 0.01이라는 하얀색 숫자만이 이상한 존재감을 흩뿌리고 있었다.

"——, 이거 설마?!"

나는 상자의 정체를 눈치챘다.

"친구의 배려에 감사해라. 아무리 많아도 괜찮은 거잖냐."

"콘돔을 왜 줘?"

큰 소리가 나올 뻔한 걸 가까스로 참았다.

"즐거운 일일수록 안전이 제일 중요해."

"하다못해 포장이라도 해라. 다 보인다고."

이런 걸 들키면 어떡하려고.

"뭐? 남자끼리 굳이 포장해서 주는 건 징그럽잖아."

아니, 그건 그렇긴 한데.

"배려심의 문제지."

"알아보기 쉬워서 좋잖아. 나이스 리액션."

"으."

"아리사카와 좋은 분위기가 됐을 때 안심할 수 있잖아. 아니면 네가 직접 사 놨어?"

"…………."

"샀냐?! 어? 벌써 했어?"

"아직이야!"

여름방학 전에 요루카의 집에 처음 초대받았을 때, 사실은 가방 안에 은밀히 넣어놨었다.

물론 그건 나의 완전한 지레짐작이었고, 심지어 그때는 도착하자마자 바로 소파에서 자고 있던 아리아 씨에게 습격당해서 기억 저편으로 날아갔다.

그로부터 반년이라는 시간이 지났다.

밴드 합숙 날 밤에는 스킨십 부족으로 발정이 난 요루카와 아슬아슬한 곳까지 갈 뻔했지만, 우리는 아직 깨끗한 사이다.

"미니스커트 산타 아리사카와 즐거운 밤을 보낼지도 모르잖아. 유비무환이지."

"이 상황에서 설마 자고 갈 리 없잖아."

"세나, 연인이 그렇게 귀여운 코스프레를 했는데 용케 참을 수 있구나. 겁먹었어?"

"오히려 내내 참고만 있어. 하지만 타이밍이나 뭐, 이래저래 있잖아."

"쫄보. 그렇게 아리사카와 시시덕거려놓고 아주 건전하기 짝이 없는 교제 중이시구만."

정곡이라 아무런 반박도 할 수 없다.

관심이 있기 때문에 처음은 소중히 하고 싶고, 경험이 없으니까 결정적인 한걸음이 무서워진다.

그런 마음에 흔들리는 사이에 어느새 겨울이 되었다.

"문화제 때 청혼까지 해놓고 이제 와서 무서운 게 뭐가 있다고."

"그럼 어떻게 해야 할 되는데?"

"나 정도 급이 되면 여자 쪽에서 알아서 다가오거든."

"참고가 안 되는 의견 고맙다."

"뭐, 예비로 갖고 있어."

나나무라가 내 주머니에 쑤셔 넣었다.

"지금 받아봤자 곤란하다니까."

"어차피 한번 알면 푹 빠지거든. 넉넉해서 나쁠 거 없어."

"…………."

나도 그 말을 부정할 자신은 없다.

"무사히 동정 졸업하면 꼭 보고해라?"

"하겠냐!!"

무심코 큰 소리가 나오는 바람에 여성진이 무슨 일이냐며 방에서 얼굴을 내밀었다.

나나무라는 먼저 방으로 돌아갔고 나는 크리스마스 케이크를 가지러 1층 부엌으로 내려갔다.

요루카도 도와준다며 같이 내려왔다.

"홍차도 탈게. 물은 내가 끓일 테니까."

요루카는 우리 집에서 잤을 때 저녁을 만들어준 적이 있어서 주전자가 어디 있는지도 기억하고 있었다.

나도 사람 수대로 접시와 포크와 케이크를 자를 식칼을 준비하면서도 무심코 요루카에게 시선을 빼앗겼다.

"부엌에서 척척 움직이는 걸 보면 든든하네."

"물을 끓이는 것뿐이잖아."

"같이 살면 이런 느낌일까 상상하는 것만으로도 즐거워."

물이 끓는 걸 기다리며 우리는 부엌에서 잡담을 나눴다.

"──. 산타클로스는 크리스마스에만 오니까 감사한 거야."

"결혼하면 요루카는 매일 있어 줄 거잖아?"

"오히려 키스미가 매일 돌아와 줘야 하거든."

"? 당연하잖아."

장래에 어떤 직업을 갖게 될지는 모르지만 사랑하는 가족이 기다리는 집에는 한시라도 빨리 돌아가고 싶다.

"우리 집에선 그게 당연하지 않았어."

요루카는 무감정하게 말을 흘렸다.

"그야 부모님이 미국에서 일하면 매일 귀가하는 건 어렵겠지."

부모님이 집에 없는 게 아리사카네 집의 일상이었다.

"일본에 있을 때도 아빠는 일하느라 늦게 돌아왔고, 먼저 돌아오는 엄마도 꽤 힘들어 보였다는 건 어릴 때도 보였어. 아, 엄마 아빠는 자식들과 같이 놀 시간을 만드는 것도 힘들구나 하고."

"아주 똑똑한 어린이였네."

"놀리는 거야?"

"설마. 요루카는 더 어리광 부리고 싶었던 거야?"

"글쎄. 그게 당연했고, 키스미가 말했듯 옛날의 나는 '내 욕구가 뭔지 모르는' 아이였으니까."

1학년 때, 미술 준비실에서 캔버스가 무너졌던 날 방과 후에 확실히 그런 이야기를 했다. 그걸 계기로 요루카가 마음을 열어주게 된 것 같다. 뭐, 그 전에 발로 차일 뻔했고 팬티도 봐 버렸지. 다양한 의미로 강렬했다.

"옛날 일까지 아버지와 이야기하는 건 어때?"

그렇고 그런 기분이 들기 전에 나는 진지한 화제로 돌아갔다.

"싫어."

하루 만에 싸움이 끝날 정도로 가벼운 문제는 아닌 모양이다.

"요루카도 그렇게 부모에게 반항기 딸자식처럼 반응하

는구나."

"그만큼 키스미에게 어리광 부려서 마음의 균형을 잡고 있어."

아마 무의식중에 나왔을, 마음의 균형이라는 말.

연인과 스킨십하는 건 기본적으로 다들 좋아한다.

거기에 부모님과 물리적으로 떨어져서 지내는 반동으로 가까이 있으면서 친한 존재이기도 한 나와 밀착해서 정신적인 안심을 얻고 있는 거겠지.

"——그건 역시 쓸쓸했던 거 아니야?"

내 지적에 요루카는 어리둥절한 얼굴이 되었다.

정말로 기습이었던 건지 그녀는 잠시 굳어버렸다.

본인은 지금 생활에 익숙해져서 선을 긋고 있다고 생각해도 마음속으로는 부모님을 그리워했다는 게 자연스럽다.

아리사카 요루카는 아직 17살 소녀니까.

평소에는 만나지 못하는 부모님을 그리워하는 건 딱히 미숙한 것도 아니다.

"요루카. 좋은 기회니까 가르쳐주지 않을래? 부모님과 언제부터 떨어져서 생활했어?"

나는 아리사카네 집의 역사를 알고 싶었다.

"엄마와 아빠가 미국에서 일하게 된 건 내가 초등학교 4학년 때였던가."

"10살 정도네. 꽤 이르잖아."

"그래, 마침 지금 에이와 동갑이었구나."

요루카는 문득 감회에 젖은 듯 중얼거렸다.

그녀에게는 먼 옛날 일이라는 것처럼 실감이 흐릿한 반응이었다.

"두 사람의 나이를 생각하면 다 같이 미국에 가는 게 보통 아니야?"

당시 초등학교 4학년인 요루카와 중학교 2학년인 아리아 씨라는, 아직 어린 딸들만 일본에 두고 가기에는 너무 이른 것 같았다.

"아빠는 지금 컨설턴트 회사를 경영하고 있는데, 미국 여기저기를 돌아다니는 일이야. 저쪽에서 산다고 해도 매일 집에 돌아오지 못하는 생활이 될 거 같았지. 말도 통하지 않고 낯선 땅에 아이끼리 빈집을 보게 하는 것보다는 일본이 그나마 안심되잖아. 엄마와 아빠도 많이 고민했지만, 언니와 대화하고 둘이서 다녀오라고 보냈어."

"경위는 이해가 가지만, 용케 부모님을 보내드렸네."

아무리 4살 연상인 아리아 씨가 우수하다고 해도 당시에는 아직 중학생이다.

자매끼리 대화해서 그런 결단을 내릴 수 있었다니 대단하다.

내가 10살일 때는 기억이 흐릿하지만, 에이를 보면 부모님과 떨어져서 생활하는 건 상당히 힘들 텐데.

"엄마와 아빠는 둘 다 왕성하게 일하고 싶어 하는 타입이야. 엄마는 육아 때문에 업무량을 상당히 줄였는데, 내 눈에도 참고 있다는 걸 알 수 있었거든. 딸들도 엄마가 하고 싶은 일을 더 마음껏 하는 게 좋으니까. 그건 옛날이나 지금이나 마찬가지야."

"효녀들이네."

가족은 소중하지만, 그 행복이나 인생의 보람을 어디에서 찾아내는지는 사람마다 다르다.

오래된 가족관이 시대에 맞지 않는 건 누가 봐도 명백하다.

사업을 하는 가정과 회사에서 근무하는 가정은 사고방식도 달라진다.

그건 아이들에게도 무의식중에 영향이 나온다.

"내가 어릴 때부터 아빠는 출장이 많아서 매일 얼굴을 보는 게 아니었으니까. 지금과 별로 차이 없었어. 무엇보다 아빠가 미국에서 본격적으로 일하기 위해서는 뛰어난 엄마의 힘이 필요했지. 그래서 좋은 기회라고 생각했어."

요루카도 가족의 일원으로서 협력하는 게 당연하다는 태도로 말했다.

"그렇구나. 집에 돌아가면 반드시 가족이 모두 모여있는 것도 아니었네."

"엄마와 아빠가 일본을 떠나기 전부터 신뢰할 수 있는 도우미에게 와 달라고 했었으니까, 부모님이 미국에 있는 것 말고는 생활 환경이 크게 달라진 것도 아니었고."

"그런 생활 기반이 처음부터 있었단 거지."

갑자기 부모님과 자식이 떨어져서 생활하는 건 힘들 테지만, 아리사카네 집에서는 부모님이 일본에서 생활할 때부터 이미 지금과 비슷한 환경이었다.

"오히려 바쁜 와중에도 입학식이나 졸업식, 수험과 진학처럼 이런저런 절차가 필요할 때는 꼬박꼬박 미국에서 귀국했으니까. 나도 더 힘이 되고 싶어서 집안일을 익혔어."

"요루카 대단하네."

어린 시절의 그녀를 칭찬하듯 나는 살며시 머리를 쓰다듬었다.

"그냥, 그게 우리 집에서는 당연했던 것뿐이야."

"그래도 참아야 했던 것도 있지 않아?"

"살다 보면 참아야 하는 일도 있는 법이야. 그만큼 어리광 부릴 때 기쁨도 각별하지."

요루카는 살며시 나를 껴안았다.

오늘은 다른 애들 앞이라서 이렇게 붙어있을 타이밍이 없었다.

미니스커트 산타라는 얇은 옷을 입은 상태로 밀착하자 파괴력이 굉장했다.

금지된 무언가를 하는 듯한 기분이 든다.

"하아, 안정된다."

요루카는 진심으로 행복해 보였다.

잠시 푹 잠기듯 끌어안고 있었더니 미니스커트 산타가 조르기를 시전했다.

"……오늘 밤은 집에 가기 싫어."

그 한마디만으로 심장이 초신성 폭발을 일으켰다.

남자가 여자에게 한 번은 들어보고 싶은 대사 랭킹 상위권에 들어갈 것이다.

진정해라, 세나 키스미.

요루카가 쥐어짠 용기를 날려버리지 마.

그녀의 바람을 이뤄주기 위해 머릿속으로 필요한 과정을 늘어놓았다.

다른 애들을 돌려보낸 뒤 요루카만 어떻게 잘 남게 한다. 방도 서둘러 청소해야 한다. 더불어 우리 가족을 어떻게 설득할까. 아예 몰래 자고 가게 할까?

어떻게 해야 막힘없이 진행할 수 있지?!

"농담이야. 에이도 있고 부모님도 돌아오실 테니까."

요루카는 고개를 들고 내 얼굴을 들여다보았다.

물론 요루카의 말이 맞다.

나도 앞뒤 생각하지 않고 밀어붙일 만큼 바보가 아니다.

머리로는 알지만 내 안에선 수치심과 욕망이 어리석은 개싸움을 벌이고 있었다.

"자자, 그런 표정 짓지 말고. 산타클로스는 다음 선물을 나눠주러 가야 하잖아?"

"루돌프가 없는데? 오늘 밤은 이대로 쉬어야 하지 않을까?"

허세를 부려봤다.

친구들이 모인 파티 도중에 성스러운 밤의 기적이 일어날 확률이 낮다는 건 알고 있다.

하지만 안도한 듯 아쉬운 듯 복잡한 심경이다.

산타클로스 코스프레를 한 요루카는 미친 듯이 예쁘니까.

미소녀에 미니스커트 산타는 최강의 조합이다.

"키스미 엉큼해……. 어, 주머니에 뭐 들었어? 허벅지에 눌리는데."

요루카는 내 인형옷에 손을 뻗었다.

"작은 상자인가?"

"——?!"

큰일이다. 나나무라에게 받은 문제의 물건을 주머니에 넣어놓은 상태였다.

"아니, 딱히 대단한 건 아니니까."

"에이, 궁금해. 뭔데?"

"신경 쓰지 마."

"어쩐지 수상한데. 보여줘."

요루카는 주머니 속으로 손을 넣으려고 했다.

"잠깐, 너무 대담합니다!"

나는 몸을 비틀어 피하려고 했지만 요루카는 놓치지 않겠다는 양 끌어안는 팔에 힘을 줬다. 큼직한 인형옷은 주머니의 주둥이도 큼직하기 때문에 요루카의 손이 들어가면 쉽게 빼앗긴다.

"제발 넘어가 줘!"

"그렇게 저항하면 괜히 더 알고 싶어지는데!"

요루카는 억지로 손을 넣으려고 했다.

"부엌에서 장난치면 안 된다고 학교에서 못 배웠어?"

"연인의 비밀을 캐낼 때는 예외!"

"그런 예외 처음 들었어!"

"아무튼 가만히 있어."

"안전제일!"

꽁냥거리듯이 둘이서 밀착하며 빙글빙글 돌던 도중 문제의 그것이 주머니에서 툭 굴러 나왔다.

"저게 뭐야?"

요루카가 해맑은 눈으로 물어보았다.

멋을 부려놓은 패키지라 한눈에 그 상자의 정체를 알아볼 수 없는 모양이었다.

몹시 대답하기 난감하다.

연인 사이, 남자와 여자이기 때문에 적나라한 의미를 지니게 된다.

"콘돔."

묵비권을 행사해봤자 들킬 거라고 예상한 나는 솔직하게 대답했다.

"————!"

요루카는 놀람과 당황을 순간적으로 억눌렀다.

반응을 보아 명칭과 사용 목적에 관련된 지식은 있는 모양이다.

다행히 도망치거나 소리치진 않았다.

"그거, 그럴 때 쓰는, 거지?"

"어."

"왜 주머니에 있는 거야?"

요루카는 신중한 목소리로 질문했다.

"아까 나나무라와 복도에 나왔을 때 받았어. 그대로 부엌에 왔으니까 숨길 타이밍이 없어서 주머니에 계속 넣어놨던 거야."

"그, 그렇구나. 그럼 어쩔 수 없지. 정말이지, 나나무라도 참."

요루카는 노골적으로 안심한 얼굴이 되었다.

나는 느릿하게 상자를 주워 든 뒤 한층 털어놓았다.

"하지만 나나무라에게 받지 않았어도 나도 내 돈으로 산 게 있어. 요루카와, 만약을 위해."

내 솔직한 욕망을 입에 담는 건 부끄럽다.

"계속, 참았던 거야?"

"요루카가 싫어하는 일은 하기 싫으니까. 그래서 참았다고 할까, 음, 타이밍을 가늠하고 있었던 건 맞아."

여기까지 와서 변명해봤자 소용없다.

나는 최대한 내 본심을 말로 옮기려고 노력했다.

"……오늘, 최소한의 숙박 세트는 가져왔거든."

이번에는 내가 놀랄 차례였다.

"집에서는 아빠와 싸우는 중이고, 파티 분위기에 따라서는 그대로 다 같이 아침까지 자고 가거나 할지도 모르잖아! 키스미의 집에는 하룻밤 잔 적도 있고. 어디까지나 만약을 위해, 응!"

요루카는 빠르게 말을 쏟아냈다.

"하지만."

그녀가 갑자기 말을 멈췄다.

"하지만, 뭔데?"

"──오늘 밤은 집에 가기 싫다는 마음은 나한테도 있어."

똑같은 말이지만 울림은 조금 전과 달랐다.

가을에 친구인 카노 미메이의 집에서 밴드 합숙을 했던 때의 위태로운 밤을 떠올리게 했다.

그 순간 우리는 틀림없이 서로를 원했다.

자신의 본능을 따르고 싶다.

강렬한 충동이 아랫배에 맴돌며 열을 품는다.

지금 당장 그녀의 입술을 훔치고 싶다.

나는 한 번 더 요루카의 허리를 끌어당겼다.

요루카는 저항하지 않는다. 뻣뻣해하면서도 나에게 몸을 맡겨준다.

이대로는 멈출 수 없게 된다.

마지막 이성을 머릿속에서 지워버리려던 그때──.

"파티에서 빠져나가 둘이서 밀회라니, 아주 정석이네."

"스미스미랑 요루요루, 핑크빛 분위기."

문 쪽을 보자 어이없다는 표정인 아사키와 쓴웃음을 짓는 미야치가 서 있었다.

"통 돌아오지 않아서 보러 왔더니. 방해했나?"

삐익. 주전자에서 물이 끓었다는 소리가 났다. 마치 경고음 같다.

"나, 나, 나는, 애들 먹을 홍차 탈 테니까, 키스미는 케이크 꺼내!"

요루카는 나에게서 홱 떨어지더니 허둥지둥 작업으로 돌아갔다.

내 연인은 의상만이 아니라 귀까지 새빨갰다.

"……아리사카, 집에 돌아가기 싫어?"

아사키가 놀리듯이 물었다.

"어, 어디서부터 들은 거야!"

요루카는 부끄러워서 폭발할 것 같았다.

케이크와 홍차를 들고 넷이 함께 방으로 돌아왔다.

마침 TV 속 음악방송에서 아이돌 연구회의 영상으로도 봤던 노래가 나오고 있었다.

비욘드 디 아이돌의 '일곱 빛깔 클라이맥스'.

당시 더블 센터였던 에마 쿠라우와 타테이시 란의 호흡이 척척 맞는 퍼포먼스로 화제가 되었고, 지금도 자주 들리는 스테디 히트곡이다.

"에이, 이거 출 수 있어!"

내 동생이 벌떡 일어나 멜로디에 맞춰 춤추기 시작했다.

놀랍게도 안무를 완벽하게 외우고 있어서, 그 훌륭한 댄스에 다들 박수를 보냈다.

나와는 다르게 신기할 정도로 재주가 좋은 동생이다.

"노래나 춤, 연주는 분위기가 확 살지. 문화제 때도 멋진 라이브였어."

아사키가 문득 흘린 말에 다들 고개를 주억거리며 추억에 잠겼다.

후방에서 빡빡한 일정을 조절해준 아사키는 그 무대의 숨겨진 공로자다.

"키스미 오빠의 라이브, 어땠어?"

아사키는 순수한 관객이었던 에이의 반응이 궁금한 모양이었다.

"멋있었어. 하지만⋯⋯."

"하지만, 뭔데?"

요루카가 대답을 재촉했다.

항상 씩씩하고 또랑또랑하게 대답하는 에이치고는 드물게 머뭇거리는 대답이었다.

"키스미가 키스미가 아닌 것 같았어."

에이는 신기한 감상을 입에 담았다.

라이브 직후에 칸자키 선생님, 아리아 씨와 사이드 스테이지에 왔을 때는 그렇게 기뻐했으면서.

그 증거로 그때 사이드 스테이지에서 찍은 단체 사진에서는 에이도 환하게 웃고 있다.

나도 그 사진을 좋아해서 기념으로 출력해 책상 앞에 장식해놨다.

"그야 자기 오빠가 부끄러움도 없이 무대 위에서 사랑을 외치면 동생은 위화감을 느끼겠지."

나나무라가 즉각 놀려댔다.

"에이, 그런 직설적인 게 꽤 확 오지 않나요? 저는 보면서 솔직히 감동해서 울었는데요."

사유는 그때를 떠올리며 또 눈물을 글썽거렸다.

"밴드의 박력 있는 연주로 회장은 아주 뜨거웠고, 키스미의 청혼으로 잔뜩 분위기를 띄워놓은 상태에서 이어진 앙코르까지. 에이세이 사상 전설에 남을 문화제가 되었을 거야."

아사키는 만족스럽게 총평했다.

"모교에 이상한 일화가 남지 않으면 좋겠는데……."

그런 건 나답지 않아서 민망하다.

"카노나 하나비시도 오늘 파티에 올 수 있었다면 좋았을 텐데."

요루카는 자리에 없는 밴드 멤버의 이름을 꺼내며 아쉬

워했다.

나와 요루카와 미야치에 더해 카노 미메이, 하나비시 키요토라라는 다섯 명으로 결성한 밴드가 링크스다.

카노 미메이와 하나비시 키요토라도 부르긴 했는데 둘 다 선약이 있어서 오늘은 결석이다.

"어쩔 수 없지. 메이메이는 부모님이 출연하는 크리스마스 라이브를 매년 보러 가고, 하나비시는 집안에서 파티가 있다니까. 의사도 고생이구나."

미야치가 대답했다.

오가던 말이 멈췄다.

"어? 왜 갑자기 조용해진 거야?"

미야치는 의아한 얼굴로 다른 면면을 둘러보았다.

"아니, 미야치는 카노와 친하니까 결석 이유를 아는 건 이해하지만 왜 하나비시의 사정까지 아는 거야?"

내가 대표로 질문했다.

간사인 나는 참석하는 사람을 확인하고 세나회 그룹 채팅방에 최종 참가자를 공유했다.

하지만 불참자의 결석 이유까지는 말하지 않았다.

"복도에서 마주쳤을 때 우연히 들은 것뿐이야. 하나비시는 안 시켜도 말하잖아."

미야치는 별일 아니라는 듯 대답했다.

"히나카는 하나비시에게 좀 매몰차지 않았던가?"

"하지만 문화제가 끝난 뒤로 두 사람이 대화하는 걸 몇 번 본 것 같긴 해."

요루카와 아사키가 서로를 쳐다봤다.

"어라라, 미야우치 선배와 하나비시 선배가 설마…… 사랑의 예감?! 문화제 매직이 발동해버렸다?"

사유는 흥미진진하다는 얼굴로 신이 났다.

"그럴 리가. 그런 반짝반짝한 왕자님은 내 취향 아니야."

미야치는 그런 가능성은 먼지만큼도 없다며 단호하게 부정했다.

케이크까지 다 먹고 나니 배가 너무 불렀다.

TV도 마침 광고로 넘어가서 자연스럽게 느긋한 휴식 타임이 되었다.

시계를 보자 어느새 밤 9시가 지난 시각이었다.

"어디, 케이크를 먹었으니까 마무리 분위기로 들어가는 건 아직 이르지."

평온한 분위기가 흐르던 도중 나나무라가 어디선가 숫자가 적힌 나무젓가락 다발을 꺼냈다. 일부러 사전에 준비해온 모양이다.

"얘들아, 왕게임 하자!!"

나나무라가 흥에 겨워 제안했지만.

"싫어." "싫거든." "싫은데." "싫어요." "무슨 게임이야?" "죽어."

규칙을 모르는 에이 말고 전원이 거절했다.

"어이 마지막! 죽으라는 말은 너무 심하잖냐 세나."

"미친놈이! 초등학생도 있는 상황에서 무슨 제안을 하는 거야!"

"동생만 빼놓는 건 불쌍하잖아."

"그럼 에이도 참가할 수 있는 게임을 해야지."

"재밌잖아, 왕게임."

"어차피 호색한 명령을 내릴 생각인 주제에."

나나무라의 꿍꿍이 정도는 훤히 다 보인다.

"편견이야! 에로만이 왕게임이 아니라고. 스릴과 스킨십으로 파티 분위기를 한층 띄우고 싶은 것뿐이지."

"너 진짜 우리 집에 출입 금지 때린다."

나는 진지한 얼굴로 경고했다. 에이가 이상한 말이라도 배우면 큰일이다.

"간사의 갑질이야. 횡포라고."

"상식적인 판단이라고 해."

"시스콤 자식. 과보호가 지나쳐."

"오빠가 동생에게 해주는 교육적 배려다."

나도 양보할 마음은 없다.

"아무리 어린애라고 생각해도 모르는 사이에 성장해서 어른이 되는 거야."

나나무라는 어째서인지 다 안다는 얼굴이었다.

"누구의 시선인데."

"오빠의 절친 포지션."

"지금 한없이 나나무라와의 우정이 흔들리고 있어."

"……오호라, 세나. 나한테 그런 태도를 보여도 되는 거야?"

나나무라는 물러나지 않는다. 오히려 징그러울 정도로 여유로웠다.

"뭐가?"

"내가 너한테 준 그거, 이 자리에서 떠벌려도 돼?"

"──너 설마 이러려고?!"

나나무라답지 않은 지략.

굳이 나를 복도로 불러내서 콘돔을 준 건 왕게임을 하기 위한 함정이었던 모양이다. 수고도 많지.

"자, 어떡할래? 나는 어느 쪽이든 상관없는데."

나나무라는 요루카에게 들켰다는 걸 모르니까 협박할 수 있다고 생각한다.

섣불리 기각하면 내가 콘돔을 갖고 있다는 걸 냅다 밝혀 버리겠지.

나나무라는 그런 남자다.

다른 여성진이 어떤 반응을 할지 상상도 안 가고, 그런 상황을 동생에게 보여줘서 오빠의 권위가 땅으로 추락하는 건 피하고 싶다.

무엇보다 호기심 왕성한 동생이 콘돔에 관심을 갖는 건 아직 이르다고!

"……알았어. 그럼 야한 명령은 금지. 어디까지나 상식적인 파티 게임 범주로만. 이건 어때?"

어쩔 수 없이 마지못해 양보하는 척 연기했다.

내가 꺼낸 제약을 따라가는 왕게임이라면 괜찮다며 여성진도 허용했다.

"쳇. 뭐, 이 정도로 타협해주마."

그렇게 왕게임이 시작됐다.

""""""""왕은 누구?""""""""

일제히 나무젓가락을 뽑았다.

다들 손에 든 나무젓가락을 확인하며 서로를 둘러보았다.

그리고 왕이 손을 들었다.

"에이가 왕이야!"

내 동생이지만 운이 좋구나.

갑자기 당첨부터 뽑다니 대단하다.

나와 다르게 에이는 이런 스타성 같은 게 확실히 있었다.

"임금님, 명령해주세요!"

나나무라가 신이 나서 재촉했다.

"요루카! 반지 좀만 빌려줘!"

숫자가 아니라 냅다 이름을 불렀다.

"잠깐, 에이. 번호로 지명해야 해. 그건 반칙이라고."

첫 타자부터 규칙 깨지 마라. 다음 판부터 어영부영 흘러가기 십상이라고.

"뭐 어때. 상관없어."

요루카는 그렇게 말하며 반지를 에이에게 건넸다.

"고마워. 요루카!"

에이는 반지를 오른손 약지에 끼웠다.

아니나 다를까 약간 헐렁해 보였다.

"…………, 응. 고마워. 돌려줄게."

에이는 잠시 반지를 낀 자신의 손가락을 바라본 뒤 만족한 듯 순순히 뺐다.

"이제 됐어?"

굳이 왕으로서 명령한 건데 뜻밖에 금방 돌려받은 요루카는 의아한 모양이었다.

"응. 역시 요루카가 끼고 있는 게 제일 잘 어울려. 게다가 키스미가 고른 걸 잃어버리면 큰일이니까!"

"응, 이 반지는 에이의 오빠에게 받은 소중한 보물이야."

요루카는 반지를 고이 받아서 다시 꼈다.

"너도 그런 배려를 할 줄 알게 되었구나."

"그야 잃어버리면 요루카도 키스미도 슬퍼할 거잖아?"

에이의 어른스러운 반응에 아직 어린아이라고 생각했던 동생의 성장을 문득 실감했다.

나무젓가락을 회수한 뒤 2라운드.

""""""""왕은 누구?""""""""

다시 나무젓가락을 뽑았다.

"어, 나다."

나무젓가락에 왕관 마크가 있었다.

어디 보자, 무슨 명령을 해야 할까.

잠시 생각한 뒤 나는 내가 물어보고 싶은 질문을 해봤다.

"다들 장래의 꿈이나 되고 싶은 직업, 진로 같은 거 들려줘."

"고지식해. 유치한 질문이라고."

나나무라는 불만을 숨기지 않았다. 이 자식, 왕이 되면 분명 간접적으로 호색한 명령을 내릴 게 뻔하다.

"왕의 명령에는 절대복종. 됐으니까 나나무라부터 대답해."

"어엉? 나는 프로 농구 선수가 될 거야."

스타트를 끊은 나나무라는 당연하다는 듯 선언했다. 거기에는 조금도 망설임이 없다.

"나나무라는 그렇겠지." "나나무라답네." "오히려 나나무라에게서 농구를 빼면 여자의 적이잖아." "나나무는 그거 말고 없지." "재능은 풀로 활용해야 한다고 생각합니다!" "나나무라는 키가 크니까!"

그 진로야말로 정답이라며 다들 도장을 찍었다.

"저는 아나운서로 가 볼까~ 하는 중이에요."

이어서 대답한 사람은 사유였다.

사유라면 틀림없이 잘 어울릴 거라고, 이 자리에 있는 모두가 공감한 듯했다.

사유가 지닌 탤런트성과 사실은 노력가인 부분이 어우러지면 분명 잘 되겠지.

"나는 의사가 될 거니까 의학부가 있는 대학에 진학할 거야."

아사키는 선뜻 대답했다. 분명 가족의 영향도 있을 것이다.

어머니도 간호사고, 최근에 재혼한 아버지도 의사다.

여태까지는 가족의 부담이 되지 않도록 좋은 성적을 받아서 추천으로 갈 수 있는 가장 좋은 대학밖에 선택지에 없다는, 조건에 따른 선택이었다.

하지만 지금은 명확히 아사키 본인의 의지가 느껴졌다.

"나는 진지하게 디자인을 파고들어 보려고. 문화제에서 우리 반 로고나 전단지를 만들었던 게 재미있었고, 내 적성에도 맞는 것 같았어."

"히나카의 티셔츠, 지금은 에이가 입고 있어!"

"어? 에이가?"

"내 반티 디자인이 마음에 든다고 자기 옷으로 삼아버렸거든."

내가 보충 설명을 붙였다.

모처럼 기념으로 보관해놓을 생각이었는데 어느새 동생이 강탈해 갔다.

"에이도 마음에 들었다니 다행이다."

미야치는 얌전한 반응이었지만 반 아이들 말고도 자기 디자인을 좋아해 주는 사람이 있다는 게 상당히 기쁠 것이다.

다음으로 질문에 대답한 사람은 에이였다.

그러고 보면 에이가 되고 싶은 직업이나 꿈은 들어본 적이 없다.

"에이도 키스미네랑 같은 고등학교에 가서, 키스미네처럼 문화제에서 재미있는 거 할래!"

내 동생은 진지하게 에이세이의 학생이 되고 싶은 모양이다.

아리아 씨의 지도 덕분에 나도 합격했으니 에이도 지금 이대로라면 실현할 수 있을 것 같다.

내가 10살일 때와 비교해서 동생이 더 똑똑하니까.

다들 이야기하는 장래가 제법 구체적이라 조금 놀랐다.

마치 크리스마스트리 장식처럼 제각기 개성적으로 반짝이는 느낌이었다.

"세나는?"

내가 감탄하는 사이에 나나무라가 화제를 던졌다.

"왕도 대답해야 해?"

"일본에 왕이라는 직업은 없어."

즉 빨리 대답하란 소리다.

내 구체적인 장래상을 그리지 못하니까 질문한 거였는데.

나 자신은 아직 답이 없다.

"……나는 너희처럼 목표로 하는 직업이 아직 없어서 물어본 거야. 지금 대답할 수 있는 건 대학에 다니면서 하고 싶은 직업을 찾는 것 정도인가."

"키스미. 하고 싶은 직업은 없어도 이상 정도는 있잖아?"

아사키는 내가 대답하기 쉽도록 적절히 질문을 풀어주었다.

역시 학급 임원 파트너. 배려가 고맙다.

"맞아, 어떻게 되고 싶은지는 이미 정했지."

모두의 시선이 나에게 모였다.

이 정도로 움츠러들 만큼 내 각오는 약하지 않다.

문화제 무대에서 청혼한 남자니까.

"나는 즐거운 가족을 만들어서 요루카를 행복하게 해줄래."

내 청혼에 거짓은 없다.

"그렇다는데, 아리사카는?"

나나무라는 즉시 요루카에 패스했다.

그러자 요루카는 무언가 망설이는 모습을 보였다.

음. 음. 으음? 잠깐. 혹시 나만 너무 앞서갔나?

갑자기 불안해졌다.

이 미묘한 침묵, 굉장히 불길한 느낌인데.

어쩌지. 심장 박동이 거칠어졌다.

하지만 내 걱정을 뒤로 요루카는 나를 안심시켜주는 말

을 했다.

"나는, 그, 키스미의 신부."

나와 요루카는 완벽하고 완전하게 서로를 사랑하는 연인이다.

사랑하는 연인의 직접적인 희망 사항에 불안이 날아가고 마음은 구름 하나 없이 쾌청한 하늘처럼 맑아졌다.

"자, 철수."

아사키가 짝 손뼉을 쳤다.

"수고하셨습니다. 어째 세나 덕분에 완전히 식어버렸네.""나 속이 더부룩해.""키이 선배, 요루 선배, 꿀이 아주 뚝뚝 떨어져요.""에이는 더 먹을 수 있어!"

부스럭부스럭 일제히 테이블 위를 정리하는 아이들.

"다들 너무 담백하잖아. 더 축하해주면 안 돼?"

"이쯤 되면 너무 달아서 토할 것 같아."

나나무라가 진저리 난다는 얼굴로 대꾸했다.

"뭐? 그런 건 봄에 교실에서 연인 선언했을 때부터 항상 그랬잖아."

나도 나대로 뻔뻔해졌다.

"그랬었지. 스미스미는 계속 요루요루밖에 안 보였지."

내 사랑을 계속 지켜봤던 미야치는 이해했다는 표정.

"설마 그런 고전적인 대사를 진짜 말하는 사람이 있다니. 요루 선배, 존경스러워요."

사유는 경악하면서 웃었다.

"나 그렇게 부끄러운 말을 한 거야?!"

"했거든. 닭살 커플."

아사키가 가차 없이 지적했다.

"요루카, 키스미랑 러브러브~~."

에이까지 분위기를 타고 놀려댔다.

그렇게 즐거웠던 크리스마스 파티는 끝이 났다.

"다들 조심해서 돌아가. 요루카, 연말 여행 잘 다녀와!"

"해피 뉴이어! 다들 내년에도 같이 놀자!"

키스미와 에이의 배웅을 받으며 우리는 세나네 집을 뒤로했다.

벌써 밤 10시가 다 되어가는 시각이라 나머지 정리는 두 사람에게 맡겼다.

산타 의상에서 교복으로 서둘러 갈아입은 우리는 이웃에 사는 사유를 집까지 바래다준 뒤 남은 사람끼리 역으로 향했다.

나나무라라는 강력한 보디가드가 있으니까 밤길도 안심이다.

"그럼 요루요루, 아사키. 또 봐."

"아리사카, 하세쿠라. 신년회도 하자."

히나카와 나나무라는 플랫폼이 반대 방향이라 역 개찰구를 통과한 뒤 헤어졌다.

남은 건 나와 하세쿠라 둘뿐.

평소 다 같이 있을 때는 별로 의식하지 않지만, 둘만 있으면 대화하기 곤란하다.

돌이켜 보면 지난 일 년 동안은 계속 하세쿠라와 싸웠던 느낌이 든다.

하세쿠라 아사키는 나와 마찬가지로 세나 키스미라는 남자를 좋아했다.

그녀는 직접 키스미에게 고백할 수 있는 용감한 소녀다.

물론 키스미와 내 사랑이 흔들리지는 않았지만, 나는 각별한 존재감과 위협을 계속 느꼈다.

그녀는 나와 다르게 붙임성도 좋고 화술이 재미있고 뭐든 잘 해내는 인기인이다.

사람과의 거리감을 아주 잘 잡으며, 동성인 내가 봐도 매력적인 여자. 무엇보다 자신의 감정을 제대로 말할 수 있다는 게 존경스럽다.

그녀에게 느끼는 복잡한 감정은 동경하기 때문이었다는 것도 지금은 알 수 있다.

만약 키스미만 아니었다면 다른 관계가 되었을지도 모른다.

하지만 키스미와 사귀지 않았다면 나는 계속 혼자 있었을 것이다.

아무와도 제대로 대화하지 않고 고등학교 3년을 보내고 졸업.

그렇게 생각하면 신기하다.

하세쿠라 아사키라는 연적이 있었던 덕분에 나는 다른 사람과 커뮤니케이션을 할 수 있게 되었다.

그녀에게 느끼는 강렬한 라이벌 의식이 있었기에 성장할 수 있었다.

키스미나 히나카처럼 하세쿠라 아사키는 나에게 필요한 존재였다.

"우리 말이야, 이러니저러니 해도 둘이서만 대화한 적은 별로 없었지?"

추운 플랫폼에서 전철을 기다리던 도중, 문득 옆에 서 있던 그녀가 말을 걸었다.

"그러게. 문화제 무대에 서기 직전에 하세쿠라가 등을 밀어준 덕분에 살았어. 새삼스럽지만 고마워."

"……있잖아. 집에 돌아가기 싫다고 했는데, 키스미가 아니어도 유효해?"

"어?"

"아리사카와 한번 진득하게 대화하고 싶었거든. 그러니까 지금부터 우리 집에 자러 오지 않을래?"

그녀는 역시 대단하다.

내가 하지 못하는 걸 태연하게 한다.

"그럼 불 끌게."

나는 하세쿠라네 집 침대에서 그녀와 나란히 누워 있었다.

욕실을 빌리고, 내가 가져왔던 파자마로 갈아입고, 양치질을 하고선, 같은 침대에 연적과 어깨를 나란히.

서로 자기가 바닥에서 자겠다고 했지만 겨울이라 감기에 걸리면 안 된다는 문답으로 이어졌고, 절충안으로 둘이 같은 침대에 들어가게 되었다. 여자 둘이라면 싱글 침대라도 같이 잘 수 있다.

병원에서 일하는 가족은 야근이라 집에는 우리 둘밖에 없다.

얼마든 밤을 새울 수 있고, 만약 싸운다고 해도 아무도 막아주지 않는다.

"……내가 불러놓고 이런 말은 좀 그렇지만, 왠지 이상한 느낌이네. 이 둘이서 같은 침대라니."

먼저 그렇게 중얼거린 사람은 하세쿠라 쪽이었다.

"나도 이렇게 순순히 가겠다는 말이 나올 줄 몰랐어."

"키스미의 집에서 자는 게 더 좋았어?"

"싸우고 싶은 거라면 받아줄게."

"관둘래. 아리사카와 싸우는 건 매번 피곤한걸."

그녀는 진심으로 지긋지긋하다는 태도였다.

"동감이야. 하세쿠라는 강하니까."

"말은 잘하네. 처음부터 이겨 있었으면서."

"그래도 포기하지 않았던 너도 어지간하지."

연적으로서 이만큼 무서운 존재도 없다.

내가 남자였다면 나보다 하세쿠라를 좋아했을 테니까.

그런 매력적인 여자아이가 항상 옆에 있는데 침착할 수 있을 만큼 나는 자신감이 없었다. 내 유치함이나 나약함이 싫었고, 실패했을 때는 항상 우울해했다.

주변에서 어떻게 생각하는지는 모르지만, 나는 그렇게까지 강한 인간이 아니다.

그래서 키스미에게만은 순순히 약한 면모를 털어놓을 수 있었던 게 신기했다.

그에게라면 괜찮다고 생각했다.

"──완전히 포기가 안 되더라. 남자를 연애 대상으로 본 건 키스미가 처음이고, 아직 내 마음을 어떻게 정리하는지도 몰랐으니까."

"그렇구나."

어쩌면 나도 실연했다면 마찬가지로 포기가 안 됐을지도 모른다.

지금 와서는 얼굴을 보고 비난하는 것도 괴롭다.

실연은 누구에게나 찾아온다.

나는 우연히 처음 좋아하게 된 남자가 키스미였으니까 운이 좋았다.

정말, 그게 전부다.

　좋아하면 상대방의 단점 같은 건 주변이 말하는 것처럼 신경 쓰이지도 않고, 나는 남에게 자랑하기 위해 연애하는 것도 아니다.

　내가 좋아하고, 상대방이 받아주었다.

　타협이나 계산이 없는 단순한 관계성이었다.

　"같은 반에서 연애하는 건 성가시지. 좋아하는 사람과 같이 있어서 즐거운데 질투도 나고."

　"그건 나도 동감이야. ……어제도 키스미에게 no 러브코미디 3원칙 같은 걸 강요했었고."

　그때를 떠올리고 살짝 자기혐오에 빠졌다. 좋아할수록 나만 보길 바라니까.

　"아, 파티 때 말했던 그거 말이지. 아리사카가 워낙 질투가 심해서 키스미도 고생하겠더라. 불쌍해."

　"자각하고 있으니까 말하지 마!"

　"아무쪼록 미움받지 않도록 잘해보세요."

　하세쿠라도 마치 상관없는 일이라는 양 밀어냈다.

　"덕분에 지금도 필사적이야."

　"아직 불안한 게 있어?"

　하세쿠라는 몸을 옆으로 돌려서 내 쪽을 보았다.

　"…………이래저래 가족 문제가 있거든."

　"나라도 괜찮다면 들을게."

　그 한마디가 신호탄이 되어 나는 현재 상황을 그녀에게

말해버렸다. 미국으로 이사하는 이야기가 나와서 아빠와 현재 싸우는 중이라 제대로 대화하고 있지 않다고.

"아하하. 아리사카도 귀여운 구석이 있잖아."

"웃을 일이 아니야!"

"하하, 미안. 아니, 하지만 장거리 연애가 된다고 해도 두 사람이라면 괜찮지 않아?"

하세쿠라는 아주 자연스럽게 그렇게 말했다.

"그렇게, 생각해?"

나도 나약함이 밀고 올라와 그만 물어보았다.

"진지하게 말해서. 거리가 달라진다고 연애할 수 없는 정도면 고등학교 졸업하고 확실하게 헤어질걸."

하세쿠라는 예언하듯 단언했다.

"하지 마. 괜히 더 걱정되잖아."

"적어도 키스미는 그런 일에 좌우되는 남자로는 안 보이는데."

"내 생각에도 그래."

하세쿠라의 단언에 솔직히 용기가 생겼다.

나 혼자만의 믿음이 아니라는 걸 알고 기뻤다.

"하지만 데이트할 수 없게 되는 건 외롭겠지."

"맞아, 절대 못 참아. 말도 안 돼."

상상만으로도 눈물이 날 것 같아서 베개에 얼굴을 파묻었다.

"오오, 남의 집 베개를 축축하게 만들 정도로 아주아주 싫은가 보구나.”

“왜 아빠는 갑자기 이런 이야길 꺼낸 거야. 짜증 나.”

점점 푸념이 흘러나왔다.

“──친아빠와 싸울 수 있다는 것만으로도 좋은 거잖아.”

하세쿠라는 문득 그런 말을 흘렸다.

그녀의 아버지는 어릴 때 돌아가셔서 계속 어머니와 단둘이 살았다고 한다. 최근 그 어머니가 재혼해서 새아버지가 생겼다.

“미안해. 기분 상했어?”

“아니, 별로. 그냥, 나도 한 번쯤은 친아빠와 싸워보고 싶었단 생각에.”

어둠에 눈이 익숙해졌기 때문에 살짝 훔쳐본 하세쿠라의 옆얼굴이 어딘가 애처롭다는 게 보였다.

“아빠의 얼굴은 사진을 봐서 알지만 어떤 목소리였는지는 기억 안 나. 만약 살아있다면 아리사카처럼 싸우기도 했을까.”

“그래서 의사가 되기로 한 거야?”

“뭐, 될 수 있을지는 모르겠지만.”

“될 수 있어.”

이번에는 내가 단언할 차례였다.

하세쿠라 아사키처럼 이야기를 잘 들어주는 사람이 의사라면 환자도 안심할 수 있다. 그건 지식이나 직함에서 주는 신용도와는 별개다. 그녀에게서 느껴지는 지성이나 밝음은 상대방의 마음을 열게 해준다.

"고마워."

"새 가족은 어때? 힘들어?"

"전혀. 그냥 처음엔 익숙하지 않아서 위화감이 있더라. 가족은 처음부터 있는 법이라고 생각했으니까 새롭게 '가족이 된다'는 게 와닿지 않았어."

"……어느 의미 우리집도 그런 느낌일지도."

"무슨 소리야?"

"우리 부모님은 계속 해외에 가 있으니까 세간의 가족과 비교하면 대화량이 훨씬 적거든. 요즘은 일 년에 몇 번 만나는 정도였고……."

"가족이지만 어떻게 대화해야 할지 잘 모르겠어?"

하세쿠라는 조용히 내 마음속을 헤아렸다.

"응. 떨어져서 지내는 게 당연하고, 여행 갈 때나 귀국했을 때만 '가족이 된다'는 느낌."

도쿄에 사는 우리 자매와 해외에서 일하는 부모님을 가족으로서 묶어주는 건 핏줄뿐이라는 생각도 든다.

"부모님은 너와 더 많이 대화하고 싶으니까 미국에 데려가고 싶은 거 아니야?"

"제멋대로야!"

"뭐, 그렇긴 해."

내가 단칼에 외치자 하세쿠라는 폭소했다.

애정이 거리로 바뀐다는 보장은 없다.

그래도 계속 쌓아온 시간이 관계성을 구축하는 건 가족도 연인도 다르지 않을 것이다.

아리사카네 집은 상호 독립이 빨랐던 탓에 좋은 의미로도 나쁜 의미로도 어른의 관계였다.

이성적으로 대화하려고 해도 이번만큼은 냉정할 수 없었다.

이쪽에서 필사적으로 반대해도 결국은 어린애의 투정으로 받아들여질지도 모른다.

내 마음을 제대로 전달할 수 없다는 게 답답했다.

어째서 나는 중요한 때 항상 말이 막히는 걸까.

그런 나에게 화를 내면서도 결정적인 방법을 찾지 못하는 이상, 일단은 커뮤니케이션을 거부해서 시간을 벌 수밖에 없었다.

나는 키스미에게 믿고 기다려달라고 선언한 이상 어떻게든 부모님을 설득해야만 한다.

그런데 돌파구가 아직 보이지 않는다.

"……나 상당히 위기인 것 같아."

"장래에 돌이켜보면 이 부녀 싸움도 좋은 추억이 될지도 모르잖아."

하세쿠라는 밝은 목소리로 격려해주었다.

"지금은 최악의 추억이 될 것 같아."

"그렇게 마음이 약해진 녀석에겐 이렇게 해줘야지!"

하세쿠라가 갑자기 나를 끌어안았다.

"이거이거, 감촉이 참 좋은데! 부드럽고 말랑말랑해. 손에 착 감겨."

"남의 몸을 더듬으면서 실황하지 마!"

"이걸로 키스미를 녹여 먹었단 말이지. 확실히 중독될 만해."

"손길이 외설적이야!"

간지러워서 몸을 비틀어도 하세쿠라의 손은 떨어지지 않는다.

"우와, 가슴 크다. 꿈의 신소재 아니야?"

명백하게 목소리가 신이 나더니 점점 대담해졌다.

"여자끼리라고 해서 마음대로 만져대지 마!"

"허허, 거 가만히 있어보거라."

악덕 관리가 됐다. 뒤에서 두 다리도 교차해놓는 바람에 침대에서 도망칠 수 없다.

"그만 좀 해!"

"나중에 내 몸도 만지게 해줄게."

"그런 문제가 아니야!"

격렬한 저항 끝에 나는 가까스로 하세쿠라의 마수에서 도망쳤다. 침대는 난장판이 되었고 괜히 숨도 가빠졌다. 서로 구깃구깃해진 파자마를 고쳐 입었다.

다시 같은 침대에 눕는 게 조금 무섭다.

"하세쿠라, 너무 까불었어."

"미안하다니까. 점점 재밌어져서."

"즐기지 마!"

"아무튼, 조금은 기분전환이 됐지?"

"……윽. 격려는 평범하게 말로만 하라고."

"알겠습니다."

하세쿠라의 사과를 받아들인 나는 마지못해 침대로 돌아갔다.

그 후에도 밤늦게까지 계속 대화했다. 소소한 화제로 웃고 떠들며 하세쿠라 아사키라는 여자아이를 무척 가까운 존재로 느낄 수 있게 되었다.

"이젠 진짜 졸리다."

"그러게. 그럼 마지막으로 제안 하나 해도 돼?"

내가 하품하자 하세쿠라가 묘하게 진지하게 물었다.

"뭔데?"

"슬슬 성 말고 이름으로 불러도 돼? 요루카."

"──. 그럼 나도 아사키라고 부를게."

종업식날 아침, 교실에서 아사키와 서로 이름으로 부르며 인사했다.

우리를 보고 있던 키스미는 놀라서 눈이 휘둥그레졌는데, 그 표정이 재미있어서 둘이 동시에 웃어버렸다.

나와 아사키는 드디어 편안한 거리감을 찾았다.

◇ ◇ ◇

2학기 종업식은 별일 없이 끝났다.

체육관에서 우르르 교실로 돌아와 통지표를 받고 겨울방학 연락 사항을 마친다.

이 부분에서 우리 2학년 A반은 다들 협조적이라 매번 순탄하다.

그리고 교단에 선 담임교사, 흑발의 요조숙녀 칸자키 시즈루 선생님이 마무리 인사를 하는 단계가 되었다.

통지표 내용에 일희일비하며 연말연시에 뭘 할지 떠들던 교실은 그 기척을 바로 알아차리고 웅성거림이 사라졌다.

칸자키 선생님은 조용해진 걸 확인한 뒤 교실 전체를 둘러보았다.

"오늘로 2학기가 끝납니다. 겨울방학이 지나면 고등학교 2학년도 얼마 남지 않는데, 내년은 드디어 수험생이 되죠."

칸자키 선생님의 맑은 목소리가 울려 퍼진다.

"——시간은 누구에게나 평등하게 흘러갑니다. 아직 지망대학도 정하지 못하고 막연한 불안을 느끼는 사람도 많겠죠. 지금 조급해해도 어쩔 수 없습니다. 우선은 침착하게, 이번 겨울방학에는 자신의 장래에 대해 찬찬히 생각해 보세요. 대학 편차치나 명성만이 여러분의 정답은 아닙니다. 왜냐하면 그건 다른 사람이 만든 가치니까요. 자신에게 의미가 있는 진로를 선택하는 것, 그 결단으로 자신의 인생이 형성됩니다."

항상 조용하고 차분한 말투인 선생님이 전에 없이 열기를 띠고 있었다.

반 아이들은 모두 진지한 표정으로 듣고 있다.

내가 놓인 상황이 딱 칸자키 선생님이 말하는 내용 그 자체였다.

"중요한 건 얼마나 자신이 수용할 수 있는가입니다. 그걸 위해 수험 공부라는, 사람에 따라서는 즐겁다고 할 수 없는 노력의 시간도 필요하죠. 부디 억압이라고 생각하지 말고 전력으로 집중하는 훈련이라고 생각해주세요. 그 경험은 확실하게 인생을 뒷받침해주는 저력이 됩니다. 결코 헛수고가 아닙니다."

교사라는 위치에서 많은 학생들을 봐 왔기에 칸자키 선생님은 자신감을 갖고 말할 수 있는 거겠지.

"여러분은 가능성 덩어리입니다. 타성이나 타협에 안이하게 빠지지 말고, 도전을 무서워하지 마세요. 미래를 자기 손으로 닫아버리는 건 아깝습니다. 용기를 갖고 인생을 개척해나가세요. 다시 말합니다. 여러분에게는 용감한 도전을 기대하겠습니다. 그것을 마음에 품고, 부디 알찬 연말연시를 보내시길. 새해 복 많이 받으세요."

그 말은 칸자키 선생님다운 설득력이 담겨 있었다.

간단하면서도 적확하게 찌르는 내용은 듣기만 해도 가슴에 불이 붙는 것 같은 최고의 응원.

그건 교실을 둘러봐도 일목요연했다.

다들 등을 곧게 펴고 선생님이 한 말의 의미를 곱씹는 얼굴이었다.

정말, 좋은 선생님이다.

내가 올해 마지막 구령을 외치자 2학년 A반의 홈룸은 끝났다.

"선생님, 상담하고 싶은 게 있는데, 시간 괜찮으신가요?"

나는 타이밍을 가늠해 칸자키 선생님에게 말을 걸었다.

"…………세나 학생이 먼저 찾아오다니 별일이군요. 내일은 눈이라도 내리겠어요."

선생님은 눈을 동그랗게 떴다.

"좀 고민하는 게 있어서요."

"저는 상관없지만 아리사카를 혼자 둬도 괜찮은 겁니까?"

"요루카는 오늘 어머니와 둘이 쇼핑하러 간다고 이미 돌아갔어요."

"아, 부모님이 귀국해있었죠."

"아리아 씨한테서 들으신 거예요?"

"네."

"그럼 그 문제도 선생님은 들으셨겠네요?"

"그 문제?"

"어쩌면 미국에 갈지도 모른다는 이야기요."

나는 목소리를 죽이고 조용히 확인했다.

"조금은요."

"그것도 포함해서 상담하고 싶은데요."

"알겠습니다. 그럼 다실에서 이어서 하죠."

선생님은 그렇게 말한 뒤 먼저 교실을 나섰다.

나도 뒤를 따라 복도를 걸었다.

"……세나 학생, 요즘 아리아와 연락하고 있습니까?"

문득 선생님이 그런 질문을 했다.

"문화제 이후로는 한 번도 안 했는데요."

"그렇습니까."

"무슨 일 있나요?"

"아뇨, 아무것도 아닙니다."

다도부의 부실이기도 한 다실.

생각해보면 이 다실에서 선생님과 단둘이 이야기하는 건 오랜만이다.

타타미 위에서 정좌하며 선생님이 우려낸 차를 마시고 다과로 양갱을 먹었다.

"이 양갱 맛있네요."

"처음에는 긴장해서 어색했었는데, 세나 학생도 완전히 친숙해졌군요."

"1학년 때부터 여기 올 때마다 부려 먹혔으니까요. 아무래도 익숙해지죠."

"무슨 일이든 경험입니다."

"가짜 남자친구로서 선생님의 부모님과 인사한 것도요?"

"그건 그만 잊어주세요."

"아니, 제가 열심히 해서 선생님도 부모님과 관계가 개선된 거잖아요."

"그 점은 감사합니다. 다만 세나 학생의 책임감이 얼마나 강한지 저도 잘못 짚었다는 걸 문화제 때 아주 크게 반성했으니까요."

칸자키 선생님은 살짝 시선을 내렸다.

"에이는 문화제가 엄청 인상적이었던 건지 요즘은 에이세이에 입학하고 싶다고 하더라고요. 입학하면 잘 돌봐주세요."

"왜 아리아도 그렇고 세나 학생도 그렇고 동생을 제게 맡기는 걸까요?"

"칸자키 선생님이 좋은 선생님이라서 아닐까요?"

그것만큼은 틀림없다.

"──. 입학을 기다리겠다고 전해주세요."

"감사합니다."

"동생은 오빠처럼 무모한 짓을 하지 않는 학생이 되어준다면 좋겠군요."

"제가 쓰러진 건 그냥 스스로 감당을 못한 것뿐이고, 연주한 것도 제 의지예요."

"사람이 당부한 것도 안 지키고 무리하다니."

칸자키 선생님은 깊은 한숨을 쉬었다.

"선생님이 아까 말씀하셨잖아요. 용기 있는 도전인 거죠."

"자기 좋을 대로 해석하지 마세요."

"끝나고 보면 좋은 추억이잖아요."

나는 이미 지나간 일이랍시고 그만 가볍게 농담조로 말했다.

하지만 그게 선생님의 심기를 건드렸다.

"당신은 전날에 과로로 쓰러졌단 말입니다! 무슨 일이 생기면 어떡하려고 그래요!"

선생님의 험악한 지적에 나는 몸이 뻣뻣해졌다.

"그러면, 자업자득이고요……."

"어른이 책임을 지는 건 아이를 지키기 위해서입니다!"

선생님이 언성을 높였다.

어른과 아이.

그 차이는 딱 지금 내가 안고 있는 문제와 직결되어 있다.

"걱정 끼쳤습니다."

"사과는 안 하는군요."

"후회는 없거든요."

"기세나 열정으로 달릴 수 있는 건 청춘의 특권이지만, 자신을 무적이라고 자만하지 마세요."

"……주변이 다들 대단한 녀석들이니까요. 차마 그런 식으로는 생각하지 못하겠네요."

실제로 나는 크리스마스 파티에서 다른 애들의 장래 희망을 듣고 상당히 위축되어 있었다.

시간이 지나면 고양감도 흩어진다.

그 무대에서 느꼈던 만능감은 진작에 사라졌다.

어차피 고등학교 문화제의 한 토막이라며 정신을 차리고는 냉소가 나왔고, 미래로 이어지는 길조차 보이지 않는 17살 소년이라는 사실에 조급함만이 쌓인다.

"겸손하군요."

"결국 저는 범재니까요."

나는 이미 습관처럼 붙어버린 자조를 입에 담았다.

"……제가 어째서 세나 학생에게 학급 임원을 부탁했다고 생각하죠?"

"부려 먹기 쉬워서?"

"저를 무슨 폭군으로 보는 겁니까."

칸자키 선생님의 미간에 주름이 생겼다.

"알차게 써먹으셨잖아요."

"덕분에 아리사카 학생과 연인이 되었으니까 플러스마이너스 제로입니다."

칸자키 선생님은 드물게도 가볍게 받아쳤다.

교사와 학생이라는 관계에서 빚을 지네 마네 같은 것도 없다고 보지만, 최대한 대등하게 대하려는 자세에서 호감이 느껴진다. 선생님은 다정하단 말이지.

"당신의 장점은 크게 두 가지. 하나는 자신이 정한 일을 제대로 책임감 있게 해내는 겁니다. 시시한 자조는 자신의 가치를 깎아 먹죠. 당신에게는 누구를 상대로도 움츠러들지 않는 토대가 있으니까 안심하세요."

"네."

선생님의 솔직한 평가가 내 자신감이라는 이름의 물렁 물렁한 등뼈를 교정해준다.

"다른 하나는 사람과 사람을 이어주는 인품입니다. 당신 은 어떤 상대에게도 맞출 수 있는 유연함과 넓은 그릇을 지녔죠. 그런 세나 학생이라면 받아들여 줄 거라며 의지하 고 따르는 겁니다. 게다가 노력하는 당신에게 감화되어 다 른 사람들도 자극을 받아 성장하죠. 세나 키스미의 영향력 을 우습게 보지 마세요."

어쩐지 찡하다.

이 사람이 지켜봐 준 덕분에 나는 성장할 수 있었다.

"세나 학생. 당신은 자신이 생각하는 것보다 훨씬 매력 적입니다. 나나무라 학생, 미야우치 학생, 하세쿠라 학생, 유키나미 학생, 무엇보다 아리사카 학생이 당신을 따르는 게 가장 큰 증거죠."

선생님은 세나회 멤버들의 이름을 꼽았다.

"순전히 칸자키 선생님께서 지도해주신 산물이에요."

"말은 잘하시네요. 아무리 그 학생을 생각해도 교사의 말은 대부분 흘려넘기곤 합니다. 실제로 세나 학생도 무시 하고 무대에 섰잖아요."

칸자키 선생님은 불만인 듯했다. 참고 억눌렀던 걸 집요 하게 토해내는 느낌이었다.

"……윽."

그 부분은 아무런 변명도 할 수 없다.

"개인으로서는 응원해도 칸자키 시즈루라는 교사는 직업상 당신을 무대에 세우는 발언은 할 수 없습니다."

선생님의 말에 박힌 가시가 아프다.

지금 나는 아주 민망해하는 표정이겠지.

칸자키 선생님은 내 표정을 보고 만족스러운 모양이었다.

"긴 인생에서 교사는 학창 시절에 만나는 어른 중 한 명에 불과합니다. 은사라며 따르는 학생들도 있지만, 그건 우연히 저와 개인적으로 궁합이 잘 맞았던 거겠죠. 아리아가 딱 그랬을 겁니다. 그리고 어른의 말이 전부 정답이라는 보장도 없습니다."

이 사람은 더없이 겸손하고 객관적인 시선으로 보려고 한다.

"저는 선생님의 그런, 학생을 위하고 성실한 점이 좋아요."

좋아한다는 표현이 적절한지는 알 수 없고 막상 말해보니까 묘하게 쑥스럽다.

교사에게 좋아한다고 말하는 건 인생 처음이다.

그래도 그동안의 감사를 전해보았다.

"……저에게 세나 학생이 평생 잊을 수 없는 학생인 건 틀림없겠군요."

칸자키 선생님은 여태껏 본 적이 없을 만큼 부드러운 미소를 짓고 있었다.

평소 모습과의 격차에 가슴이 두근거렸다.

이런. 연상 여성의 무방비한 표정은 상당한 파괴력을 지녔구나.

철가면 아래, 보면 안 되는 맨얼굴을 엿보고 만 배덕감마저 밀려들었다.

"세나 학생? 왜 그러시죠?"

"아뇨, 아무것도 아닙니다. 아니, 이 말차와 양갱 조합 최고네요."

얼버무리듯이 남아 있던 걸 한꺼번에 입에 쑤셔 넣었다.

전부 다 먹은 나는 마지막으로 사적인 질문을 부딪쳐 봤다.

"선생님은 솔직히 어떤 상대와 결혼하고 싶으세요?"

칸자키 선생님이 눈을 크게 뜨고 허둥댔다.

무표정한 가면을 항상 뒤집어쓰고 있는 듯한 사람이 진심으로 난감해하고 있었다.

"어, 어째서 세나 학생이 결혼 이야기를?"

"어떤 어른이 되면 계속 좋아해 줄까요. 역시 외모? 아니면 재력?"

내 생각에도 풋내나는 질문이다.

어쩔 수 없잖아. 10대의 자의식 같은 건 1년의 절반은 태풍 같은 거다.

즐거울 때는 잔뜩 신이 나고, 그 이상으로 힘들 때나 괴

로울 때는 세상이 아주 부조리하다고 느낀다.

"전부 판단 재료 중 하나이기는 하지만 대전제로서는 성격이 잘 맞는지, 배려심이 있는지 같은 거겠죠."

"여성이 인생을 맡기고 싶어지는 배려심은 어떻게 해야 익힐 수 있을까요? 애초에 배려심이라는 건 구체적으로 뭐죠?"

내가 적극적으로 파고들려고 하자 칸자키 선생님은 다소 주춤거렸다.

"대체 뭔가요?! 20대 후반 여자에게 결혼은 민감한 문제입니다. 어린아이가 괜히 따지고 들지 마세요!!"

아주 감정적으로 혼났다. 아무래도 아픈 구석을 찔러버린 모양이다.

"불안해져서 그만."

"괜찮습니다, 학생의 고민을 듣는 건 교사의 역할이니까요."

"참고로 선생님의 이상형은 어떤 사람인가요?"

"세나 학생과는 상관없습니다!"

"그럼 남녀의 미묘한 심리를 이해하고 있는 선생님도 연애와 결혼을 별개라고 생각하세요?"

"비아냥인가요?"

"진지한 고민이에요."

뻔히 아는 바다. 그 질문은 유치하기까지 하다. 그래도 누군가에게 물어보지 않을 수 없다.

선생님이라면 힌트를 주지 않을까 기대하게 된다.

"결혼은 집안 간의 문제──라는 담론이 통하는 건 역시 어느 정도 큰일이라 그런 거겠죠. 병에 걸렸을 때, 아이가 태어날 때 등 안전망으로서 자기 가족의 협력이 없는 것보다 있는 게 당연히 좋고요."

내가 아이니까 부모가 된다는 건 상상도 가지 않는다.

"……어떻게 해야 저도 아리사카 가의 새 가족이 될 수 있을까요?"

"조급해하는 마음은 이해하지만, 고등학생 단계에서 받아들여지는 건 현실적으로 어려울 겁니다."

"알고 있지만요!"

"그런 표정 짓지 마세요. 보는 제가 걱정됩니다."

"선생님, 지금 제가 할 수 있는 일은 없을까요. 저는 요루카와 떨어지고 싶지 않아요."

결국 내 바람은 그저 그것뿐이다.

"말했죠, 세나 학생. 당신은 자신이 생각하는 것보다 영향력이 큽니다."

칸자키 선생님은 평소와 다름없는 냉정한 목소리로 말했다.

이 사람만큼은 내게 보이지 않는 답을 알고 있는 것 같았다.

"네?"

"그 완강하게 마음을 닫고 있던 아리사카 학생을 바꾼

사람이 세나 학생입니다. 아리사카 학생이 지금처럼 학교에서 즐거운 표정을 지을 수 있게 해준 건 아리아도 저도 아니에요. 그것만은 아무도 흉내 낼 수 없습니다. 객관적이고 절대적인 사실이에요."

"제가, 요루카를 바꿨다……."

"세나 학생. 당신은 평범함이라는 말에 너무 사로잡혀있습니다. 자신에게는 당연한 것이 사실 가장 큰 무기라는 사실에 더 자신감을 가지세요."

이때 칸자키 선생님이 해준 조언을 나는 평생 잊지 못한다.

내 인생 최고의 교사는 틀림없이 칸자키 시즈루였다.

2학기 종업식이 끝나고 짧은 겨울방학에 들어갔다.

어느새 벌써 일 년의 마지막 날.

매년 그렇지만 연말은 바쁘고 어수선하다.

요루카와 매일 연락은 하고 있지만 귀국한 부모님과 보내는 일정을 우선하고 있어서 요즘은 얼굴을 보지 못했다.

학교에서 매일같이 만나던 연인의 얼굴을 보지 못하는 건 아쉽지만, 평소 만나지 못하는 만큼 최대한 가족이 함께 시간을 보내는 게 좋다고 본다.

미국 이사 문제에 진전이 있었다는 보고는 아직 없다.

또 내게도 어수선한 이유가 하나 더 있다.

크리스마스 파티날 밤 부엌에서 요루카와 나눈 대화 때문이다.

슬슬 어른의 계단을 올라갈지도 모른다.

요루카의 말과 태도에서 그 예감은 전에 없이 명확해져 가고 있다.

덕분에 머릿속이 완전히 핑크빛이다.

기대와 긴장이 번갈아 찾아오며 상상력이 완전히 오작동하고 있다. 불건전한 망상이 마음대로 펼쳐지는 바람에 집중을 할 수 없다.

이렇게까지 넋이 나간 건 요루카에게 고백하고 대답을

기다리던 봄방학 이후 처음이다.

　고뇌하는 나는 대청소에 몰두하기로 했다. 내 방만이 아니라 집 전체로 손을 뻗어 더러움과 함께 내 번뇌를 지워버리려고 애썼다. 눈에 띄는 더러움은 물론이고 숨어있는 장소까지 철저하게. 높은 곳에 있는 먼지를 털고 창문을 반짝반짝하게 닦았다.

　"키스미, 또 이상해졌어. 요루카 생각하는 거야?"

　에이는 완전히 익숙해졌다는 듯 황당해했다.

　"진짜니까 내버려 둬."

　나도 숨기지 않았다.

　"엄마가 장 보러 다녀오래. 그 김에 점심도 밖에서 먹고 오래."

　"나는 환기팬 청소하느라 바빠."

　"이미 깨끗해. 아까부터 계속 손이 멈춰있어."

　"……어, 진짜다."

　환기팬 날개에 달린 기름때가 깔끔하게 떨어져 있었다.

　부엌에 있으니 의식이 자연스럽게 12월 25일로 돌아가 버리고 말았다.

　"그리고 키스미가 부엌에서 안 비키면 오세치* 못 만든대."

　"그건 큰일이지."

　"응. 오세치가 없는 설날은 섭섭해."

---

* 일본에서 새해를 기념하며 여러 요리를 찬합에 담아 먹는 것.

에이는 심각한 얼굴로 동의했다.

나는 재빨리 정리한 뒤 부엌을 넘겨주고 에이와 함께 집을 나섰다.

밖으로 나오자 점심시간인데도 찬 공기가 뺨을 찔렀다.

콧속이 따끔하고 입김이 하얗게 물든다.

요 며칠 사이에 또 한층 추워졌다.

나는 무심코 어깨를 웅크리고는 요루카에게 받은 목도리를 고쳐 감아 입가를 묻었다.

옆에서 걷는 에이는 코트와 장갑, 니트 모자로 무장해 전체적으로 복슬복슬했다.

"눈 안 내릴까? 쌓이면 눈사람 만들고 싶어!"

"여기서 더 추워지면 힘들다고."

동생의 천진난만한 희망에 무심코 진지하게 지적하는 나.

어쩔 수 없다. 반드시 도와주게 될 게 뻔히 보이니까. 추운 날씨에 즐겁게 눈놀이를 할 수 있을 나이는 진작에 지나버렸다.

"키스미, 기합이 부족해."

기합 문제냐. 눈놀이도 제법 하드해졌구나.

"그럼 사유도 부르자. 근처에 사니까 와 주겠지."

이럴 때는 가깝고 편리한 친한 후배다. 끌어들일 수 있는 상대는 적극적으로 끌어들인다.

"찬성! 사유가 있으면 커다란 눈사람 만들 수 있어!"

"얼마나 크게 만들고 싶은데?"

"키만큼. 만들 수 있으면 이글루도."

"이글루는 아무래도 어려울걸. 도쿄에서 눈을 기다리기보다는 눈이 많이 내리는 동네에 가는 게 확실해."

"아빠에게 부탁해볼래. 스키도 타고 싶어."

네, 겨울에 가족끼리 스키 여행 결정이군요.

딸의 부탁에는 사정없이 약한 게 아버지다.

아니, 세나 가는 그렇지.

주택가를 지나 익숙한 역 앞에 도착했다.

31일인데도 불구하고 사람이 많고 어딘가 분주했다.

나는 이 괜히 재촉당하는 느낌이 왠지 싫지 않았다.

올해 남긴 일을 어떻게 정리할지, 포기하고 내년으로 미룰지 같은 갈등.

즐거운 일이 있어도 해가 바뀌면 리셋될 것 같은 약간의 적막.

반대로 내년은 분명 잘될 거라는 어렴풋한 기대.

이런 연말의 어수선한 분위기에 잠기며 지난 한 해를 돌아보는 건 일종의 정신적 대청소인 건지도 모른다.

하지만 내년은 이런 정서적인 연말연시를 보내는 건 어렵겠지.

수험생인 듯한 다른 학교의 고등학생이 어딘가 딱딱한 표정으로 내 옆을 지나갔다. 빠른 걸음으로 걸으면서도 손에 펼쳐놓은 영어 단어장에 시선을 주고 있다.

그건 내년의 내 모습이었다.

수험생에게 지금은 심신 모두 방심할 수 없는 시기다.

건강에 신경 쓰면서도 자투리 시간까지 아껴가며 공부에 매진하고 있겠지.

그 등을 향해 마음속으로 응원을 보냈다.

"자, 에이. 점심으로 뭐 먹고 싶어? 배 얼마나 고파?"

"꼬르륵!"

옆에서 걸어가는 에이도 연말 분위기에 들떠있었다. 평소보다 대답이 씩씩하다.

"엄마에게 예산 많이 받았으니까 사양하지 않아도 돼."

좋아하는 걸 말하라고 재촉했다.

"라멘!"

"오늘 저녁은 해넘이 국수라서 그럼 2연속 면이야."

"그럼 후라이드 치킨!"

"크리스마스에 배부르게 먹었잖아."

"키스미 부정만 해~~."

"어디까지나 의견을 말한 것뿐이야."

"그렇게 차가우면 요루카도 정나미가 떨어질 거야."

에이는 건방진 소릴 했다.

"초등학생이 별말을 다 하네. 그리고 나와 요루카는 러브러브거든."

"키스미, 요루카밖에 몰라."

"그야 동생보다 연인이지."

"너무해!"

쿠궁 충격을 받은 얼굴로 에이는 원망스럽다는 듯 올려다보았다.

"어차피 에이도 몇 년 정도 지나면 날 귀찮아할 테니까 이 기회에 아예 오빠에게서 독립해줘."

"에이는 키스미 좋아한다고!"

"응, 그래. 고마워."

"고맙단 말은 됐으니까 다정하게 대해줘!"

그렇게 말하며 에이는 내 팔에 매달렸다.

"체중 싣지 마! 무거워! 어깨 빠지겠다!"

길거리에 있거나 말거나 에이는 내 팔을 붙잡고 늘어졌다.

"에이 그렇게 안 무거워."

몸이 휘청 기울며 꼼짝하지 못하게 된다. 에이의 엉덩이가 바닥에 닿을락 말락 한 상태가 되어도 떨어지려고 하질 않아서 난감했다.

"알았으니까! 아무튼 밥 먹으러 가자."

나는 에이를 팔에서 털어냈다.

"그럼 키스미가 가게 정해."

"아~~, 중식이라도 먹을래?"

"라멘이랑 별 차이 없잖아!"

"탕수육도 있고 고추잡채도 있고 종류가 다양하잖냐."

"먹을 기분 아냐."

"파스타는?"

"그것도 면!"

"그럼 저기 카페에서 샌드위치나 핫도그."

"빵은 아침에 먹었어~~."

"너도 계속 부정만 하잖아."

에이는 내가 제시하는 메뉴를 족족 기각했다.

일부러 그러는 거냐 싶을 만큼 똑같은 짓을 고스란히 돌려주고 있다.

12월 31일이라 휴일인 가게도 있지만 역 앞에는 체인점부터 오래된 점포까지 선택지가 갖춰져 있다.

하지만 식욕이 애매했다.

나는 지금 뭘 먹고 싶은가. 올해 마지막 점심이기도 하니까 별로 타협하고 싶지 않다.

"키스미, 아이디어 더 내봐."

에이는 당연하다는 듯이 요구했다.

"……너 장래에 누군가와 데이트할 때는 요구를 구체적으로 말해줘."

"왜?"

"다른 사람은 네가 원하는 걸 쉽게 맞히지 못하니까."

동생이 대안도 주지 않고 싫다고만 하는 귀찮은 인간이 되길 바라지 않는다.

데이트 중에 식사할 곳이 좀처럼 정해지지 않으면 마음이 급해지고, 배가 고플 때는 기분도 나빠진다.

그 점에서 요루카와는 처음부터 마음이 맞았던 건지 메뉴 선정으로 싸운 적이 없다.

배가 고프면 눈에 띄는 곳에 적당히 들어가도 즐겁게 식사할 수 있었다.

그런 의미로도 나와 요루카는 궁합이 좋았던 거겠지.

사귀면서 그걸 한층 실감했다.

"하지만 키스미는 맞혀주잖아."

그만큼 투덜거리는 것치고 이 동생이 나에게 보내는 전폭적인 신뢰는 흔들림이 없다.

"──. 그건 내가 오빠니까 예외야."

나보다 7살이나 어린 동생이니까 태어난 순간부터 알고 있다.

부모님의 육아도 도우면서, 그야말로 기저귀도 갈아주고 젖병도 물려주고 놀아주기도 하면서 오늘까지 계속 돌봤다.

자랑은 아니지만 에이에 대해서는 대충 다 안다고 본다.

"그럼 데이트는 키스미랑 할 거니까 괜찮아."

동생은 그런 소릴 했다.

나는 웃음이 터질 뻔했다.

궁시렁거리면서도 결국 나도 동생이 귀엽다. 그래서 어지간한 투정에는 맞춰줄 수 있다.

뭐, 이렇게 휘둘릴 때가 좋을 때지.

몇 년쯤 지나면 이렇게 같이 다니는 일도 줄어들고 오빠

같은 건 질색이라고 할 거다.

……상상만으로도 화가 나네.

그렇게 가게를 정하지 못한 채 역 앞에서 미적거리다가 그 사람을 만났다.

"어라? 스미잖아. 게다가 에이도 있네."

우리가 목소리가 들린 쪽을 돌아보자 눈이 휘둥그레질 만큼 아름다운 사람이 서 있었다.

"————어, 아리아 씨?!"

허를 찔린 나는 괴성을 내고 말았다.

심장이 크게 뛰면서 긴장된다.

내 연인의 언니, 아리사카 아리아가 그곳에 있었다.

"뭐야, 삑사리를 다 내고. 그렇게 놀랄 거 없잖아. 너무하네."

아리아 씨는 평소와 다름없이 털털한 태도로 다가왔다.

하지만 내가 무엇보다 놀란 건 아리아 씨의 대변신 때문이었다.

"그, 그 머리, 대체 어떻게 된 거예요?!"

"기분전환으로 이미지 체인지해 봤어. 어때? 어울려?"

아리아 씨는 그렇게 길게 길렀던 머리카락을 싹둑 자른 모습이었다.

"아리아 언니, 안녕!"

에이는 기쁘다는 듯 아리아 씨에게 달려들었다.

"에이, 오랜만이야."

연인의 언니와 내 동생은 마치 나이 차이가 나는 친구처럼 막역하게 인사를 나눴다.

정말 언제 저렇게 친해진 건지.

"짧은 머리도 예뻐!"

"고마워. 이렇게 짧게 자른 건 처음이라 영 어색했거든. 하지만 에이가 칭찬해줘서 안심했어."

요루카와 같은 피를 이어받은 아름다운 언니는 내가 중학생 때 다녔던 학원에서 강사로 아르바이트를 했었다. 나는 아리아 씨의 스파르타 지도 덕분에 에이세이에 합격할 수 있었다.

소위 은인이라는 거다.

하지만 아리아 씨의 대담한 이미지 체인지에 어안이 벙벙했다.

나에게는 상당히 충격적이었으니까.

그야말로 연인의 언니라는 걸 알았을 때와 필적할 정도로 놀랐다.

"뭐야, 그러다 눈 튀어나오겠다. 스미, 그만 쳐다봐."

"너무 놀라서 약간 동요했어요."

내 횡설수설한 반응에 아리아 씨는 미심쩍은 얼굴이 되었다.

"그래서 감상은? 가능하면 칭찬이면 좋겠는데?"

"그건 당연히 아주 멋지죠. 쇼트헤어도 잘 어울려요. 지금까지 본 이미지와 확 달라져서 순간 다른 사람인 줄 알았어요."

"남자에게 보여주는 건 스미가 처음이야. 역시 운이 좋네."

"굉장한 타이밍."

심지어 집 근처에서 아리아 씨를 만날 줄은 몰랐다.

"후후후. 어제는 머리카락 자른 뒤에 시즈루 집에서 망년회하고 그대로 잤거든. 지금 집에 돌아가는 중."

"여전히 사이좋으시네요. 그래서 마지막 날에 이런 곳에 계셨군요."

아리아 씨도 에이세이 고등학교의 졸업생이자 재학 중에 칸자키 선생님이 담임이었다. 지금은 친한 친구로서 계속 교류하고 있다.

옛 담임에서 초등학생 동생까지 친해질 수 있는 아리아 씨의 커뮤니케이션 능력은 대단하다.

그러고 보면 에이도 낯가림 없이 상대방에게 자연스럽게 다가가는 타입이다.

……어라? 두 사람 좀 닮았나?

장래에 에이가 아리아 씨처럼 되는 건 든든하지만, 무시무시하다.

"매년 둘이 망년회하면서 본가에 돌아가기 싫다고 징징거리는 걸 들어주지 않으면 시즈루는 귀성하지 못하거든."

"칸자키 선생님도 그런 식으로 푸념을 하는군요."

학교에서는 약간의 빈틈도 없고 지적이며 냉정한 자태인 칸자키 시즈루 선생님.

"시즈루는 남 일에는 시원시원해도 자기 일에는 비교적 쭈뼛거리곤 하니까. 뭐, 올해는 누구씨 덕분에 전보다는 나았지만."

"그렇게 몰아간 건 다름 아닌 아리아 씨잖아요."

7월 초, 갑자기 학교에 온 아리아 씨. 집에 돌아가려던 나를 끌고 가더니 가짜 남자친구로서 칸자키 선생님의 부모님을 만나달라고 부탁했다.

명백하게 학생이 할 수 있는 범주를 넘어선 부탁.

부탁하는 쪽도 부탁하는 쪽이지만 받아들인 나도 나다.

옛날부터 아리아 씨의 지시에는 거역하지 못하는 구석이 있다.

"넌 거절하지 않았잖아."

"칸자키 선생님이 퇴직하시면 저도 곤란하니까요."

"담임의 위기를 구한 건 제자로서도 명예로운 일이지."

"통지표는 별로 큰 변화가 없었는데요."

그래도 2학기 기말고사 성적이 좋았기에 조금은 나아졌다.

"시즈루는 부정 평가를 하지 않지만, 마음속 이미지는 틀림없이 올라갔을 거야."

"저는 문화제 때 말을 안 듣고 병원에서 탈출한 문제아니까요."

"그건 나도 공범이니까 노 코멘트."

"아리아 씨. 그때는 왜 와 주셨던 거예요?"

아리아 씨가 차를 운전해서 내가 입원했던 병원까지 데리러 와 준 덕분에 아슬아슬 무대에 설 수 있었다.

사실은 남을 잘 돌보는 사람이니까 나도 고개를 빳빳하게 쳐들 수가 없다.

"나도 계속 라이브를 기대했었거든."

"만족하셨어요?"

"응. 그렇게 기타를 잘 치는 줄은 몰랐어."

"그야 쓰러질 정도로 밤늦게까지 연습했으니까요."

집에서 연습하다 쉬는 사이 문화제 실행위원 일로 질문이 있어서 아리아 씨에게 전화를 걸기도 했다. 그런 대화 속에서 내가 무리하는 것도 눈치채고 있었기에 아리아 씨는 병원까지 데리러 와 준 건지도 모른다.

병실 침대에서 눈을 떴을 때의 그 절망감은 다시는 맛보고 싶지 않다.

그렇기에 절묘한 타이밍에 나타난 아리아 씨에게는 아무리 감사해도 부족했다.

"──멋있었어."

"……, 감사합니다."

아리아 씨가 진지한 얼굴로 칭찬해서 나도 반응하기 난감했다.

대화가 끊어지고, 어딘가 불편한 침묵이 찾아왔다.

적당한 화제를 찾으려고 발치에서 시선을 배회하다 아리아 씨의 발이 평소와 다르다는 걸 깨달았다.

"오늘은 택시가 아니라 전철로 돌아가시는 거예요?"

아리아 씨 하면 이동은 기본 자동차라는 인상이었다.

굽이 높은 신발이 아니라 굳이 걷는 걸 상정한 스니커를 고른 모양이었다.

오늘의 코디도 전체적으로 캐주얼하다. 고상하고 차분한 색의 목도리를 두르고, 고급 브랜드 코트를 걸쳤다. 아래에는 스웨터와 롱스커트라는 심플한 의상이다.

꾸미지 않았기에 본인의 매력이 전면으로 드러나 있다.

그 모습은 사적인 시간을 보내는 모델 같은 인상이었다. 일반인과는 차원이 달랐다.

화장도 평소보다 연해서 요루카와 이목구비가 비슷하다는 걸 한층 실감했다.

알고는 있었지만, 오랜만에 만나니까 어마어마한 미인이라는 걸 재확인하게 된다.

"요즘은 걸으려고 하는 중이야."

"다이어트라도 시작하셨어요?"

"매너 위반. 나는 다이어트가 필요 없을 정도로 지금도 나이스 보디라고."

"자기 입으로 말하다니 못 당하겠네."

"의심스러우면 확인해볼래?"

아리아 씨는 주머니에 손을 넣은 채 코트 앞자락을 벌렸다.

허리의 곡선을 보면 훌륭한 몸매가 일목요연하다. 복장으로 커버하지 않으니까 더욱 숨겨지지 않는 본연의 매력이 잘 보였다.

동시에 그 적당히 풀어진 모습은 내가 학원에서 공부를 배우던 시절을 떠올리게 했다.

그 무렵 아리아 씨는 지금과 다르게 전혀 꾸미지 않았다. 패션에도 관심이 없고, 화장도 귀찮다면서 항상 안경과 마스크로 얼굴을 가렸다.

아리아 씨의 얼굴이 이런 미인이었다니, 지금보다 더 애송이였던 내가 눈치챌 수 있을 리 없다.

"요루카에게 살해당한다니까요."

나는 쓴웃음을 지을 수밖에 없었다.

"뭐, 내 속옷 모습은 이미 봤으니까. 스미는 엉큼해."

"그건 사고잖아요!"

처음 아리사카 가를 방문했을 때 소파에서 자던 속옷 차림의 아리아 씨가 나를 요루카로 착각하고 자빠트렸다. 제법 강렬한 재회였다.

"하아. 한순간이라도 긴장했던 제가 바보 같네요."

그랬다. 아리아 씨가 갑자기 눈앞에 나타나서 나는 상당히 긴장했었다.

"얼굴 보는 건 문화제 이후 처음이지. 그 후로는 연락도 안 줬고."

"우연이에요."

"다행이다. 뭔가 불편한 이유라도 있나 했어."

아리아 씨는 생긋 웃었다.

유난히 압박감이 강렬한 미소에 나는 목까지 올라왔던 말을 다시 삼켰다.

본인이 그렇게 말한다면 우리 사이에 불편할 이유는 존재하지 않는다.

"네. 여태까지 그랬듯 아무것도 변하지 않아요."

나도 긴장을 풀었다.

"······둘 다 좀 이상한데?"

에이가 신기하다는 듯 나와 아리아 씨를 번갈아 쳐다봤다. 빤히 표정을 관찰하며 무언가를 읽어내려는 모습이다.

"맞아! 서서 이야기하는 건 추우니까 패밀리 레스토랑에라도 들어가지 않을래? 내가 살게!"

"마지막 날인데 괜찮으세요? 오늘부터 가족끼리 슈젠지로 온천여행이잖아요."

"점심을 먹을 정도의 시간은 있어."

아리아 씨 덕분에 점심에 갈 가게가 드디어 정해졌다.

그 이상으로, 이 타이밍에 아리아 씨와 재회한 것도 어떠한 인연이나 인도다.

모처럼 만났으니 아리사카 가에 대해 자세히 듣고 싶었다.

◇ ◇ ◇

가까운 패밀리 레스토랑으로 이동한 뒤 운 좋게 대기 없이 자리에 앉았다.

주문을 마치고 드링크바의 음료를 마시며 요리가 나오길 기다렸다.

에이는 혼자서 음료를 여럿 받아와 마시면서 비교하고 있었다.

그 마음 알지. 모처럼 드링크바니까 다양하게 마시고 싶기 마련.

"그나저나 문화제에서 청혼이라니 성급하기도 하지. 혼인신고서도 제출하지 못한 나이잖아. 다음엔 우리 부모님에게 인사할 생각이야?"

아리아 씨가 문득 물었다.

"필요하다면 지금 당장에라도 갈 거예요."

"배짱 있네."

"어차피 늦든 이르든 해야 하는 일이니까요."

"고등학생의 사랑은 너무 일직선이라서 나에게는 좀 부담스럽다."

아리아 씨는 눈이 부시다는 듯 찌푸렸다.

항상 교묘한 말투를 쓰며 여유로운 아리아 씨지만 오늘은 그런 분위기가 없다.

나도 어쩐지 평소처럼 대하기 어려웠다.

머리카락을 잘라서 인상이 확 바뀌어버렸기 때문이기도 하겠지.

그야말로 아리아 씨와는 요루카보다 더 오래 알고 지냈는데. 처음 만난 사람과 대화하는 것 같은 기분이 든다. 이상한 느낌이다.

"아리아 씨는 제가 요루카의 상대로서 불만인가요?"

그렇지 않아도 역풍이 부는데 반대파가 더 늘어나면 슬프다.

"너무 빨리 동생을 데려가지 마. 나도 아직 자매의 시간을 소중히 하고 싶으니까."

아리아 씨는 언니다운 표정으로 귀엽게 투정했다.

"걱정하지 않아도 그 요루카가 아리아 씨에게서 떨어질 리 없잖아요. 두 사람 사이에 끼어들 수 있을 만큼 오만하진 않으니까요."

"글쎄. 오히려 동생에게서 독립하지 못하는 건 나일지도."

"또 그렇게 의미심장하게 말하기는. 아리아 씨의 나쁜 습관은 고쳐지지 않네요."

"스미는 나에겐 엄격하더라."

미인이 불만이라는 양 이쪽을 빤히 응시했다.

"아리아 씨를 경계하는 게 습관이 되었거든요. 스파르타 지도의 폐해려나요."

"네가 에이세이에 합격하고 싶다고 안 했으면 더 살살 해줬어."

"반대로 용케 정규시간 끝나고도 계속 남아서 가르쳐주셨네요. 아르바이트는 빨리 끝내고 돌아가고 싶었던 거 아니에요?"

"으음, 의외로 그렇지도 않았어. 딱히 돈 벌려고 학원 강사를 한 게 아니었고."

아리아 씨는 과거를 돌아보며 즐겁다는 표정을 지었다.

"특이하시네요."

"애초에 엄마 아빠가 떨어져서 사는 딸들이 걱정되니까 생활비라는 이름으로 넉넉하게 돈을 주거든. 뭐, 고맙긴 한데."

나와 에이는 무심코 서로를 쳐다봤다.

갑자기 우리가 조용해지니까 아리아 씨는 의아하다는 표정을 지었다.

"뭐야, 뭐 이상한 소리 했어?"

"아리아 씨도 부모님을 엄마 아빠라고 부르시다니. 왠지 귀엽네요."

"에이도 엄마랑 아빠라고 불러!"

초등학생이 동조했다.

"——예, 옛날 습관이 남은 것뿐이야."

"아니 뭐, 친근감 있고 좋잖아요. 게다가 딸이고."

"연상을 놀리는 게 재밌어?"

"그야 당연히 재밌죠."

나는 당당하게 인정했다.

옛날에는 일방적으로 놀림당했으니까 소소한 복수다.

"건방진 소리만 해대면 너 편들어주는 거 그만둘래."

그렇게 내가 방심하고 있을 때 즉각 예리한 채찍이 날아 왔다.

"잘못했습니다. 그것만큼은 곤란해요."

아리아 씨를 적으로 돌리면 백해무익.

"솔직히 말해서, 고등학생일 때 사귄 커플이 결혼할 확률은 상당히 낮아."

"연애에 숫자를 끌어올 거면 저는 처음부터 고백을 포기했어요."

"스미는 요루에게 OK를 받을 근거가 있었어?"

"설마요. 교사 뒤 벚나무의 연애 성공 효과를 믿은 것뿐이죠."

누가 말하기 시작한 건지도 모른다.

어느 학교에나 하나는 있는 고백 명당.

에이세이 고등학교에서 전해져 내려오는 장소는 교사 뒤에 있는 벚나무 아래.

나도 요루카에게 고백하면서 매달려봤는데, 그 발단은 놀랍게도 아리아 씨였다.

"내가 고백을 거절한 장소가 후배들의 고백 명당이 되다 니 웃기지. 연애운 효과 같은 건 눈곱만큼도 없을 텐데."

당사자는 관심 없다는 듯 건조한 미소를 지었다.

실제로는 한번 그 장소에 고백에 성공한다는 이미지가

정착하면 마찬가지로 고백하는 사람의 숫자가 늘어나서, 그 성공 사례가 고백 명당이라는 명성을 높여준다는 구조일 것이다.

아무도 실제 수치를 계측하지 않는 이상 그 성공율은 과연.

인간이란 자기 좋을 대로 해석하고 싶어 하는 생물이다.

"저기, 무슨 이야기야?"

에이가 흥미롭다는 듯 물었다.

"에이세이에는 고백 명당으로 유명한 벚나무가 있거든. 나도 거기서 요루카에게 고백했어."

"고백에 성공이라면 벚나무보다 키스미가 더 세!"

내가 대답하자 동생은 독자적인 의견을 주장했다.

"오, 에이. 호기심이 동하는 이야기잖아? 구체적으로 어떻게 스미가 더 센 건데?"

아리아 씨도 떡밥을 물었다.

"벚나무 아래는 바로 대답을 받을 수 있는 게 아니잖아?"

에이는 질문에 대고 묘한 확인을 했다.

"뭐, 벚나무 아래는 고백이 성공하기 쉬운 장소라는 것뿐이고 대답 타이밍까지 정해진 건 아니지."

나는 너무나 당연한 소리밖에 하지 못했다.

"그럼 키스미가 요루카에게 청혼한 것처럼 다른 사람도 문화제 무대에서 고백하면 바로 대답 들을 수 있을 거야!"

에이는 나이스 아이디어라는 양 표정에서 빛이 났다.

"아하. 고백 성공률 말고도 대답 속도가 에이에겐 중요한 부분이구나."

아리아 씨는 에이의 의견을 바로 이해했다.

반대로 나는 동생의 사고 비약을 따라잡지 못했다.

"왜 벚나무 아래에서 문화제 무대가 나오는 거야?"

"그야 요루카의 대답을 기다리던 때의 키스미는 아주 이상했는걸. 좀 무서웠어."

에이는 으윽 얼굴을 찌푸렸다.

"요컨대 에이는 스미처럼 고백의 대답을 기다리느라 고뇌하는 사람을 줄이고 싶은 거야. 오빠를 위하는 동생이 있어서 스미는 행복하구나."

아리아 씨가 번역해줘서 나는 간신히 동생의 생각을 파악했다.

고백 성공확률을 올리는 것 이상으로 바로 대답을 듣는 점이 에이에게는 중요한 모양이다.

"······그렇게 동생의 트라우마로 남을 만큼 내가 이상했었나."

"대답은 금방 듣는 게 다들 기쁠 거야!"

에이는 바로 고개를 끄덕였다.

그야 고백하고 대답을 기다리는 시간은 천국과 지옥이 번갈아 찾아와서 정신이 하나도 없다. 고백해본 경험이 있는 사람이라면 이해할 것이다.

"다만 그건 나와 요루카가 서로 좋아하는 사이라서 그런 거야."

나는 동생의 의견에 추가 설명을 더했다.

딱히 무대 위에서 마음을 고백해야 바로 대답을 들을 수 있는 건 아니다.

심지어 내가 외친 건 고백이 아니라 청혼.

연애가 아니라 결혼을 요구했다. 완전히 다른 차원이다.

게다가 장난도 농담도 아니고 진지 오브 진지다.

무대에서 청혼했다가 옛날처럼 요루카가 도망쳤다면 나는 학교에서 제일 안쓰러운 남자가 되었겠지.

동그라미를 받아서 정말 다행이다.

"문화제 이벤트로는 꽤 재미있을걸. 무대 위에서 진심 고백&즉시 대답. 진지한 사람 한정으로 기다림 없는 연애. 웃기도 놀리기도 금지. 좋은데, 커플이 얼마나 탄생할지 관심 있어."

아리아 씨는 좋은 아이디어라며 작게 손뼉을 쳤다.

"그런 진지한 사람을 절대 놀려대지 않는 분위기를 먼저 조성해두는 게 가장 중요하겠네. 우선 고백한 사람의 용기를 다 함께 칭찬하고, 실패해도 위로하고, 성공하면 전원이 축하하는 거지."

초등학생의 말 한마디에서 순식간에 기획의 골자를 짜고 유의 사항까지 도출한다. 그 두뇌 회전 속도에는 혀를 내둘렀다.

"아리아 언니라면 어떻게 준비할래?"

에이는 전에 없이 진지한 얼굴로 질문했다.

"으음, 나는 학생회장이었으니까 내가 먼저 그런 분위기가 되도록 유도하겠지."

예쁘고 똑똑한 카리스마 학생회장이기 때문에 가능한 수단이다.

"그럼 에이도 학생회장 될래! 재미있는 거 할래!"

"응. 에이라면 할 수 있어."

두 사람이 하이파이브했다.

아리아 씨는 에이와 묘하게 파장이 잘 맞는구나.

"연애 성취의 이익과 효율을 혼동하면 벌 받지 않을까요?"

살짝 질투가 나서 나는 찬물을 끼얹어보았다.

"괜찮아. 중요한 건 결과 이전에 고백할 계기를 주는 거야."

"그건 확실히, 네."

사랑에 빠진 사람이 가장 먼저 원하는 건 고백할 용기다.

다른 사람도 아니고 내가 그걸 부정할 수 있을 리 없다.

"게다가 시원하게 차이는 게 다음 연애로 넘어가기도 쉽잖아."

차는 게 전제인 발언인 시점에서 이 사람도 인기가 많았다는 건 의심의 여지가 없다.

어지간히 많은 고백을 거절했던 거겠지.

"그야 기다리는 쪽에선 바로 대답을 듣는 게 고맙긴 하지만, 대답하는 쪽도 고민할 시간 정도는 필요하지 않을까요?"

아리아 씨와 내가 에이의 아이디어를 놓고 자세히 의논했다.

"으음, 즉답하지 못하는 시점에서 그렇게까지 좋아한다고는 말할 수 없는 거 아니야?"

가능성이 별로 없다는 양 아리아 씨는 선뜻 대답했다.

드라이하다. 그 감각은 너무나도 혹독하다.

"대답한다는 건, 대답하는 쪽도 좋아하는지 정하는 거잖아요. 고민하거나 부끄러워하는 것도 당연하죠."

사랑에 빠진 10대 남자는 어딘가에서 상대와의 관계에 가능성을 느끼고 싶어 한다.

사실 요루카가 그 자리에서 즉답하지 못했던 건 나와 마음이 통했다는 게 너무 기뻐서 흥분해버렸기 때문이다.

그 때문에 나는 봄방학 내내 고통스러워했지만, OK를 받았으니 결과가 전부다.

"연애는 정말 귀찮구나."

아리아 씨는 항복이라는 양 백기를 흔들었다.

"고백하는 쪽은 커다란 도박이니까요. 성공률을 올릴 수 있다면 지푸라기에라도 매달리고, 고백 명당에도 의존하는 거죠."

나는 전국의 짝사랑 중인 소년·소녀를 대표하듯 큰 소리로 주장했다.

연애 경험이 쌓이면 고백의 장벽도 내려갈 것이다.

미리 실패할 걸 알면 고백도 하지 않는다.

친하게 지내는 동안 상대방의 호감을 확신하고선, 굳이 고백하지 않아도 연인 관계로 변하는 일도 있을 테지.

그래도 좋아하는 사람에게 마음을 고백하는 건 분명히 존귀한 행동이다.

기대와 불안에 휘둘리면서도 용기를 내서 자신의 마음을 전한다.

고백이라는 의식을 통해 말로 표현함으로써 마음이 한층 명확해진다.

"나는 오컬트나 점 같은 건 안 믿는 타입이거든."

"그래도, 말하지 않으면 시작도 없어요."

그것이 세나 키스미의 기본적인 행동 원리다.

"……그래. 너는 처음 만났을 때도 나에게 합격하고 싶다고 선언했었지."

아리아 씨는 입가로 손을 가져가 작게 웃었다.

떠들썩하게 이야기하다 보니 막상 아리사카 가와 관련된 이야기는 전혀 진전이 없다는 걸 깨달았다.

제6화 인생은 사랑을 시험한다

    식사를 마치고 에이가 화장실에 다녀오는 김에 새 음료를 가지러 자리를 떴다.

    둘만 남은 타이밍을 노리고 나는 그 문제를 아리아 씨에게 꺼냈다.

    "요루카는 믿고 기다려달라고 했는데, 미국 문제는 실제로 어떻게 될 것 같아요?"

    나는 어지간히 심각한 얼굴로 물어봤던 모양이다.

    아리아 씨는 담백한 얼굴로 중얼거렸다.

    "인생은 사랑을 시험하는 법."

    "맞는 말씀입니다."

    나는 아리아 씨의 말에 절절히 고개를 끄덕였다.

    "좋아하는 마음만으로 전부 잘 풀린다면 편할 텐데."

    "아리아 씨라고 해도 그런 식으로 생각하는군요."

    "누구에게나 있잖아. 가족 사랑, 연인 사랑, 친구 사랑, 다양한 형태의 사랑이 있고 싫어하게 된 것도 아닌데 떨어지게 되지. 졸업, 진학, 취직, 결혼, 사별 등 셀 수 없이 많은 타이밍이 인생에는 넘쳐 나."

    그 말은 마침 초조해하던 나에게는 강하게 와닿았다.

"그래서 지금 상황은요?"

"가능성은 아직 반반이려나. 요루도 아직 아빠와 대화하질 않았으니까 진전이 없어. 그래도 온천 여행에 가면 대화하지 않을까."

"……아리아 씨, 어쩐지 남 일 같은 태도네요."

"나는 지금 3학년이잖아. 내년이면 대학을 졸업해. 이 타이밍에 이제 와서 해외에 갈 의미도 이유도 딱히 없고."

"그렇네요."

듣고 보니 맞는 말이었다.

21살에 대학교 3학년인 아리아 씨는 내년이면 졸업한다. 구직활동에 들어가고 학점 문제도 있으니까 일본을 떠날 때의 단점이 명확했다.

부모님도 뛰어난 장녀를 굳이 휴학시키면서까지 미국에 데려가진 않을 것이다.

반대로 요루카는 17살. 앞으로 대학 생활을 통째로 미국에서 보낼 시간적 여유가 있다.

"그래서 이번에는 요루 본인이 어떻게 하냐는 문제야."

"저는 영락없이 아리아 씨가 요루카를 도와줄 거라고 생각했어요."

이 든든한 언니라면 동생을 위해 팔을 걷어붙일 거라고 기대했다.

"……옛날처럼 되는 게 무서우니까. 그래서 나는 끼어들 수 없어."

아리아 씨의 표정이 어두워졌다.

이렇게 아리아 씨의 얼굴이 가라앉는 건 처음 본 느낌이다.

"무슨 의미예요?"

"스미는 요루에게 가족이 따로 살게 된 경위를 뭐라고 들었어?"

"아리아 씨와 대화하고 부모님을 보냈다고요."

"요루는 그런 식으로 기억하는구나."

"어? 아니에요?"

"사실만 본다면 맞아. 나와 요루가 대화해 보고 엄마 아빠를 미국에 가게 해주자는 결론이 나오긴 했지."

"아리아 씨의 눈으로 보면 실제로는 어떤 상황이었는데요? 부모와 자식이 떨어져서 산다는 건 꽤 큰일이잖아요."

일련의 빙빙 돌아가는 말투가 신경 쓰였다.

아무래도 요루카의 인식이 아리아 씨와는 살짝 다른 모양이었다.

"나도 엄마나 아빠와 떨어지는 건 당연히 쓸쓸했어. 하지만 일본에는 친구가 있고 현실적으로 미국에서 생활하는 건 아주 고생할 거라고 듣기도 했지. 그런 데다 부모님의 발목을 잡고 싶지도 않았고. 하고 싶은 일이 있고, 그걸 할 수 있는 기회가 왔다면 응원하고 싶었어. 게다가 자매끼리 일본에 남아도 나라면 요루의 힘이 되어 줄 자신이 있었지——아니, 과신했었어."

아리아 씨의 입술이 비틀렸다.

"아마 요루는 내 의견에 감화된 거라고 봐. 당시 14살인 나와 10살인 요루는 지금보다 더 큰 차이가 있었으니까. 아직 부모님에게 어리광 부리고 싶은 나이인데 그 아이는 자신의 외로움이나 불안을 참고 나에게 맞춰준 거야."

전에 없이 어두운 목소리로, 마치 자기 잘못이라는 듯한 발언이었다.

"아리아 씨, 그건 아니에요."

"어?"

"요루카는 아리아 씨를 좋아하기 때문에 같은 결론을 선택한 거예요. 부모님과 떨어져 사는 불안보다 언니와 같이 있는 게 안심되니까 부모님을 응원할 수 있었죠."

아리사카 자매의 흔들림 없는 신뢰 관계를 나는 잘 안다.

"그렇다면, 좋겠지만……."

아리아 씨는 자신감이 없어 보였다.

그 이유를 나는 바로 짐작해냈다.

"혹시 요루카가 아리아 씨를 흉내 내게 된 게 부모님이 미국에 간 뒤부터인 건가요?"

"너는 정말 요루에 대해 잘 아는구나."

아리아 씨는 고개를 끄덕였다.

"아리아 씨가 그렇게 마음이 약해지는 건 요루카 일 말고는 떠오르는 게 없거든요."

"자매 둘 다 마음속을 파악당하고 있다니 좀 무서운데?"

아리아 씨는 억지로 웃었다. 그 미소는 아직 어색하다.

"악용할 마음은 없으니까 안심하세요."

"우리를 손바닥 위에서 쥐락펴락하는 시점에서 너는 나쁜 남자야."

"뭔 소리래."

이런 미인 자매를 내가 지배할 수 있을 리 없다.

보고 싶은 건 밝은 표정뿐이다. 어두운 표정을 짓지 않았으면 좋겠고, 그렇게 만들고 싶지도 않다.

"나는 힘이 되어 주기는커녕 조언을 원하는 그 아이에게 날 흉내 내지 말라면서 밀어내고 말았어. 요루의 올곧음이 그 시절의 나에게는 상상 이상으로 무거웠거든."

아리아 씨는 긴 속눈썹을 내리뜨며 이야기를 이어갔다.

이 사람은 뭐든 남들보다 더 잘하는데, 해내지 못한 일을 오랫동안 끈다.

아리아 씨 나름대로 이상적인 언니가 되고자 남몰래 무리했던 것도 있었겠지.

나는 늦게나마 간신히 깨달았다.

"아무도 다른 사람과 똑같아질 수 없어요. 설령 사이좋은 자매라고 해도."

애초에 커뮤니케이션을 어려워하던 요루카.

사교적이고 명랑한 아리아 씨를 동경한 옛날의 요루카는 언니의 행동을 흉내 내려고 했다.

자매이자 능력 자체는 비슷비슷하지만 요루카와 아리아 씨는 기질이 너무 다르다.

그 격차에서 오는 스트레스를 안고 있던 요루카는 사랑하는 언니에게 계속 조언을 듣고 싶어 했다.

하지만 당시 아리아 씨는 동생의 동경과 기대에 전부 부응하지 못했다.

그건 구체적으로 누가 나쁘다거나 하는 문제가 아니다.

다들 어른과 아이 사이의 틈바구니에서 이리저리 치인다.

"하지만 요루는 날 흉내 내는 걸 그만둔 대신 다른 사람과의 커뮤니케이션까지 포기해버렸어. 역시 책임을 느낄 수밖에."

요루카는 다른 사람과의 커뮤니케이션을 거절함으로써 정신적 안정을 얻었다.

극단적인 전환으로 보이지만, 본인의 기질을 거스르지 않는 건 오히려 올바른 선택이다.

섣불리 계속 참기보다는 아예 포기하는 게 편해지는 일도 있다.

그래도 언니를 좋아하는 점만은 흔들리지 않은 게 요루카답다.

에이세이에서 나와 처음 만난 무렵의 요루카가 바로 딱 그런 상태였다.

내가 질투해버릴 만큼 이 자매의 유대는 강고하다.

"아리아 씨가 책임을 느낄 일이 아니에요. 최종적으로 받아들인 건 다름 아닌 부모님이잖아요. 부모님은 그 시절의 요루카를 어떻게 인식하고 계세요?"

그런 딸들을 부모님은 어떻게 봤을까.

여행이나 귀성으로 얼굴을 봤으니 부모님도 딸의 변화를 눈치챘을 것이다.

"일본에서 같이 살던 시절보다 과보호하게 되었어. 나도 요루 일로 계속 상담했으니까 부모님도 신경 썼지. 하지만 요루는 전화로 이야기해도 태연하게 행동하고, 부모님과 만나면 기쁘니까 자연스럽게 잘 지내는 것처럼 보여."

"걱정 끼치고 싶지 않아서 그런 거겠지만, 부모님은 더 속앓이를 하셨던 거 아닌가요."

지금 내가 딱 그렇다.

요루카는 믿고 기다려달라면서 나에게 폐를 끼치지 않으려고 한다.

헌신적이고 씩씩한 소녀다.

"물론이지. 엄마도 아빠도 우리를 사랑하는걸. 그야말로 자기들만 미국에 가는 건 가슴이 찢어지는 것 같았다고 몇 번이나 들었고, 우리도 그걸 알아. 다만 애정이 있기 때문에 쉽지 않은 일도 있는 거야."

아리아 씨는 냉정하게 현재 상황을 분석했다.

사랑하기 때문에 솔직해지지 못하는 부분도 있는 거겠지.

"너무 강한 애정도 골치 아프네요."

답답하고 괴롭다.

"요루와 아빠가 싸우는 것도 그 시절의 여파 같은 거야. 아이의 말을 어디선가 온전히 믿지 못하는 것 같아."

부모님도 아리아 씨나 요루카를 일본에 두고 간다는 결단은 마음이 편하지 못했던 거겠지.

그래도——.

"어른은 현명한 선택을 할 수 있을지도 모르지만, 그게 올바른 선택이라는 보장은 없어요!"

나는 내 입장을 명확하게 했다.

"그건 나도 같은 의견이라고 믿고 싶어."

아리아 씨의 표정이 간신히 풀어졌다.

때마침 에이가 음료를 들고 돌아온 타이밍이었다.

우리도 드링크바에서 새 음료를 가져와 다시 대화를 이어갔다.

에이는 디저트로 추가 주문한 커다란 파르페를 열심히 먹고 있었다.

"아리아 씨, 부모님에 대해 조금 더 구체적으로 가르쳐 주시지 않을래요?"

나는 요루카를 위해서도 아리사카 가에 대해 더 다방면으로 파악하고 싶었다.

"구체적으로? 일하는 걸 좋아하고 잘하기도 하는 부부 겸 지금은 비즈니스 파트너."

"조금 더, 뭐냐, 성격을 알 수 있는 에피소드 같은 걸 부탁드립니다."

"두 사람은 외국 자본 쪽 컨설팅 회사에 취직한 동기야. 엄마는 엄청나게 뛰어나지만 고독한 늑대 타입인 반면 아빠는 객관적으로 분석해서 사람을 부리는 게 특기지. 두 사람은 서로 라이벌로 보면서 상대방에게 이기려고 필사적으로 일에 매진했다고 해."

"그러다가 어떻게 결혼하게 된 거예요?"

여기까지 들으면 썩 궁합이 좋아 보이진 않는다.

"계기는 아빠의 미국 부임이 정해진 거였지. 떨어져 보니까 라이벌시했던 게 실제로는 서로 특별히 의식했었다는 걸 간신히 깨달은 거야. 거기서 장거리 연애가 시작됐고, 아빠가 귀국한 타이밍에 결혼. 내가 태어나자 엄마는 사람이 바뀐 것처럼 일보다 육아에 빠졌어. 자식을 낳고 인생관이 바뀌었다고 말할 정도로."

"막상 가족이 늘어나면 그야 기쁘겠죠."

나도 에이가 태어난 뒤 처음으로 집에 온 날을 선명히 기억하고 있다.

기쁘고, 쑥스럽고, 사랑스러웠다.

동생이 생겨서 내가 오빠가 된다는 게 묘하게 자랑스러웠다.

"그렇게 요루가 어느 정도 자랐을 때 아빠가 그동안 쌓은 실적과 미국에서 일하던 시절에 만든 인맥 덕분에 독립했고, 회사가 점점 바빠지면서 엄마도 본격적으로 복귀했어."

"그 시점에서 아리아 씨와 요루카에게는 문제없었던 거예요?"

"원래 우리는 둘 다 손이 많이 가지 않는 아이들이었고, 도우미도 고용했었으니까. 게다가 엄마가 사실은 더 일하고 싶어 한다는 걸 눈치챘었고."

"요루카도 비슷한 말을 했어요."

어린 나이에도 총명한 자매는 부모가 무엇을 하고 싶은지 잘 알고 있었다.

"그렇게 일이 한층 궤도에 오르자 일본에 있는 것보다 미국에 있는 게 더 일하기 편해서 지금 아리사카 가의 라이프 스타일이 된 거야."

"신문이나 경제지 같은 곳에 실릴 법한 눈부신 경력이네요."

……………응, 알고 있었다.

그런 건 처음부터 알고 있었잖아.

내 연인은 터무니없이 부잣집 가정이다.

요루카가 사는 고층 맨션을 보면 일목요연하다.

하지만 막상 구체적으로 들으니 솔직히 움츠러들었다.

"이번에는 스미 네 표정이 어두워졌는데. 괜찮아?"

"지금 이야기를 들으면 그렇게 될 만도 하죠."

"이럴 줄 알았으니까 말하기 싫었는데."

"저도 요루카도 인생의 갈림길에 서 있으니까요. 싫어도 신경 쓰여요."

"스미 말이야. ──너무 부담돼서 힘들지 않아?"

아리아 씨가 꿰뚫어 보았다.

"에이도 그렇게 생각해!"

나 대신 먼저 에이가 반응했다.

타이밍 좋게 추가 공격을 날리다니. 나는 옆에 있는 동생을 원망하는 눈으로 쳐다봤다.

나는 한숨을 한 번 쉰 뒤 아리아 씨를 마주 보았다.

"……남이 숨기고 있는 본심을 파헤치지 않는다고 저와 약속했었죠?"

나도 안다.

이상을 추구하는 건 결코 편한 삶의 방식이 아니다.

"지금 그건 그냥 배려야. 스미는 못 숨기고 있는걸. 연인과 장거리 연애가 될지도 모른다는 불안, 진로가 확실하지 않다는 조급함, 덤으로 우리 부모님 이야기를 듣고 팍 쫄았지."

이 사람과 대화하면 고집을 부릴 수 없게 된다.

전부 다 파악당하고 내 약한 부분이 파헤쳐질 것 같아서 무서웠다.

심지어 이건 심리적인 문제다.

만약 외부 요인을 누군가가 해결해준다고 해도 당사자의 사고방식이나 느낌이 바뀌지 않는다면 의미가 없다.

지금 나는 아리사카 집안과의 차이에 압도당해있다.

이런 내가 요루카에게 도움이 되려는 건 자만 아닐까?

또 멋대로 주눅 들고 약한 마음이 들끓는다.

"사춘기의 마음을 공개 처형하지 말라고요. 진짜 죽을 것 같으니까."

대놓고 지적당하면 도망칠 수도 없다.

"그럼 맞았단 거네."

"맞아요, 뭐 문제 있어요?!"

"사람을 보는 눈이 맛이 간 건 아니라 안심했어."

말투와 다르게 아리아 씨의 얼굴은 그리 유쾌하지 않았다.

아리아 씨는 여태까지 상대의 본심을 읽어내고 당사자는 모르는 사이에 제어하는 교묘함을 보였다.

하지만 지금은 손바닥 위에서 놀아난다는 감각이 전만큼 느껴지지 않는다.

봐주는 건지, 단순히 컨디션이라도 안 좋은 건지.

아리아 씨는 커피를 한 모금 마신 뒤 풋내나는 애송이에게 조언했다.

"우리 부모님에게 너무 움츠러들 필요 없어. 오히려 타입만 본다면 스미와 아빠는 비슷한 느낌이고."

아리아 씨는 갑자기 엉뚱한 의견을 늘어놓았다.

"대체 어디에 비슷한 요소가 있다는 건데요?"

비꼬는 거라기엔 너무한 농담이다.

위로라고 해도 핀트가 어긋났다.

어쨌거나 내가 마음을 놓을 일은 없다.

"……스미."

아리아 씨는 타이르듯이 말을 이었다.

"아빠의 경력은 걸어온 시간의 결과야. 실적만 비교하면 10대 소년이 당해낼 수 있을 리 없지. 그런데 왜 지금 상태에서 경쟁하려는 거야?"

"윽."

그 말에 내 착각을 깨달았다.

"아빠가 일하면서 하는 건 여태까지 스미가 주변 아이들에게 했던 것과 기본은 다르지 않아. 먼저 이야기를 듣기. 상대의 심정을 헤아려서 대신 말로 바꿔주기. 닫혀있던 마음을 열어주기. 조건을 조절하고 복잡한 상황을 정리하기. 일손이 부족하면 힘을 빌려주기. 자기가 지닌 지식으로 절차 만들기. 자기도 팀의 일원이 되어서 남들이 하지 않는 일을 대신 맡아 전체를 통합하기."

"학급 임원과 컨설턴트는 천지 차이잖아요."

"……그런 생각에 사로잡혀있는 동안에는 확실히 어렵겠지."

아리아 씨는 혼잣말처럼 중얼거렸다.

그 말에 희미한 실망과 짜증이 묻어나는 것 같았다.

"키스미, 얼굴 무서워."

상황을 살피던 에이도 파르페를 먹던 손을 멈추고 걱정하는 표정을 지었다.

"아리아 언니, 키스미 너무 괴롭히지 마!"

"에이. 나는 딱히 괴롭힘당하는 게 아니야."

동생의 머리에 손을 가볍게 올려놓았다.

"맞아, 에이. 내가 스미를 좋아하는 건 알잖아?"

아리아 씨는 에이에게 의미심장한 시선을 보냈다.

그러자 에이는 바로 적의를 풀었다.

"하지만 여기서부터 역전할 방법 같은 건 솔직히 짐작도 안 가는데요."

아예 부모님 이야기는 듣지 않고, 무모하다고 해도 기세에 맡기는 게 편했던 건지도 모른다.

"무슨 일이든 경향과 대책은 있는 법이야. 혹은 보험도."

아리아 씨는 평소 같은 자신만만한 미소를 지었다.

"무슨 수험 공부도 아니고."

시험 합격점이 있는 것도 아닌데.

"고등학생인 스미가 요루와 결혼 허락을 받는 건 불가능해도, 미국에 가는 걸 막을 수 있을 정도의 설득 근거는 있어."

"정말이에요?"

"부모라는 존재가 자식에게 무엇을 주고 싶은지. 잘 생각해보렴."

마치 예전에 수업을 들을 때가 생각나는 말투였다.

정말이지 당근과 채찍을 잘 구사하는 사람이다.

상대의 기를 죽여놓은 채로 방치하지 않고 제대로 무기도 들려준다.

요루카의 부모님이 주고 싶은 것.

그리고 지금 내가 제시할 수 있는 것.

미국 이사를 멈출 수 있는 설득 근거란 대체 뭘까?

아무리 머리를 굴려도 바로 답이 나오진 않았다.

"힌트 첫 번째. 부모의 애정을 카운터로 써라."

"이번에는 격투기예요?"

"어떤 의미에선 아빠와 승부하는 거잖아?"

아리아 씨는 흥이 올랐다는 듯 원래의 모습을 되찾았다.

하지만 나는 아직 답에 도달하지 못했다.

"그럼 힌트 두 번째. 종업식 후에 스미와 그 이야기를 했다고 어젯밤에 시즈루에게 들었어. 그러니까 너는 이미 답을 알아."

"칸자키 선생님이요?!"

다실에서 칸자키 선생님과 했던 대화를 떠올렸다.

잠시 침묵이 흐르고, 나는 간신히 답에 도달했다.

이윽고 내 표정이 바뀐 걸 알아차린 아리아 씨는 만족스럽게 고개를 끄덕였다.

"자, 평범함에 사로잡히는 건 끝이야."

◇ ◇ ◇

아리아 씨를 역까지 배웅한 뒤 나와 에이는 슈퍼에서 장을 보고 귀가했다.

나는 방에서 잠시 쉰 다음 목욕을 마치고, 가족 넷이서 거실에 모여 해넘이 국수를 먹으며 연말 특집 방송을 봤다.

마침 에이가 좋아하는 비욘드 디 아이돌이 나오는 타이밍에 홍백가합전으로 채널을 돌렸다.

그런 식으로 가족끼리 느긋한 시간을 보내는 사이에 에이는 어느새 소파에서 잠들었다. 감기에 걸리면 안 되니까 내가 에이를 2층으로 옮겼다. 오랜만에 업어보니 그렇게 작던 동생의 성장을 자동으로 실감했다. 10살짜리 여자아이를 업는 건 아무래도 힘들다. 침대에 눕히고 1층으로 돌아와 뒷정리를 도왔다.

어느새 오전 0시.

해가 넘어가 1월 1일.

부모님과 새해 인사를 나눈 뒤 나도 드디어 방으로 돌아왔다.

세나회 그룹 채팅방에는 끊임없이 메시지와 스탬프가 날아다녔다.

나도 '새해 복 많이 받으세요'라고 답장을 보냈다.

그 흐름을 타고 같이 새해 첫 참배를 하러 가자는 이야기가 나왔다. 전원의 일정을 확인한 뒤 가장 사람이 많이 모이는 1월 2일로 정했다. 장소는 여름 축제 때 다 함께 놀러 갔던 근처 신사.

아쉽게도 요루카만은 여행 중이라 이번에는 결석이다.

라인 메시지가 한차례 잠잠해졌을 때, 요루카가 전화를 걸었다.

『나도 다 같이 첫 참배 가고 싶어.』

전화를 받자마자 불만 어린 목소리가 들렸다.

"요루카가 다 같이 가고 싶다고 생각하게 된 게 나에게는 세뱃돈이야."

처음 만났을 때의 가시 돋친 요루카는 기억 저편으로 떠나가고 있다.

『뭐야 그게. 아, 갑자기 미안해. 지금 전화할 수 있어?』

"물론이지. 요루카, 새해 복 많이 받으세요. 올해에도 잘 부탁해."

『새해 복 많이 받으세요. 나야말로 올해도 잘 부탁해.』

"연인이 되고 처음 맞는 새해구나."

『응. 작년에는 연락처를 교환하지 않았으니까.』

전화 너머에서 들리는 요루카의 목소리는 밝다.

여행지에서도 가족과 잘 지내고 있는 것 아닐까.

다짜고짜 한탄을 듣게 되는 상황은 아닌 것 같아 우선 안심했다.

"그러고 보니 낮에 아리아 씨와 만났어."

『응. 언니에게 들었어. 에이도 같이 있었다면서.』

"점심을 얻어먹었으니까 다시금 고맙다고 전해줘."

『알았어. 언니도 오랜만에 키스미와 대화했다고 즐거워 보였어.』

"그래. 게다가 머리카락 자른 것도 놀랐어."

『나도 놀랐어. 언니의 쇼트 헤어는 처음 봤는데, 잘 어울리더라. 사진도 잔뜩 찍었어.』

"신났네. 연예인이라도 만난 것처럼."

『나에게는 비슷한 거니까.』

"……요루카는 옛날 일로 아리아 씨를 원망하거나 한 적 없어?"

『없어. 단 한 번도.』

과거에 무슨 일이 있든 요루카가 언니에게 보내는 신뢰와 존경은 굳건하다.

"괜찮다면 그걸 아리아 씨에게 직접 말해줘."

나는 낮에 있었던 일에 대한 소소한 보답 삼아 슬쩍 전했다.

부디 아리아 씨의 후회가 조금이라도 가벼워지기를.

『──, 알았어. 말할게.』

요루카도 내 말에서 무언가를 눈치챈 모양이었다.

"그런데 요루카야말로 아버지와는 대화했어?"

『………….』

"거기서 침묵하면 굉장히 불안한데요."

『알아. 여행 끝날 때까진 어떻게든 대화할 거야.』

"반항기 딸의 표본이잖아."

『실제로 그런걸. 정말, 언니도 설득 도와주면 좋을 텐데.』

"언니에게서 독립할 시기라는 거지. 힘내."

『응. 진전이 있으면 보고할게.』

어느새 진지한 분위기가 되어버렸기에 나는 가벼운 질문을 던져봤다.

"여행은 어때? 재밌어?"

『응. 여관도 예쁘고 온천은 기분 좋아. 요리도 맛있어서 만족스러워.』

"온천여관에서 새해맞이라니, 좋았겠다."

『언젠가는 둘이서 온천여행도 가고 싶어.』

유카타를 입은 요루카와 온천이라. 당연히 간다.

동시에 요루카의 조심성 없는 한 마디 때문에 내 안의 핑크색 스위치가 On이 되었다.

수증기처럼 머릿속을 채우는 섹시한 이미지를 필사적으로 지워냈다.

새해 시작부터 무슨 생각을 하는 거냐!

"그래. 굉장히 재밌겠다."

흑심을 봉인하고 신사적으로 대답하고자 애썼다.

『연인과 숙박 여행이라니 두근거리지.』

내 인내력을 비웃는 것처럼 요루카는 의미심장한 대답을 했다.

귓가에서 울리는 연인의 목소리가 망상을 부추긴다.

이 리얼한 ASMR은 뇌에 직통으로 꽂혀서 자극이 너무 강렬한데요!

"…………."

『키스미? 갑자기 조용해지다니 무슨 일이야?』

"요루카, 일부러 그러는 거야?"

『뭐가?』

"의미심장한 소릴 하면 나도 못 참게 되는데."

내 안의 신사가 떠나가고 짐승이 그만 본심을 툭 흘렸다.

『──. 그렇다고 하면, 어쩔래?』

뭔데 그거. 인내 플레이인가요?! 언제부터 이런 에로 스킬을 익힌 거야!

"적어도 온천여행 동안 잠은 제대로 못 잘걸."

『대체 뭘 할 건데?』

"그야 뭐 남녀의 스킨십이죠."

『마사지?』

"내용은 18금이지만."

『키스미 엉큼해.』

"제야의 종 정도로는 내 번뇌가 사라질 것 같지 않아."

『어떻게 해야 사라져?』

침을 꼴깍 삼켜도 말이 목에 걸려서 나오지 않았다.

이 전화 너머라서 오갈 수 있는 소소한 대화. 고문 느낌이 장난 아니다.

겁먹지 마라, 세나 키스미. 여기서 머뭇거리면 어떡하냐.

말해, 말하라고. 낮에 말하지 않으면 시작도 없다고 큰소리를 쳐놓았었잖아.

"나는 요루카와──."

『나와, 뭐?』

어른의 계단을 올라가고 싶다.

너와의 관계를 더 앞으로, 더 깊게, 더 길게.

불현듯 커튼을 닫는 걸 깜빡한 창문에서 달빛이 들어왔다. 낮에는 두꺼운 구름이 덮고 있었는데 마침 갠 모양이다. 창문 너머로 올려다보자 달이 하얗게 빛나고 있었다.

"같이 달을 보고 싶어. 지금 아주 예쁜데. 거기서도 보여?"

전화 너머에서 요루카가 움직이는 기척이 났다.

『응, 여기서도 보여. 정말이네.』

"그래. 달이 아름답네요."

『그거 오랜만이다. 처음 연락처 교환했을 때 메시지로 보냈었지.』

요루카는 그때를 떠올리며 웃는 모양이었다.

"기억력 좋네."

『키스미와 만든 추억은 전부 잊기 싫은걸.』

"나도야."

『앞으로도 더 많은 추억을 만들자.』

"저 아름다운 달에 맹세할게."

나의 거창하지만 진심이 담긴 말에 사랑하는 연인은 또 즐겁다는 듯 웃었다.

　1월 2일, 세나회의 새해 참배 일정을 위해 오전에 근처 신사로 집합했다.

　멤버는 나, 에이, 아사키, 미야치, 나나무라, 사유. 그리고 크리스마스 파티에 오지 못했던 하나비시 키요토라와 카노 미메이도 이번에는 참가했다.

　여행 중인 요루카는 결석이다.

요루카 : 다들 내 몫까지 참배 잘 다녀와!

　굳이 집합 시각에 맞춰서 메시지를 보낼 만큼은 요루카도 아쉬워하고 있다.

　이럴 때 어디로든 문이 있다면 정말 좋을 텐데.

　만에 하나 일본과 미국이라는 장거리 연애가 되어도 쉽게 만나러 갈 수 있고.

　"키스미, 감주 마시자!"

　앞장서서 걷는 에이가 못 기다리겠다는 양 재촉했다.

　여름 축제 이후로 반년 만에 온 신사에는 이번에도 노점이 줄지어 나와 있어서 본전(本殿)으로 향하는 동안 맛있는 냄새가 식욕을 자극했다.

　"참배 마친 뒤에. 너무 흥분해서 또 미아 되지 말고."

　"미아 안 될 거니까 괜찮아!"

　힘차게 대답하는 초등학생. 대답만큼은 백 점 만점이다.

"세나키스네 동생은 아주 씩씩하고 귀엽네! 나도 저런 동생 갖고 싶다."

카노 미메이는 에이의 활발함을 한눈에 마음에 들어 했다.

경음악부의 카리스마이자 링크스의 리더이기도 한 그녀는 문화제에서 라이브를 마친 뒤 살짝 스치긴 했지만 에이와는 거의 첫 만남에 가깝다.

카노는 얼핏 갸루처럼 보이는 요란한 외모다. 머리카락은 금발로 염색했고 이국적인 인상을 주는 피부색에 화려한 얼굴과 큰 키, 발육이 끝내주는 여자아이. 후드에 퍼가 달려서 볼륨감이 느껴지는 다운재킷에 목이 파인 니트 원피스를 입고 망사스타킹과 부츠를 신었다. 다들 꼼꼼히 껴입은 가운데 혼자 노출이 많은 섹시한 코디네이트다.

"세나, 걱정하지 않아도 돼. 만약 미아가 되어도 내가 꼭 찾아내 줄게."

우아하게 대답하는 사람은 에이세이 고등학교의 학생회장인 하나비시 키요토라.

프린스 키요토라라는 별명대로 부드러운 인상의 상큼한 미남은 붙임성 있는 미소를 짓고 있었다. 링크스에서는 드럼을 담당했으며 문화제 때는 평소의 온화한 태도와 반대로 격정적인 연주를 펼쳐서 여성팬이 한층 늘어났다는 소문이 자자하다. 어떤 여자에게도 신사적으로 행동하는 인기인이 안심하라며 내 어깨에 친근하게 손을 올렸다.

여름 축제에서 에이가 미아가 되었을 때 찾아준 사람이

니 그 말도 맞다.

참배줄에 서면서 나는 앞날에 대해 생각했다.

"드디어 고3인가. 이제부터는 수험생이니까 이런 식으로 가볍게 모이기 어려워지겠지."

묘한 쓸쓸함에 지배당한 나는 작게 말을 흘렸다.

2학년이 된 뒤로 겪은 노도와도 같은 나날은 나의 온갖 것들을 바꿔주었다.

우리가 고등학생인 기간은 앞으로 약 1년.

3학기는 순식간에 지나갈 테고, 3학년 시기의 대부분은 수험 공부에 쏟으며 그게 끝나면 바로 졸업이다. 참 빠르다.

"뭐야, 간사가 그런 식이면 어떻게 해? 네가 우리의 생명줄이니까 적극적으로 부르라고! 오히려 편하게, 가볍게, 경솔하게 꼬셔! 네가 없으면 모임이 안 된단 말이야!"

나에게 간사를 떠넘긴 장본인인 나나무라가 설교했다.

"그야 키스미와 요루카는 앞으로도 같이 있을지 몰라도 우리는 그렇단 보장이 없는걸. 제대로 간사가 정기적으로 불러주지 않으면 자연스럽게 소원해질지도 몰라. 그렇지 않아도 여기에 모인 멤버는 다들 방향성이 제각각이니까."

아사키도 쓴소리를 했다.

"아사키 말대로 우리는 타입이 다르긴 해. 그런데 이렇게 같은 그룹으로 뭉쳐서 노는 것도 스미스미의 인덕 덕분이야."

미야치는 절절히 중얼거렸다.

확실히 우리가 친해진 계기는 같은 반이 되었기 때문이다.

학창 시절의 인간관계는 우연히 특정한 시기에 같은 환경에 모였다는 것뿐이다.

그 시기가 끝나고도 관계가 이어지는 친구는 결코 많지 않다.

아무리 친해도 졸업하면 끝나버리는 교류는 흔하다.

예를 들어 초등학교 시절의 친구 중 지금도 연락하고 지내는 사람이 몇 명 있을까?

"맞아요. 저는 후배니까 더 사양하게 된다고요. 키이 선배가 정신 딱 잡아주지 않으면 곤란해요!"

사유도 제멋대로 구는 것처럼 보이지만 의외로 신경 쓰는 타입이다.

"세나키스가 불러주면 나도 쉴 수 있으니까 고맙지. 한번 작업에 몰두하기 시작하면 계속 틀어박히곤 하거든."

카노가 느끼는 음악가의 직업적 고민에는 친구와 약속을 잡아서 숨을 돌릴 여유를 만들 수 있겠지. 너무 몰아붙이는 것도 몸에 안 좋다.

"모든 계기는 역시 세나야. 세나가 부르니까 다들 모이는 거지. 물론 나도 기꺼이 달려갈게."

하나비시가 정리했다.

"야, 네가 세나회에 들어오는 걸 허락한 기억은 없는데."

"나나무라. 그 권한은 적어도 간사인 세나에게만 있는 거 아냐? 네가 임명했잖아."

서로를 노려보는 와일드 속성 미남 나나무라 류와 왕자님 속성 미남 하나비시 키요토라.

새해가 밝아도 용호상박은 여전한 모양이다.

"세나키스. 나도 넣어줘."

카노도 같은 의견인 모양이다.

"에이도 들어가 있지? 크리스마스도 설날도 같이 있었잖아."

동생마저 신규 가입을 희망했다.

조금 감상적이었던 내 말을 다들 의외일 정도로 무겁게 받아들이고 있었다.

세나회에는 나 자신이 느끼는 것보다 더 존재 의의가 있는 모양이다.

"간사의 책임은 무겁구나."

하지만 그렇게 필요하다고 해주는 건 의외로 나쁘지 않다.

"──스미스미가 없으면 곤란하다는 건 문화제 때 다들 실감했으니까."

미야치가 대표로 대답했다.

아무래도 내가 쓰러져서 병원에 실려 간 뒤 다들 이래저래 고생이었던 모양이다.

"곤란하다니?"

"병원에 실려 간 뒤에 다 함께 회의했거든. 근데 스미스미가 없으면 애초에 대화가 삐걱거려서 아주 엉망진창이었다고."

미야치는 쓴웃음을 지었다.

문화제가 끝난 뒤에도 아무도 말하지 않아서 처음 듣는 이야기였다.

"히나카가 리더십을 발휘해주지 않았다면 그 무대를 맞이할 수 없었어."

카노는 감사를 담은 듯 미야치를 뒤에서 끌어안았다.

"응. 미야우치가 없었다면 우리는 무대에 서지 않았겠지."

하나비시도 인정했다.

영락없이 아사키가 수습해준 줄 알았다.

미야우치 히나카는 어떤 때도 부정하지 않고 편승해주지만, 선두에 서서 지휘하는 타입은 아니다.

"무대에 도착했을 때는 그렇게 삐걱거리는 느낌이 없었는데……."

그러자 봇물이 터진 듯 다들 입을 모아 무대 당일 내 모습을 증언했다.

"키스미, 좀비처럼 안색이 나빴어. 그래서 막은 거야."

"너 아주 파김치가 돼서 주변을 볼 여유도 없었지?"

"키이 선배는 서 있는 것도 고작이었잖아요."

"스미스미, 기타를 매는 것만으로도 상당히 힘들어 보였어."

"그때 키스미는 당장에라도 죽을 것 같았지. 용케 앙코르까지 연주했다니까."

문화제 무대 뒤에선 나도 다른 아이들도 아슬아슬한 줄

타기를 했던 모양이다.

"걱정 끼쳤습니다."

"뭐, 세나를 의지하고 있다는 반증이니까 계속해서 화이팅해."

나나무라는 거만하게 정리했다.

"그럼 세나회의 존속 및 신규 멤버의 정식 가입에 이의가 없다면 박수!"

아사키의 선창에 이러니저러니 해도 다들 인정했다.

에이는 와아아 기뻐했다.

"세나키스, 고마워. 앞으로도 믿을게!"

"그럼 이번에는 내가 세나의 오른팔이 될까."

"오, 냅다 넘버 투를 노리다니 뻔뻔하구나 하나비시."

"우리 세나회는 영원히 불멸입니다☆"

사유는 신이 났다.

"오우, 미스터 세나!"

미야치도 즉각 구호를 넣었다.

"표절이잖아!"

미스터 자이언츠* 처럼 부르지 마라. 호응 안 해준다.

"앞으로도 간사 열심히 할게. 다들 바쁠 테지만 앞으로도 계속 이런 식으로 모여줘."

그렇게 나는 세나회 결성 이래 두 번째 연설을 했다.

---

* 나가시마 시게오. 일본 야구팀 요미우리 자이언츠의 전 감독으로, 우리 자이언츠는 영원히 불멸입니다, 라는 말을 남기고 은퇴했다.

◇ ◇ ◇

　그러는 사이에 줄은 순조롭게 줄어들어 새전함 앞에 도착했다.

　다 함께 두 번 인사, 두 번 박수, 한 번 인사를 마친 뒤 자연스럽게 길흉 제비를 뽑았다.

　자, 올해 첫 운 테스트다.

　개봉 결과 나 말고 전원 대길.

　"어째서!!"

　대길 온 퍼레이드 속에서 노리기라도 한 듯 내 제비만 대흉이었다.

　『전에 없던 시련이 찾아옵니다. 협력해서 극복하세요.』

　뭐냐. 조금만 더 살살 해달라고. 핀포인트 저격 아니냐.

　작년에도 제법 많은 일이 있었지만 짐작 가는 게 너무 선명해서 고통스럽다.

　설마 미국에 가는 걸 거절하지 못하고 요루카가 멀리 가버리는 건가.

　그 가능성이 역대급으로 생생해지자 기분이 가라앉을 것 같았다.

　나는 심호흡을 하며 평정을 유지했다.

　다른 애들은 절망하는 나를 둘러싸고 제비를 들여다봤다.

　"뭐야 세나. 새해부터 파란만장한 스타트잖아."

남의 불행을 보면서 기뻐하지 마라 나나무라.

"키스미, 괜찮아!"

격려하면서도 오빠보다 좋은 결과를 받았다고 우월감에 잠겨있는 동생.

"대흉이 이렇게 베리 하드였던가? 스미스미, 너무 신경 쓰지 않는 게 좋아."

미야치는 항상 친절하구나. 눈물이 차오른다.

"키이 선배에게 쏟아지는 가혹한 시련이란 대체?!"

사유, 좀 신났지?

"세나키스, 운은 자기 손으로 개척하는 거래."

카노는 항상 진취적이다. 적어도 나는 그녀가 주저앉은 모습을 본 적이 없다.

"세나, 트러블을 즐길 정도의 여유를 가져야지."

인기남다운 마인드다. 이러니까 연애를 동시 병행하는 구나.

"내년에 대흉을 뽑는 것보다는 낫잖아. 수험 직전이니까."

아사키의 냉정한 격려는 맞는 말이었지만, 내 마음을 녹여주지는 않았다.

"설마 아리사카가 오지 않는 것도 그 징조인가?"

"요루카는 그냥 가족여행 중이야!"

나는 대흉 제비를 가지에 단단히 묶었다. 악운이여, 당장 떠나라.

참배줄에 서느라 피곤했기 때문에 노점에서 음식을 사

와 잠시 휴식.

나는 에이에게 대망의 감주를 사 준 뒤 경단 등 눈에 띄는 걸 우선 먹으며 기분전환을 시도했다. 이렇게 된 거 먹어서 해소한다.

여성진은 베이비 카스테라 등 달달한 걸 몇 개 사서 사이좋게 나눠 먹고 있다.

나나무라와 하나비시는 사고 싶은 게 겹쳐서 가게 앞에서 또 싸우는 중이다. 다른 손님에게 폐가 되지 않도록 적당히 해라.

아침부터 쾌청하다고 하기 어려웠던 하늘은 신사에 도착했을 때보다 한층 두꺼운 구름으로 뒤덮여 추위가 더욱 몸속으로 파고들었다. 이대로는 눈이 내릴지도 모른다.

"우와, 너무 추워. 어디 가게에 들어가서 따뜻한 거라도 마시고 싶어."

카노는 망사스타킹으로 훤히 드러난 다리를 문지르며 호소했다.

"카노가 너무 얇게 입은 거야. 옷 고르기 전에 일기예보 확인 안 해?"

"그런 건 안 봐. 나는 입고 싶은 옷을 입어."

카노는 당연하다는 듯 대답했다.

그녀다운 순수함이다.

평범함에 묶이지 않고 행동할 수 있는 건 조금 부럽다.

게다가 카노의 음악적 센스와 기술은 이미 프로 수준이

다. 원래 SNS에서 지명도가 높았지만, 문화제 라이브 영상을 동영상 사이트에 공개하자 일 의뢰가 쇄도하고 있다.

"재능이 있다는 건 대단해."

"세나키스, 그건 아니야. 나는 극단적으로 편중된 것뿐이지. 음악은 좋아하고 특기지만, 음악밖에 장점이 없어. 문화제 때의 세나키스처럼 뭐든 다 받아들여서 착착 소화할 수 있는 사람이 내가 보기엔 더 대단해."

"그랬다가 인생 첫 구급차 체험을 했는데?"

"나는 재능 같은 건 잘 모르지만, 자기 의지로 쓰러질 때까지 노력할 수 있는 사람은 반드시 특별한 걸 갖고 있어."

누가 봐도 천재라고 부르기에 걸맞은 카노 미메이에게서 튀어나온 말은 범재를 자부하던 나에게는 눈앞이 트이는 듯한 말이었다.

재능이 부족한 인간은 노력으로 보완할 수밖에 없다.

나는 계속 그렇게 생각했다.

"노력할 수 있는 것도 재능이라는 거야?"

"어? 아닌데."

카노의 말을 풀어서 해석했다고 생각했는데 본인은 바로 부정했다.

"응? 해설 좀."

"좋아하는 걸 할 때는 노력한다는 느낌이 아니잖아. 즐거우니까 하고 싶어지는 거고, 잘 알지 못하는 사이에 굉장한 걸 해내는 느낌."

천재님은 어리둥절한 얼굴로 말했다.

"그건 카노처럼 좋아하는 것과 재능이 일치한 사람의 특권 아닐까. 평범한 사람은 특기도 뭣도 아닌 걸 배우기 위해서 필사적으로 노력해야 해."

"그러니까 보완해주는 세나키스 같은 사람이 무척 고마워. 애초에 나는 특기가 아닌 건 배우지도 못하니까!"

카노는 우쭐대는 얼굴로 대답했다.

알쏭달쏭한 말이다.

"세나. 미메이가 하고 싶은 말은, 자기가 하지 못하는 일들이 많으니까 주변의 도움이 고맙다는 거야. 그런 식으로 다양한 사람의 부족한 부분이나 곤경에 힘을 빌려주는 세나를 미메이는 진심으로 칭찬하는 거지."

"그래, 그거야! 학생회장은 똑똑하구나!"

하나비시의 의역에 카노는 정답이라고 손가락질했다.

"나도 같은 의견이니까 알아. 보통은 하지 못하는 일까지 부탁받는 걸 싫어해. 하지만 세나는 받아들인 이상 제대로 하려고 노력하잖아. 딱히 편리한 간사로서 의지하는 게 아니야. 그 책임감에 대한 신뢰는 미메이가 세나에게 느끼는 인덕이라는 거지."

재수 없는 하나비시답게 얄미울 만큼 멋진 소리였다.

"그러니까 다른 사람을 도우려고 하는 세나키스는 진짜 존경스러울 만큼 최고!"

카노는 한 번 더 자신의 말로 전달했다.

이런 정직하고 성실한 면이 있으니까 나도 2년 연속 매니저를 받아들인 거다.

"키스미만의 매력이 있으니까 요루카도 처음에 마음을 연 거겠지."

아사키가 마지막으로 그렇게 마무리 지었다.

"확실히 그럴지도. 스미스미에겐 의지하기 쉬운 구석이 있거든."

"키이 선배는 옛날부터 그랬어요!"

"키스미 착해."

에이의 말에 다들 웃음을 터트렸다.

"이다음 말인데, 노래방 안 갈래?"

실내니까 난방도 돌아갈 테고, 먹을 것도 있다. 노래대회라면서 떠들썩하게 노는 것도 재미있겠지.

간사의 제안에 전원이 찬성했다.

우리는 신사에서 역 앞 노래방으로 이동했다.

역 로터리까지 나왔을 때 요루카의 메시지가 왔다.

그룹 채팅방이 아니라 나 개인에게 보낸 메시지였다.

급박한 사태임을 알리는 메시지를 읽고 나는 멈춰 섰다.

요루카 : 아빠와 대화했는데 이해를 안 해줘. 더는 무리일지도 몰라. 어쩌지.

"키스미, 왜 그래?"

내가 늦는 걸 알아차린 아사키가 말을 걸었다.

"……미안, 먼저 가. 나중에 따라갈게."

양해를 구한 뒤 바로 요루카에게 전화를 걸었다.

집합 시각에 도착한 메시지와는 분위기가 180도 다르다.

그 사이에 무슨 일이 있었던 걸까. 아니면 그때부터 무리했었던 걸까.

어쨌거나 본인에게 확인할 수밖에 없다.

연결음이 평소보다 유독 길게 느껴졌다.

빨리. 빨리 받아줘.

나는 기도하는 듯한 마음으로 기다렸다.

『여보세요.』

요루카는 울먹이는 목소리로 받았다.

"메시지 읽었어. 아버지가 뭐라고 하셨어?"

서론은 생략했다.

하지만 동요를 최대한 억제한 목소리로 말을 걸었다.

들을 것도 없이 요루카의 기척에서 즐거운 내용이 아니라는 건 눈치챘다.

『……미국에 가는 이야기를 했어. 나는 지금 이대로 일본에서 생활하고 싶다고 했는데, 걱정되니까 같이 사는 게 좋대.』

젠장, 대흉이 적중했잖아. 그 신사에서 모시는 신이 그렇게 강력한 건가.

새전함에 돈을 더 많이 넣을 걸 그랬다.

나는 신에게 혀를 찼다.

"걱정이라니, 부모님이 그렇게 신경 쓰실 만 한 일이라도 있었어?"

『응. 이대로면 폐를 끼치니까 일본을 떠나는 게 낫대.』

"──뭐?!"

그건 일방적인 주장이잖아!

『미안해, 키스미.』

"으, 요루카가 사과할 일이 아니야."

나는 그만 크게 소리칠 뻔했다.

『하지만 내 사랑을 인정해주지 않는 게 이렇게 분한 줄은 몰랐어.』

"──────."

그 한마디는 내가 억눌렀던 분노를 해방하기에 충분했다.

여태까지는 가족 간의 문제라며 한 걸음 물러나 있었다.

아리사카 집안에겐 외부인이니까 끼어드는 걸 주저했다.

아무리 외부에서 시끄럽게 굴어봤자 무의미하다. 지켜보는 게 상식적으로 맞다.

요루카가 믿고 기다려달라고 했던 대로 참는 게 정답이라고 생각했다.

그게 평범한 반응이다.

하지만 사양하는 건 끝이다.

그런 말을, 사랑하는 사람이 하게 만든 시점에서 아웃이다.

가족이기 때문에 귀를 기울여주지 않는다면 다른 누군가가 대신 외쳐야만 한다.

이대로 내버려 뒀다간 나는 죽을 때까지 후회한다.

그 정도로 나는 화가 났다.

순식간에 의식이 새하얗게 불타버릴 정도로 활활 끓어오르는 분노, 그 후에 찾아온 급속 냉각은 머릿속에 기묘한 정적을 불러왔다.

화는 났지만 머리는 차갑게 식어있다는 양극단 상태가 공존하고 있다.

냉정과 열정 사이라는 건가.

기묘한 정신적 균형은 쓸데없는 망설임을 지워버렸다.

지금 해야 할 일을 머릿속으로 엄격하게 구별하고 실행에 옮긴다.

"요루카. 지금 여관이야?"

미쳐 날뛰는 마음과는 다르게 목소리는 스스로도 놀랄 만큼 온화했다.

『아니. 냉정해지려고 혼자 역 앞 카페에서 쉬고 있어.』

"거기서 진정될 때까지 두 시간이든 세 시간이든 천천히 쉬어. 커피는 추가로 시켰고? 케이크도 먹는 게 좋겠다."

『그럴게. 미안해, 키스미.』

"신경 쓰지 마. 나에게 가장 중요한 건 요루카의 행복이야."

──그걸 위해서라면 어떤 상대와도 싸우겠다.

『고마워.』

전화가 끊어졌다.

요루카는 와 달라고는 하지 않았다.

이대로 아리사카 집안의 최종 결정을 기다리는 게 상식적인 판단이겠지.

이전의 나였다면 이대로 기다렸다.

세나 키스미라는 남자는 기본적으로 누군가가 부탁하면 그제야 행동한다.

상대방의 도움 요청이 들어오면 움직이는 수동적인 자세.

부탁을 거절하지 않는 건 좋은 평가를 받는다.

나도 그 위치에서 내 존재가치를 찾아냈었다.

동생의 부탁을 들어주기 위해 편차치가 높은 근처 학교에 도전했다. 입학하자 학급 임원으로 지명당해서 커뮤니케이션에 문제가 있는 미인과 반 아이들 사이의 교두보 역할을 맡았다. 세나회의 간사를 맡았고, 가짜 남자친구를 연기하고, 초보지만 기타로 밴드에 참가하는 등 꼽으면 끝이 없다.

범재인 내 능력이나 허용량으로는 부탁받은 걸 해결하는 것만으로도 버거웠다.

자발적으로 움직이면 금방 한계가 올 거라고 무의식중에 브레이크를 걸었다.

실제로 문화제에서는 구급차에 실려 가기도 했다.

──그래도 두려워하지 않고 내 의지로 행동한 걸 후회한 적은 한 번도 없다.

부탁받지 않아도 바로 움직여.

망설이는 사이에 손쓸 수 없게 된다면 '부탁하지 않았으니까'라고 받아들일 수 있겠냐.

쓸데없는 참견이라고? 그래.

준비가 부족하다는 건 잘 안다. 오히려 완전할 때는 한 번도 없다.

설령 시간과 돈을 들인 게 헛수고가 된다고 해도 그건 그거대로 상관없다.

어차피 대흉이다. 성공은 보장되지 않았다.

게다가 제비에는 '협력해서 극복하세요'라는 문장도 적혀 있었다.

나와 요루카, 두 사람이 협력하지 않으면 극복할 수 없는 문제인 거다.

앞서 걷는 친구들을 빠르게 쫓아갔다.

그대로 노래방에 들어가려는 아이들에게 말했다.

"미안해. 내가 가자고 해놓고 미안하지만 여기서 빠질게."

"스미스미, 갑자기 왜 그래? 집에 가?"

미야치는 걱정된다는 듯 물었다.

"무슨 일이 있었구나. 표정이 확 다른데."

아사키는 무언가 알아차린 듯한 얼굴이었다.

"좀, 인생을 좌우하는 볼일이 생겼어."

"——연인은 새해부터 부탁받느라 고생이구나."

"내가 좋아서 하는 일이니까."

"……그래. 힘내."

"고마워."

나는 지갑에서 에이의 요금을 꺼내려고 했다.

"세나. 동생 몫 정도는 내줄게."

그걸 나나무라가 제지했다.

"미안해."

"신경 쓰지 마. 아리사카에게 인사 전해줘."

나나무라의 한마디에 다른 아이들도 사태를 알아차린 모양이었다.

"노래방 안 가?"

에이는 직설적으로 물었다.

"그래, 요루카가 위기거든. 좀 도와주러 다녀올게."

"키스미는 요루카를 많이 좋아하니까."

동생은 어이없어하면서도 재미있어했다.

"사유. 에이를 맡겨도 될까? 돌아가는 길에 집까지 바래다줘."

"다, 당연히 괜찮은데요."

갑작스러운 상황에 사유의 등이 꼿꼿해졌다.

"믿음직한 후배가 이웃에 살아서 다행이야."

내가 인사하자 사유의 얼굴이 확 빨개졌다.

"에이랑 친하니까 딱히 상관없지만, 어쩐지 키이 선배에게 여유가 생겨서 열 받네요. ……임자 있는 남자가 인기 있는 이유를 조금 알 것 같은 기분."

"사유? 진지하게 잔소리하자면, 편리한 불륜녀가 될 뿐이니까 절대 건드리면 안 돼."

사유의 혼잣말 같은 감상에 아사키가 즉각 당부했다.

"아, 알거든요! 싸울 상대 정도는 구별할 수 있어요."

싸울 상대라…….

지금 나는 분명 싸울 상대의 실태를 제대로 간파하지 못했을 것이다.

하지만 가만히 있을 수는 없다.

"세나키스, 그럼 다음엔 같이 가자."

"그래. 카노의 노래 기대할게."

카노가 당연하다며 손가락으로 브이했다.

"세나, 또 등을 떠밀어줄까?"

눈치 빠른 하나비시가 한쪽 손을 들었다.

언젠가 저녁놀이 지는 옥상에서 나는 하나비시에게 응원은 무책임하지만 무의미하진 않다고 말했다.

"그래, 부탁해."

"잘 다녀와!"

다리가 휘청거릴 만큼 등을 세게 밀린 나는 마지막으로 뒤를 돌아봤다.

"너희가 친구라서 다행이야."

진심으로 그렇게 느꼈다.

여기 있는 녀석들과 지낸 나날이 세나 키스미에게 발을 내디딜 용기를 주었다.

나도 이 멤버와 앞으로도 오래오래 잘 지내고 싶다.

다들 최고의 친구들이다.

나는 그 기세를 타고 역 개찰구를 지나갔다.

스마트폰으로 아리사카 가족이 숙박하는 여관에서 가장 가까운 역인 이즈·슈젠지까지 가는 경로를 검색.

계단을 뛰어 올라가 찬바람이 부는 플랫폼에 섰다.

요루카가 지금 있는 곳은 일본이다. 미국이 아니다.

도쿄에서 슈젠지까지 두 시간 좀 넘게 쓰면 만나러 갈 수 있다.

육로로 이어지는 거리는 지금 나에게는 제로에 가깝다. 전철을 타면 만나러 갈 수 있다는 게 얼마나 축복인지.

이 거리에 망설인다는 건 바보 같은 짓이다.

설령 무의미한 자기만족이라고 해도 알 바 아니다.

나는 내 연인의 얼굴을 무지막지 보고 싶다. 직접 만나서 대화하고 싶다.

그저 그뿐이다.

눈앞에 펼쳐진 흐린 하늘은 한낮임에도 불구하고 무겁고 어둡다.

눈이 내려 전철 운행에 차질이 생기지 않기를 기도할 뿐이다.

거의 쳐들어가는 듯한 심정으로, 아무튼 요루카의 부모님에게 한마디 하고 싶었다.

어떻게 해야 여기서 역전할 수 있을까.

머릿속에는 그저 그 생각만이 맴돌았다.

완벽하지 않아도 최고의 최선을 다하라.

주문처럼 몇 번이나 나를 뒷받침해준 말을 다시금 떠올리며 전철을 탔다.

"요루, 데리러 왔어."

요루카가 천천히 고개를 들자 눈앞에는 언니 아리아가 서 있었다.

쇼와 시대 때부터 있던 오래된 카페의 클래식한 가게 내부에 아리사카 자매가 나란히 있으니, 그 아름다움에 무슨 일이냐며 손님들이 살짝 들떴다.

요루카 혼자 음식점에 들어가는 걸 불편해하는 이유가 바로 이래서다.

도쿄의 번화가에서 함께 아무 생각 없이 카페에 들어가기라도 했다간 호기심 어린 시선이 쏟아지고 헌팅하려고 접근하는 사람도 많다. 언니 아리아가 같이 있을 때라면 대신 대응해주지만 평소에는 혼자서 외식하는 일은 거의 없었다.

가게 내부의 시선을 순식간에 사로잡았지만, 지역 단골인 중년층들이었기에 바로 원래의 느슨한 분위기로 돌아갔다.

차분하게 티타임도 못 즐기는 도쿄와는 달리, 그래도 이 가게는 요루카 혼자서도 평온하게 시간을 보낼 수 있는 듯했다.

"숙소에 꼭 돌아가야 해? 이대로 먼저 집에 가면 안 될까."

"혼자서 돌아가기 힘드니까 날 부른 거잖아?"

부모님 설득에 실패한 요루카는 충동적으로 여관에서 뛰쳐나와 역 앞 카페로 도망쳤다.

키스미에게 전화한 뒤 조금 진정해서 어디 있는지만은 알리기 위해 언니에게 연락한 상태였다.

"미안해. 모처럼 쉬고 있었는데."

"온천에서 느긋하게 노는 것도 질렸으니까 마침 잘됐지. 으, 추워. 중간에 눈 내리던데 오늘 밤은 눈을 구경하면서 술이라도 마실까."

아리아는 요루카 앞에 앉아 테이블 위의 메뉴표를 슥 훑어봤다.

"저기, 핫커피 하나 부탁드려요. 요루도 뭐 더 시킬래?"

"커피 많이 마셨으니까 괜찮아."

"그래? 디저트는?"

"먹었어. 많이."

"그래."

"……엄마나 아빠가 뭐라 그래?"

"별로. 기분전환으로 오늘은 밖에서 저녁이라도 먹자 정도? 걱정하시던데."

"화 안 냈어?"

"요루가 완강해서 당황하긴 했을걸?"

아리아의 대답은 애매모호하다. 그게 요루카를 불안하게 만들었다.

평소에는 해주는 위로도 조언도 이번만큼은 없었다.

언니는 동경의 대상이자 목표였다.

그런 언니를 흉내 내면 자신도 틀리지 않는다.

옛날의 요루카는 언니를 완벽하다고 믿고 재현하고자 노력했다.

이윽고 언니도 자신과 마찬가지로 반드시 완벽하진 않다고 깨달았고, 오히려 자신의 순진무구한 동경이 언니를 궁지에 몰아넣고 있었다는 사실도 늦게나마 이해했다.

작년 여름에는 처음으로 진심을 담아 자매 싸움도 하며 서로에게 본심을 부딪쳤다.

양보할 수 없는 것을 위해 요루카는 싸우는 법을 배웠다.

그래도 부모님을 설득하지는 못해서 막막한 상태다.

자기 나름대로 할 수 있는 말은 다 해보았지만 효과가 느껴지지 않아서 어떻게 해야 할지 알 수 없다.

그래서 저도 모르게 키스미에게 전화하고 말았다.

유원지에서는 믿고 기다려달라고 큰소리를 쳐놓고 이 모양이다.

만약 세나 키스미를 쉽게 만날 수 없게 거리가 멀어진다면 어떻게 될까?

그건 지옥이나 마찬가지다.

계속 혼자 있으려고 했던 자신이 완전히 바뀌어버렸다.

——그가 없는 세상을 상상하기만 해도 무섭다.

문화제 준비 기간에 키스미와 데이트는커녕 대화할 시

간이 줄어든 것만으로도 고통스러웠다.

누적되었던 외로움이 카노 미메이의 집에서 폭발해버린 밤을 떠올리고 요루카는 얼굴이 뜨거워졌다.

이렇게나 그가 필요하다는 걸 새삼스럽게 자각한다.

한심하다고 부끄러워지는 반면 더 깊이 닿아있고 싶다.

이 고뇌와 갈등은 하루하루 강해진다.

크리스마스 파티 이후 키스미와는 한 번도 만나지 않았다.

고작 일주일이 조금 안 되는 동안 이렇게나 약해지고 만 자신을 보고 경악했다.

이게 몇 달 단위가 된다면 분명 견딜 수 없다.

그 부재에 익숙해지면 자신은 어떻게 될까.

손가락에 낀 반지를 무의식중에 바라보았다.

이걸 끼고 있기만 해도 키스미를 느낄 수 있어서 안심할 수 있다.

"언니. 작년 마지막 날에 만났을 때 키스미는 잘 지내는 것 같았어?"

"요루를 계속 걱정하던데."

"……키스미를, 만나고 싶어."

목소리에 눈물이 묻어난다. 이를 악물고 표정을 일그러트리면서 울음을 필사적으로 참았다. 울면 분함과 패배감에 전부 삼켜질 것 같았다.

"부르면 되잖아? 스마라면 와 줄 텐데."

"하지만 폐를 끼치기 싫어."

"그럼 지금은 나로 참아."

아리아는 고개 숙인 동생의 머리를 다정하게 쓰다듬었다.

"고마워, 언니."

"──나도 끝까지 있어 줄게."

주문한 커피가 나오자 대화는 잠시 끊어졌다.

낮에 시작한 세나회의 노래대회가 끝났을 때는 저녁 5시가 넘어버렸다.

노래방에서 나오자 역 앞은 완전히 눈으로 덮여 있었다. 지금도 함박눈이 내리고 발밑에는 몇 센티미터 정도 쌓여 있다.

"와아, 눈이다!"

에이는 눈을 보며 잔뜩 신이 났다.

"전철 운행하고 있네."

아사키는 역으로 시선을 던졌다.

"역 앞 모습이 평소와 달라 보여."

히나카는 스마트폰으로 사진을 찍었다.

"이거 앞으로 더 쌓이겠는데요."

사유는 눈을 푹푹 밟아댔다.

"예쁘다. 눈은 오랜만에 봤어."

미메이는 하늘을 올려다보았다.

"눈을 보면 괜히 막 기분이 업되지 않아?"

류는 어깨를 들썩거렸다.

"다들 눈길에선 미끄러지지 않도록 조심해."

키요토라는 주의 환기를 했다.

"있잖아, 공원에서 눈 가지고 놀자! 눈사람 만드는 거 도와줘!"

에이가 제안했다.

"좋은 생각인데! 나이스 아이디어! 역시 세나의 동생!"

류가 바로 찬성했다.

"레이디의 요청에는 기꺼이 함께해야지."

키요토라도 주저 없이 동의했다.

"재미있을 것 같으니까 나도 갈래!"

"히나카가 간다면 나도!"

"메이메이, 손 다치지 않도록 조심해!"

폴짝거리려는 미메이를 히나카가 허겁지겁 막았다.

"갈 거면 저희 집 근처 공원이 넓은데 어떠세요? 집에서 손난로나 장갑 정도라면 빌려올 수 있고요. 삽도 필요하려나요?"

"사유의 의견에 이의 없음. 그럼 갈까. ……키스미가 없어도 동생이 빈자리를 메워주다니, 역시 남매구나."

아사키의 말을 따라 일동은 역 앞에서 다시 주택가로 돌아갔다.

"아사키, 왜 스미스미가 요루요루에게 갈 거라는 걸 알았던 거야?"

이동 중 히나카가 슬쩍 물어봤다.

"……크리스마스 파티가 끝난 뒤에 요루카가 우리 집에서 잤거든. 그때 지금 문제가 좀 있다는 걸 들었어."

"문제?"

"어쩌면 미국으로 이사할지도 모른대."

아사키가 살며시 귓속말했다.

"뭐?!"

히나카는 비명을 지르듯 경악했다.

"키스미는 분명 그 일 때문에 간 게 아닐까."

"스미스미, 어떻게든 막아줘! 제발!"

히나카는 기도하듯 하늘을 올려다보았다.

"……히나카는 이걸 기회라고 생각 안 해?"

"아사키야말로."

"만약 떨어져 지내게 된다고 해도, 이제 와서 마음에 빈틈이 생길 것 같진 않단 말이지."

"동감. 두 사람은 그런 수준을 진작에 넘었어."

"새삼 우리는 정말 쉽지 않은 사람을 짝사랑했구나."

"그런 일편단심이 매력이잖아."

아사키는 히나카와 함께 끝나버린 사랑을 돌아보면서도 ──어딘가에서 예상치 못한 결과를 기대하는 자신도 있다는 걸 발견했다.

그건 실연한 여자의 사소하고 떳떳지 못한 바람이다.

일편단심이라고 믿었던 특별한 남자가 다른 여자에게 마음이 바뀐다. 그런 흔하고 현실적인 결말로 추락하는 걸 보며 남몰래 앙금을 풀고 싶다. 자기에게 보는 눈이 없었다고, 사귀지 않길 잘했다고 실망할 수 있다면──실연의 아픔도 금방 사라질지도 모른다.

동시에 동경하기도 한다.

어떤 희생을 치른다 해도, 허우적거린다 해도 좋아하는 사람과 맺어질 수 있다면 상관없지 않을까.

이기적인 마음이 그렇게 속삭인다.

냉정하게 보면 어리석은 선택이라고 해도 자신이 행복하다면 충분하다.

타인의 사정이나 감정은 무시하고 자신의 사랑에 심취하면 된다.

그렇게 이성을 잃어버릴 만큼 열정적인 사랑을 만나는 인생도 분명 나쁘지 않을 것이다.

"……나는 연애에 빠지기에는 너무 냉정했어."

아사키는 자신을 돌아보며 자조했다.

세나 키스미에게 차인 날을 떠올리고 가슴속 깊은 곳이 따끔거렸다.

연애의 우선순위가 낮은 자신에게 필사적인 연애 같은 건 맞지 않는다는 건 알고 있었다.

"아사키. 나는 끝까지 스미스미와 요루요루의 사랑을 응원하고 싶어졌어."

히나카는 아사키의 손을 잡았다.

"알아. 나도 두 사람을 질투하기보다는 신기하게 기대하게 돼. 그래서 세나회라는 특등석에 남아있는 거겠지."

결국 하세쿠라 아사키의 본심은 요루카가 집에 자러 왔을 때 말한 게 전부다.

"표현 좋은데. 차였는데 곁에 있는 건 두 사람의 미래가 궁금해서란 말이지."

"히나카가 말하는 미래는 어디까지?"

"으음, 우선 두 사람의 결혼식에는 참석하려고."

히나카가 정해진 사실로서 말하기에 아사키는 일부러 정반대의 태도로 나왔다.

"고작 고등학생의 연애가 정말 결혼까지 갈 수 있을까?"

"그렇게 두 사람이 걱정돼?"

히나카는 아사키의 빈정거림이 진심을 비틀어서 나온 말이라는 걸 바로 깨달았다.

싱겁게 간파당하자 아사키도 쓴웃음을 지을 수밖에 없었다.

"두 사람만이 아니라 인생 경험이 적은 청소년이 지금 느끼는 감정이 언제까지 남아있을까. 우리는 앞으로도 수많은 자극과 경험을 새로 하고, 감각이나 사고방식이 점점 바뀌겠지."

"사랑도?"

"응. 10대의 연애가 20대나 결혼이 현실로 다가오는 나이가 될 때까지 유지될지 걱정이야. 대학이나 직장에서 새로운 사람을 만나면 마음이 변한다고 해도 이상하지 않잖아. 결국 사랑의 크기는 어디까지 믿을 수 있을까……."

솔직하게 말해서 아사키 본인도 그 변화가 두려웠다.

살면서 처음으로 진지한 연애감정을 느꼈고, 그 거대함에 계속 휘둘렸다.

그런데 언젠가 이 강렬한 감정을 잊어버리게 된다고 생각하니 사람의 감정은 참으로 덧없고 연약하다. 슬퍼진다.

"학년이 바뀌고 반이 달라지면 금방 헤어지는 커플도 흔하니까. 금방 질리고 새로운 걸 좋아하는 게 젊음 아닐까?"

"달관적이네, 히나카는."

"나는 아사키보다 먼저 내 실연과 마주 봤으니까."

히나카는 아사키보다 먼저 키스미에게 고백했고 차였다.

"벌써 극복했어?"

"글쎄. 다음 사랑은 상상도 안 가는데. 언젠가 나도 운명의 상대를 만날 거라 기대하는 게 일단은 마음이 편하지 않아?"

"애초에 키스미와 요루카가 예외인 거지."

아사키는 푸념하듯 꺼냈다.

"스미스가 흔히 말하는 평범하단 겸손은 헛소리라니까. 오히려 엄청 특별한데."

히나카도 같은 의견이다.

그냥 평범한 남자가 그 아리사카 요루카와 사귈 수 있을

리 없다.

하물며 그 남자를 좋아하는 여자들이 모인 그룹이 성립된다는 것 자체가 기적에 가깝다.

"응. 정말로 특별한 건 사실 키스미야."

아사키도 히나카도 사랑을 동경하는 소녀가 아니다.

운명의 상대 같은 건 어차피 픽션에서 나오는 존재라고 인식한다.

그래도 이야기하게 되는 건, 세나 키스미와 아리사카 요루카의 연애를 통해 꿈을 꾸고 싶어지기 때문이다.

"사람들 대부분은 착각하고 있지. 스미스미가 요루요루에게 선택받은 게 아니라 스미스미가 선택한 여자가 요루요루였다는 게 진실인데."

다들 사람을 표면적으로밖에 보지 않는다.

문화제 무대 위의 두 사람밖에 모르는 학생들은 평범한 세나 키스미가 미인 아리사카 요루카의 눈에 든 수준 차 커플이라고 오해한다.

"그야 요루카는 예쁘긴 해도 연애 상대로는 무지하게 귀찮잖아. no 러브코미디 3원칙이라니, 질투가 심한 것도 정도껏 해야지. 보통 사람이라면 힘들어서 금방 항복했을걸."

하지만 실제로는 반대다.

누구와도 잘 지낼 수 있는 숨겨진 매력이 있는 남자가 아리사카 요루카에게 반한 거다.

"그래도 스미스미에겐 요루요루밖에 안 보인단 말이지."

아사키와 히나카의 사랑은 실패했다.

자신들이 선택받지 못한 이유는 아리사카 요루카의 매력에 이기지 못했기 때문이 아니다.

두 사람이 서로에게 특별했기 때문에 세나 키스미는 다른 여자에게 한눈팔지 않고 계속 일편단심인 것이다.

"나는 연애는 궁합과 타이밍이라고 생각했는데, 그런 논리가 통하지 않는 특별한 연애도 세상에 정말 존재할지도 모른다고 믿고 싶어져."

"청혼한 뒤에 미국 이사 이야기가 나오다니, 트러블은 정말 예측할 수가 없다니까."

히나카는 그 문제를 떠올리고 불안해졌다.

"결국 운명의 상대를 만난 시기가 어쩌다 보니 고등학생 때라서 골치 아픈 것뿐이야."

아사키는 신의 안배에 항의하고 싶어졌다.

최소한 대학생 정도의 타이밍에서 만났다면 세나 키스미와 아리사카 요루카가 이렇게 필요 이상으로 힘들어할 일도 없었다.

오히려 타이밍이 나쁜데도 불구하고 맺어졌다는 사실에 맞사랑의 힘을 느낀다.

"괜찮아. 스미스미가 막판에 강하다는 걸 우리는 계속 봤잖아."

히나카는 한때 사랑했던 사람을 끝까지 응원하기로 결심했다.

"화이팅, 요루카. 네가 키스미의 연인이니까."

아사키는 한때 연적이었던 사람에게 진심 어린 응원을 보냈다.

외부인인 두 사람은 결말을 지켜볼 수밖에 없다.

모든 것은 변해간다.

시대도, 환경도, 사람의 감정도 관계도.

그 안에서 변하지 않을 수 있다는 건 여간 일이 아니다.

고등학생의 연애가 뜻대로 흘러가지 않는 현실을 극복할 수 있을까.

부디 두 사람의 사랑이 마지막 순간까지 행복한 꿈일 수 있기를.

◇ ◇ ◇

눈이 내려 지연되면서도 전철은 어떻게든 목적지인 슈젠지 역에 도착했다.

역사에서 나오자 눈을 품은 하얀 바람이 불었다.

도쿄에 있을 때보다 두 단계쯤 더 춥다.

뼛속까지 얼어버릴 것 같은 추위를 느끼면서도 눈에 미끄러지지 않도록 조심하며 요루카가 있을 카페로 향했다. 발밑에 눈이 쌓여서 방심하면 스니커 바닥이 미끄러질 것 같으니까 걸음이 신중해졌다.

마침 가게 앞에 도착한 타이밍에 문이 열렸다.

"으으으 추워. 요루, 가게까지 걸어가긴 힘드니까 택시 타자."

"응……."

추위에 떠는 아리사카 자매는 나를 눈치채지 못한 채 이쪽으로 걸어왔다.

"요루카."

내가 정면에서 말을 걸자 두 사람의 발이 멈췄다.

"……―, 키스미?"

환상이라도 보는 것처럼 내 연인은 믿기지 않는다는 얼굴로 굳어버렸다.

"어."

"왜?! 왜 키스미가 여기 있는 거야?"

요루카는 당황하며 이쪽으로 달려왔다.

"아, 바보야. 눈 위에서 달리지 마!"

아니나 다를까 발이 미끄러져 쓰러지려는 걸 아슬아슬하게 받아냈다.

"진정하라고. 정초부터 다치기라도 했다간 큰일이잖아."

오자마자 연인을 다치게 만들면 고개를 들 수가 없다. 내 행동이 지나친 역효과를 불렀다며 대흉의 무시무시함에 떨었겠지.

그런 처참한 전개는 사양이다.

"괜찮아? 발목 안 삐었어?"

나는 가슴이 철렁해진 걸 느끼면서도 품속에 있는 요루

카에게 다치지 않았는지 확인했다.

"진짜 키스미다. 키스미가 여기 있어."

요루카는 매달리듯 등에 팔을 감고 전신으로 나라는 존재를 느꼈다.

"당연히 진짜지. 오히려 요루카가 다른 남자를 끌어안았다면 울어버릴 거야. 진짜 죽고 싶어질 거야."

"그런 짓을 할 리 없잖아!"

"알아."

"하지만 왜 여기 있는 거야?"

요루카는 내 차가운 손을 잡고 존재를 확인했다.

계속 실내에 있던 그녀의 손이 따뜻해서 계속 만지고 싶었다.

"참배하러 갔더니 제비가 대흉이더라. 다른 신사에서 새로 뽑으려고."

나는 적당한 이유를 대답했다.

"그래서 이런 늦은 시각에 온 거야?"

"미국만큼 멀진 않잖아."

"그건 그렇지만……."

요루카는 기쁘지만 어딘가 복잡해하는 표정이다.

자기 전화를 받고 내가 왔다는 걸 아니까 몹시 면목이 없다는 듯 어깨를 축 떨궜다.

"요루카를 오래 못 만나서 나도 쓸쓸했어. 새해 복 많이 받으세요."

"~~으, 나, 도, 그래. 새해 복 많이 받으세요."

요루카는 다시 나를 끌어안더니 그대로 어린아이처럼 울기 시작했다.

미아가 가족을 찾았을 때처럼 온몸으로 흐느꼈다.

"울 정도로 기뻐?"

나는 요루카의 머리를 가볍게 쓰다듬었다.

"당연하잖아! 키스미 너무 좋아아아아."

"나도 좋아해. 눈 속에서 포옹하는 것도 운치 있네."

"나는 항상 하고 싶어."

"나도. ……아버지와 대화했댔지. 고생했어."

우선 용기를 낸 그녀를 칭찬한다.

그 말에 요루카는 쥐어짜듯이 대답했다.

"……가족은 역시 어려워. 어떻게 해야 할지 모르겠어."

요루카는 내 귓가에 대고 토로했다.

"그래서 내가 온 거야."

시선 너머에 아리아 씨가 서 있었다.

"너는 요루 일이 되면 열정적이구나."

"폐가 되었을까요?"

"요루의 그 반응이 대답이지. 아까까지 계속 풀 죽어 있었는데."

"아리아 씨에게 선수를 빼앗겨서 헛수고가 되었나 했어요."

"내 귀여운 동생의 눈에서 기쁨의 눈물을 뽑아낸 남자가 말은 잘하지."

"제 전매특허거든요."

"그래서 어떻게 할래? 이대로 도쿄로 데리고 갈 거야? 나는 안 막을 건데."

아리아 씨는 짧게 물었다.

그것도 하나의 선택지이긴 하겠지.

"아뇨, 그건 결론을 미루는 것뿐이에요. 저는 부모님께 인사하고 싶습니다."

주저 없이 여기에 온 용건을 알렸다.

"직접 출두한 이상 당연하겠네."

아리아 씨는 즐겁다는 듯 웃었다.

"키스미…… 괜찮아?"

요루카는 복잡한 태도로 내 눈을 올려다보았다.

"각오는 하고 왔으니까."

나는 허세를 부려봤다.

"아. 스미, 주먹질은 금지야. 일단 우리 부모님이기도 하니까."

"일반적으로는 딸의 남자친구가 맞지 않을까요?"

"아무리 아빠라고 해도 손은 안 댈걸. 아마."

아리아 씨는 쓰게 웃었다.

"언니! 아무리 아빠라도 그건 아니지? 그치?!"

언니의 애매모호한 반응에 요루카도 불안해하며 외쳤다.

"모르는 일이지. 아빠는 이러니저러니 해도 우리를 아주 아끼잖아. 나도 연인을 소개한 적은 없으니까 어떤 반응을 보일지 상상도 안 간다고."

사이 좋은 미인 자매가 나란히 떠들었다.

그래도 요루카는 나에게서 절대 떨어지지 않았다.

그러자 눈 속에서 우리 옆으로 한 대의 자동차가 정차했다.

그 자동차는 본 적이 있었다. 문화제 때 아리아 씨가 운전했던 차다.

좌핸들 차량이라 운전석이 길 쪽으로 나 있다.

차창이 내려가자 한 남성의 얼굴이 나타났다.

"…………, 요루카. 그 사람은?"

인사도 없이 질문부터 나왔다.

남성의 차분한 목소리에는 동요의 기색이 보이지 않는다. 그게 나에게는 무척 무기질적으로 들렸다. 밤인 데다차 안이라서 나이에 맞게 주름진 얼굴에서는 감정을 잘 읽어낼 수 없다.

고급스러운 재킷과 터틀넥, 손목에는 고급 손목시계, 그리고 세월이 보이는 결혼반지.

남성의 딱딱한 시선은 나와 요루카를 현실로 돌려놓고도 남았다.

나와 요루카는 길거리에서 딱 붙어 포옹하고 있었다는 사실을 깨달았다.

정신을 차린 우리는 바로 떨어졌다.

"아, 혹시 네가 키스미? 딸이 신세 많이 지는구나."

조수석에 타고 있던 여성이 말을 걸었다.

내 이름과 얼굴을 아는 수수께끼의 여성은 딸이라고 말했다.

즉 이 두 사람은 요루카의——.

"아빠, 엄마?! 어, 이건 그게! 눈 때문에 추워서 붙어있었던 것뿐인데!"

요루카도 극도로 당황해서 대답이 지리멸렬하다.

이쪽에서 가기 전에 저쪽이 찾아오고 말았다.

Q. 처음 만나는 연인의 부모님에게 껴안고 있는 모습을 보여주고 말았을 때의 기분을 말하시오.

"……안녕하세요. 따님과 사귀고 있는 세나 키스미라고 합니다."

A. 민망해 죽을 것 같다.

◇ ◇ ◇

나는 그대로 아리사카 일가와 저녁을 같이 먹게 되었다.

카페 앞에서 조우한 뒤 저녁을 먹으러 가는 길이었다며 그대로 같이 타게 된 것이다.

여관의 격식 차린 식사보다 더 편할 거라는 요루카네 아버지의 의견에 따라, 옛날부터 아리사카 일가가 자주 간다는 일본풍 이자카야로 향했다.

가게 주인은 요루카와 아리아 씨를 어릴 때부터 알고 있는 건지 두 사람을 보자마자 예뻐졌다면서 잔뜩 풀어진 얼굴로 웃었는데, 맨 뒤에 붙어온 수수께끼의 인물인 나를 보자마자 눈초리가 날카로워졌다. 명백하게 품평하고 있다. 음식점 주인이라고는 보기 힘든 엄격한 시선이다.

『아리사카 씨. 여기 이 처음 보는 소년은 누구죠?』

『요루카의 남자친구.』

『세상에! 벌써 같이 여행하는 사이입니까?』

『아니, 멀리 딸을 만나러 왔기에 데려왔어.』

자리로 안내해주는 동안 가게 주인과 아버지가 나눈 짧은 대화만으로도 죽을 것 같다.

물론 요루카의 부모님을 만날 생각으로 먼 걸음을 한 건 맞지만, 바로 저녁 식사 자리에 초대받는다는 급전개.

최종 보스전 앞에 마지막 세이브 포인트 정도는 놓으라고!

난데없이 전투가 시작돼 버렸잖아!

그런 내적 동요를 보이지 않도록 평정심을 붙잡았다.

여기서 요루카네 부모님이 나에게 느끼는 인상이 나빠지면 이상적인 미래는 멀어질 것이다.

"키스미, 사양하지 말고 많이 먹어. 딸의 남자친구와 식사하는 건 처음이니까 가슴이 설레네."

건배하고 나자 요루카의 어머니가 환하게 웃으며 요리를 권했다.

긴 검은 머리카락이 인상적이다. 딸들의 눈이며 피부는 완전히 어머니에게서 물려받은 거구나. 아이를 둘이나 낳았다는 게 믿기지 않을 만큼 아름답고 지적인 얼굴인 데다, 한눈에 봐도 일을 척척 소화하는 쾌활함과 파워풀함이 느껴졌다.

그 옆에는 요루카의 아버지가 앉았다.

조금 전부터 말수가 적고 포커페이스를 유지하고 있어서 속으로 무슨 생각을 하는지 읽을 수 없다. 처음에는 어딘가 언짢아 보이는 인상이었지만 이렇게 빛 아래에서 얼굴을 보니 장년의 피로감이 남아있다는 느낌이다.

맛있어 보이는 요리가 놓인 테이블을 사이에 두고 부모님과 마주 보듯 앉은 요루카와 아리아 씨. 그 둘 사이에 내가 앉아있다.

"엄마. 키스미 거는 내가 덜어줄 테니까 괜찮아."

내 옆에 앉은 요루카는 내 몫의 앞접시를 들었다.

"이렇게 재미있는 상황에서 술을 못 마신다니 아쉬워라."

아리아 씨는 돌아가는 길에 운전을 맡았기 때문에 우리와 마찬가지로 음료수를 마셨다.

"정초부터 가족 간의 오붓한 시간을 방해해서 죄송합니다. 그리고 조금 전에, 그러니까 요루카와 껴안았던 건 넘어질 뻔한 걸 순간적으로 받아준 것뿐입니다. 평소에는 절도를 지키면서 교제하고 있습니다."

타이밍을 가늠하며 나는 우선 사과의 변명을 늘어놓았다.

"스미, 되게 뻣뻣하다. 긴장하는 것도 이해하지만 릴랙스해야지."

"알면 놀리지 마세요!"

아리아 씨의 장난을 받아넘길 여유는 없다.

"키스미, 이해해. 나도 키스미의 가족을 만났을 때 그런 느낌이었거든."

요루카도 나에게 공감함으로써 조금이라도 힘이 되어 주려고 하는 모양이었다.

"벌써 남자친구의 가족을 만난 거냐? 요루카."

아버지의 반응에 일일이 긴장된다.

진정하자. 그냥 요루카의 발언을 반복한 것뿐이야. 필요 이상 의미를 부여하면 괜히 더 정신력을 깎아 먹는다고.

"응. 문화제에 오셨을 때 인사했어. 친절한 부모님과 귀여운 여동생이 있는데 아주 사이좋더라."

요루카는 참으로 즐겁다는 듯 세나 가를 소개했다.

"지금은 순순히 말해주는구나."

"……이 상황에서 나만 입을 다물고 있을 수는 없잖아."

아버지는 딸과 대화한 게 기쁜 모양이지만 정작 요루카는 마지못해 한다는 얼굴이었다.

내가 있으니 요루카의 태도도 부드러워지는 모양이다.

"이게 문화제 때 라이브하고 찍은 사진인데, 여기 찍혀 있는 아이가 키스미의 동생이야."

요루카는 얼버무리듯이 자신의 스마트폰을 부모님에게 건넸다.

내 책상에도 장식해놓은 사진이다. 땀으로 푹 젖었지만 성취감으로 가득한 표정들.

"라이브 영상 봤어. 요루카가 즐거워 보였고, 키스미도 멋있더라."

요루카에게서 들었던 대로 어머니는 나에게 친근한 태도인 게 굉장히 감사했다.

"그리고 청혼도."

어머니는 그렇게 덧붙이며 생긋 웃었다.

그 호의적인 반응에 안도한 직후 아버지가 '어리구나'라고 작게 중얼거렸다.

나는 무심코 마시던 콜라를 뿜어버릴 뻔했다.

이 완급 조절, 굉장히 지친다.

"나에게는 인생 최고의 순간이었다고!"

요루카는 발끈하며 언성을 높였다.

딸이 노려보는 가운데 아버지는 조용히 잔을 기울였다.

화내는 요루카를 상대로 태연할 수 있다니, 역시 부모님이다.

"정말 좋은 라이브였어. 나도 듣다가 깜빡 울어버렸다니까."

아리아 씨가 화제를 되돌리려는 듯 슬쩍 덧붙였다.

"어? 언니 울었어?!"

"처음 듣는 얘기인데요."

아리아 씨가 울었다니, 아주 의외다.

"창피하니까 말할 리 없잖아. ……역시 음료수로는 감질나네."

"취해서 이상한 짓을 당할 걱정이 없으니까 저는 안심되는데요."

"상대는 고르거든요. 시즈루하고 스미 정도야."

아리아 씨는 우롱차를 마시며 당당하게 선언했다.

"키스미는 아리아와도 친구구나?"

어머니의 감상은 나에겐 간지러웠다. 내게 아리사카 아리아는 어디까지나 강하게 나갈 수 없는 연상의 누나. 대등한 관계로는 인식하고 있지 않다.

편한 대상이고 의지하고 있지만, 친구라는 표현은 어딘가 아닌 느낌이다.

"아리아 씨는 은인이에요. 제가 중학생 때 다니던 학원에서 강사 아르바이트를 했었는데, 그 시절부터 알고 지냈죠."

긴장해서 나도 모르게 격식을 갖추고자 등이 꼿꼿해졌다.

"제법 열등생이었지만 제대로 합격시켜줬지."

아리아 씨는 우쭐대는 얼굴로 손가락 브이. 가족들과 같이 있을 때는 장난기 많은 반응이구나.

평소 여유로운 누나라고 느꼈던 만큼 딸인 아리아 씨를 보는 건 어쩐지 신선했다.

"그럼 요루카보다 아리아를 먼저 만난 거였네. 인연이 있구나."

"덕분에요."

나도 내 몫인 콜라를 한 모금 마셨다. 역시 갈증이 장난 아니다.

"게다가 여행지까지 만나러 와 주다니 든든한 남자친구네."

"혹시 요루카가 불러낸 건 아니고? 이렇게 눈도 내려서 고생했을 텐데."

부모님은 정반대의 감상을 늘어놓았다.

"아뇨, 제가 불쑥 온 거예요. 요루카는 아무 말도 안 했죠."

요루카의 명예를 위해 그 부분은 확실하게 말했다.

"키스미는 요루카를 아주 아끼는구나."

어머니는 내 대답에 만족스러워 보였다.

"아직 정초잖아. 고등학생인데, 가족들도 걱정하실 테지."

아, 이런. 집에 연락하는 걸 깜빡 잊어버렸다.

타이밍을 봐서 화장실에 가는 김에 전화해야겠다.

"그건 물론 그렇지만, 여자친구로서는 기쁜 법이잖아. 그렇지? 요루카."

"응."

요루카는 어머니의 의견에 환하게 웃으며 동의했다.

적어도 어머니의 반응을 보는 한 내 일로 요루카가 가족 내에서 고립되지 않았다는 걸 알 수 있어 안심했다.

역시 문제는 아버지겠지.

요루카는 어머니나 아리아 씨하고만 대화할 뿐, 아버지 쪽은 거의 보지 않았다.

요루카네 아버지는 입을 잘 열지 않는 대신 술을 마시는 속도가 빨랐다.

나도 우선은 요리를 먹었다. 아, 되게 맛있다!

맛있는 요리를 즐기는 동안 내 긴장도 풀렸다.

칸자키 선생님의 가짜 남자친구로 비슷한 시추에이션을 경험한 것도 도움이 되었다.

어떤 경험이 도움이 될지는 알 수 없는 법이구나.

요루카네 부모님도 술이 들어가면서 점점 말수가 늘어났다.

내 존재도 아랑곳하지 않고 두 사람의 대화가 점점 달아올랐다.

"나는 학생 결혼이라고 해도 두 사람의 사랑이 진짜라면 용서할 거야! 이해심 있는 엄마니까!"

어머니는 취해서 빨개진 얼굴로 선언했다.

"뭐?! 진짜? 와! 엄마는 말이 통한다니까. 사랑해!"

요루카는 기다렸다는 양 확 흥분했다.

조금 전부터 눈치챈 건데, 요루카도 어머니 상대로는 굉장히 수다스러워진다. 아까도 내가 크리스마스 선물로 준 반지를 자랑하면서 어머니와 함께 신나게 떠들었다.

인간은 가족과 있을 때와 아닐 때로 다른 사람처럼 되는구나.

"좀, 네가 그렇게 자꾸 받아주니까……."

"뭐 어때요. 키스미는 착한 아이인데. 저는 알 수 있거든요! 이미 제 아들이나 마찬가지입니다!"

기쁜 말씀을 다 해주신다.

"옳소, 옳소!"

요루카도 즉각 동조했다.

"이 닮은꼴 모녀는 왜 그렇게 결론을 서둘러 내는 거야."

아버지는 일본주를 소주잔에 따라 쭉 들이킨 뒤 충고했다.

"요루카라면 한결같은 사람을 선택했을 게 뻔하지만, 내 버려 뒀다가 키스미한테 날파리가 꼬일지도 모르니까 걱정되잖아!"

그렇게 태평하게 생각할 수 없다며 어머니가 질책했다.

"다른 상대에게 마음이 갈지 아닐지는 남자친구 개인의 문제야."

"스미는 성실해서 괜찮아."

아리아 씨가 불쑥 도와주었다.

"아리아가 그렇게까지 말한다면 그렇겠지."

아버지는 선뜻 받아들였다.

이게 장녀의 발언력인 건지, 아니면 아리아 씨의 신뢰도 인 건지.

자매에 따라 갈리는 반응 차이에 요루카가 원망 어린 눈으로 아버지를 쳐다보았다.

"부끄럽지만 아리아 씨가 요루카의 언니라는 걸 알아차린 건 작년 여름에 재회했을 때였습니다. 둘 다 성이 아리사카인데 떠올리지 못하다니, 저도 참 둔감하네요."

요루카가 폭발하기 전에 나는 내 이야기를 이용해서 대

화의 흐름을 틀었다.

"둔감하다기보다는 순수하게 어렸던 것뿐이겠지. 신경 쓸 일은 아니야."

"감사합니다."

"반대로 여자아이는 조숙해서 곤란해. 내가 하는 말은 전혀 듣질 않으니."

그렇게 말하면서도 요루카나 아리아 씨를 보는 눈은 자상했다.

"이해합니다. 제 동생이 초등학교 4학년인데 말재주만 발달해서는 계속 휘둘리죠."

"네가 다른 사람을 잘 돌보는 건 동생 덕분에 익숙해서 그런가."

요루카네 아버지는 이해했다는 듯 고개를 끄덕였다.

술의 힘 덕에 처음에 비해 말수가 많아진 상태다.

"키스미. 바람은 안 돼! 절대로 안 돼!"

어머니도 상당히 술기운이 돈 모양이었다.

"괜찮아, 엄마. 키스미에게는 제대로 no 러브코미디 3원칙을 가르쳐놨으니까."

"당연하지. 바람은 언어도단이야."

"다른 사람과 러브코미디를 찍는 건 용서 못 해!"

"요루카, 엄마의 가르침을 잘 기억하고 있다니 장하구나."

어머니는 손을 뻗어 테이블 너머로 요루카를 쓰다듬었다.

no 러브코미디 3원칙은 아무래도 어머니에게 배운 모양이다.

"너도 고생이지?"

아버지는 동정하듯 나에게 말을 걸었다.

"아뇨, 저는 요루카밖에 모르니까요."

"……딸의 아버지로서는 안심되지만 남자로서는 의문인데. 그렇게 쉽게 한 사람으로 정해놓다니, 아직 어린 나이에 괜찮은 건가?"

내가 주저 없이 대답하자 악마와도 같은 질문이 연달아 날아왔다.

놀리는 것처럼 가벼운 어조거나 부추기듯 사악한 느낌이 아니라, 오히려 염려하는 듯한 말투였다.

나는 그 질문에 당황하는 바람에 살짝 딜레이가 발생했다.

그 찰나를 메우듯 아리사카 모녀가 일제히 반응했다.

"여보, 딸의 남자친구에게 말도 안 되는 소리를."

"우와, 아빠 저질. 아무리 그래도 좀."

"왜 그렇게 심한 말을 하는 거야!"

어머니와 자매의 제트 스트림 어택!

감정의 해일이 노도와도 같이 밀려든다.

어쩐지 안쓰러워질 정도로 일방적이었다.

내가 제대로 끼어들 수 있는 분위기가 아니다.

"봤지? 우리 가족은 여자들끼리 금방 결탁한다니까."

3대 1이라는 압도적 열세에 아버지는 해탈한 표정으로 이쪽을 쳐다보았다.

"다수결로는 못 당하겠네요."

나는 그렇게 말할 수밖에 없었다.

이런 미인 3인방이 매번 몰아세웠다면 아무리 정신력이 강하다고 해도 힘들겠지. 연말연시에 온천에서 피로를 달랬을 중년 남성에게는 채 지워지지 않는 비애와 달관이 묻어있었다.

"키스미는 누구 편이야!"

혈압이 올라간 요루카가 소리쳤다.

"적어도 적은 아니야. 나는 어디까지나 허락을 구하는 처지니까."

단호하게 밝혔다.

"남자친구가 훨씬 더 냉정하구나."

요루카나 아리아 씨의 말을 듣고 상상했던 인상에 비하면 실제로 만난 아버지는 상당히 온화한 태도였다. 나는 조금 착각했던 건지도 모른다.

오히려 내 입장을 배려해주고 있다. 그런 느낌마저 받았다.

"좋은 기회니까 확실하게 하자고! 나는 일본에 남을 거야. 미국에는 안 가. 키스미와 장거리 연애는 죽어도 싫어! 지금까지처럼 즐겁게 학창 시절을 보낼 거야!"

요루카는 호소했다.

"남자친구가 있으니 평소보다 더 강경하구나."

"내 인생이 달렸는걸. 세계 나가는 것도 당연하지!"

부녀 싸움이 다시 시작되려 하고 있었다.

요루카는 임전 태세라는 양 아버지를 노려보았다.

한편 아버지는 담담했다. 본심을 내려놓고 상대방이 어떻게 나올지 지켜보는 것 같았다.

"이 애와 사귀면서 학교생활이 많이 즐거워졌나 보군."

"그래. 키스미는 운명의 상대야."

"──연애만이 인생의 전부는 아니야."

그 지적은 찍소리도 내지 못할 만큼 옳았다.

"아빠가 그렇게 정론으로 짓누르는 건 이제 지긋지긋해!"

"논점 바꾸지 말고."

"좋아하는 사람과 같이 사는 게 인생의 행복이야! 부정하지 마!"

"인생을 건 판단을 내리기에는 자신이 미숙하다는 걸 자각해야지."

요루카의 감정적인 발언을 아버지는 이성적으로 받아넘겼다.

"나에게 뭐가 중요한지는 알아!!"

"지금은 특별해도 시간이 지나면 자연스럽게 변해. 인간은 질리는 생물이니까."

마치 어리기 때문에 하는 착각이라는 듯, 아버지의 말은 비정했다.

"변하지 않는 것도 있잖아!"

"운명의 상대라면 장거리 연애를 해도 문제없겠지."

딸의 발언을 이용해서 초고속 직구를 꽂자 요루카는 표정을 구겼다.

　"이, 일방적인 사정으로 내 인생을 바꾸려고 하지 마!"

　"아이의 장래를 생각하기 때문이야. 해외 경험은 요루카의 장래에도 반드시 도움이 돼."

　"나는 그런 거 바란 적 없어!"

　"인생을 더 길게 보고 대비해야지. 많이 경험해보는 건 헛수고가 아니야."

　"미래를 보기 때문에 키스미밖에 없다고!"

　"……그런 감정적인 반응이 어린아이라는 거야. 그러니까 어른이 되어달라고."

　요루카는 격양하고, 아버지는 흔들림이 없다.

　그 대조적인 태도를 보면 궁합이 나쁘다는 건 누가 봐도 명백했다.

　질질 끄는 것도 요루카가 고전하는 것도 당연했다.

　심지어 아버지는 상당히 봐주고 있는 것처럼 보인다.

　진심을 발휘해서 이론으로 단단히 밀어붙인다면 싸움도 진작에 끝났을 것이다.

　흥분한 요루카는 그것조차 눈치채지 못했다.

　아리아 씨나 어머니의 얼굴을 보자 또 저런다는 표정으로 난처해하고 있다.

　"어른이 되면 인정해줄 거야?"

　"그래."

"그럼 어른이 뭔데."

"자신의 행동을 책임지는 거지."

"나는 무책임하게 굴지 않아."

"그래? 남자친구 이야기는 요루카에게서 많이 들었지만, 내가 보기에는 아무래도 요루카가 이 애를 휘두르는 것 같던데."

"무슨 뜻인데?"

"……, 자각이 없다는 게 어린아이라는 증거지."

아버지는 한숨을 쉬며 단언했다. 그 동작은 묘하게 연극처럼 보였다.

그게 요루카의 심기를 들쑤셔놨다.

"아무것도 모르는 주제에!"

"그러니까 가르쳐줘. 운명의 상대라는 애매모호한 과장은 쓰지 말고, 누구든 이해할 수 있도록."

"키스미의 어디가 마음에 안 드는데?"

"내가 듣고 싶은 건 요루카의 감정과 생각이야. 지금 남자친구는 상관없지."

아버지는 도망치게 두지 않는다.

듣고 싶은 걸 듣기 위해 딸이 무의식중에 다른 화제로 바꿔버리는 걸 허용하지 않았다.

요루카는 마침내 말문이 막혔다.

평소처럼 감정으로 밀어붙이는 방식이 아버지에게는 통하지 않았다.

좋아한다는 감정만으로는 설득할 힘이 부족하다.

──동시에 나는 아버지와 딸의 말다툼을 들으면서 점점 위화감을 느꼈다.

왜 외부인인 내 앞에서 굳이 싸우기 시작한 거지?

계기는 나와 대화하던 도중에 던져진 악마 같은 질문.

『그렇게 쉽게 한 사람으로 정해놓다니, 아직 어린 나이에 괜찮은 건가?』

아버지의 그 질문이 없었다면 저녁식사는 화기애애하게 끝났다.

이 자리에서 그런 식으로 말하면 요루카가 분노할 건 불보듯 뻔하다.

고등학생 딸을 지닌 아버지가 스스로 미움받을 만한 말을 입에 담을까?

도저히 그런 무신경한 사람으로는 보이지 않았다.

알면서, 일부러 딸을 화나게 했다.

마치 지금 상황을 나에게 알려주듯이.

요루카의 날카로운 시선에도 까딱없이 아버지는 말을 이었다.

"나도 남자야. 사랑하는 여자에게 약해지는 심리 정도는 알지. 남자는 진심으로 사랑하는 여자를 위해 때로는 멍청하고 무모한 짓도 태연하게 저질러. 오늘도 요루카를 위해 눈 속을 뚫고 여기까지 왔잖아."

아버지는 한순간 나에게 시선을 보냈다.

"나를 위해서 한 행동이잖아. 그 다정함이 뭐가 문제라는 거야!"

"사랑만 있다고 모든 게 용서되는 건 아니야."

딱딱한 목소리로 조용하게 혼냈다.

"──, 아빠가 미국에 간다는 이야기를 꺼내지 않았다면 이런 식으로 싸우지도 않았어. 나는 그냥 키스미와 계속 같이 있고 싶은 것뿐인데."

요루카는 필사적으로 눈물을 참고 있었다.

"세상은 네 감정만으로 돌아가지 않아. 그런 어리광 부리는 생각이 어리다는 거야."

요루카는 크게 숨을 들이마시고는 무언가 소리치려고 했다.

"스톱, 요루카! 이제 알았어!"

나는 부녀의 대화에 끼어들었다.

아리사카 일가의 시선이 나에게 집중되었다.

"……, 키스미?"

"아버지에겐 요루카가 나를 얼마나 좋아하는지 충분히 전해졌어. 오히려 너무 전해졌을 정도야. 그래서──아버지는 안심하실 수 없는 거지."

나는 요루카를 안심시켜주듯 그녀의 눈을 바라보았다.

불쌍하게도. 상처 입은 짐승처럼 두려움과 의심으로 물든 표정이었다. 그만큼 불안한 거겠지. 자신의 사랑을 족족 부정당하는데 태연할 수 있을 리 없다.

하지만 무작정 사랑한다는 감정만으로는 부모님은 수긍하지 않는다. 아니, 수긍할 수 없다.

——그 '사랑'은 인생을 걸만한 가치가 있는가?

가족을 사랑하기 때문에 경솔한 판단은 할 수 없다.
이전의 나는 평범함이라는 말에 사로잡혀서 내 진가를 올바로 인식하지 못했다.
요루카도 지금 같은 상태다.
나를 사랑하는 마음이 얼마나 특별한지. 요루카에게는 너무 당연한 그걸 본인이 제대로 이해하지 못하고 있으니까, 구체적인 말로 전하지 못하는 거다.
아버지는 조금 전 말했다.

『그러니까 가르쳐줘. 운명의 상대라는 애매모호한 과장은 쓰지 말고, 누구든 이해할 수 있도록.』

그냥 좋아한다는 말로는 너무 애매모호하다.
요컨대 그 답을 딸에게서 듣고 싶은 거다.
누군가를 위하는 특별한 마음이 앞으로의 인생을 좌우한다고 해도 상관없는지.
본래대로라면 그리 쉽게 단언할 수 없다.
하지만 요루카는 너무나도 쉽게 단언하고 말았다.

연애 말고는 안중에 없다고 오해받아도 이상하지 않은 언동이 되었다.

그래서 아버지는 오직 딸만을 진지하게 파악하려고 한다.

그 증거로 요루카의 아버지는 나에게 부정적인 말을 쏟아내진 않았다.

단순히 내가 요루카의 연인으로 걸맞지 않다고, 고등학생 시절의 연인은 언젠가 헤어진다고 어른의 논리로 찍어 누르는 게 훨씬 쉽다.

부모의 말은 들어야 한다고 강제로 따르게 할 수도 있다.

그런데 싸우면서도 요루카와 대화를 계속한다.

세나 키스미가 이 자리에 있을 수 있다는 게, 이 가족이 요루카의 거취를 아직 정하지 못하고 있다는 증거다.

그렇다면 우리의 사랑이 현실에 패배하기에는 아직 이르다.

"오늘은 늦었으니까 자고 가. 이미 네가 쓸 방도 잡아놨어."

그 말을 들은 건 저녁 식사를 마친 직후였다.

이미 시간도 늦었고 계속 쏟아지는 눈 때문에 전철 운행 시간도 꼬여서 오늘 내에 집으로 돌아가는 건 어렵다.

나는 순순히 호의를 받아들이기로 했다.

"미성년자를 이렇게 눈이 내리는 밤에 쫓아낼 수도 없지. 신경 쓰지 않아도 돼."

"이런 시기에, 그것도 당일에 용케 방이 비어있었네요."

"옛날부터 즐겨 쓰던 여관이라 어느 정도는 편의를 봐주거든."

식사도 합쳐서 감사하다고 인사하자 아버지는 그렇게 대답할 뿐이었다.

아리아 씨가 운전하는 차를 타고 아리사카 가가 숙박하는 온천여관으로 향했다.

운전석에는 아리아 씨, 조수석에 아버지.

뒷좌석에 요루카, 나, 어머니라는 순서로 앉아있다.

차 안의 분위기는 무겁다.

그 후로 요루카는 아무 말도 하지 않고 있다.

아버지의 말이 상당히 버거운 모양이었다.

어머니도 '미안해. 싸우고 난 뒤에는 항상 이래'라며 나를 신경 써주셨다.

"아뇨, 익숙하니까요."

내가 그렇게 대답하자 어머니는 '어머, 그래? 키스미는 거물이구나'라며 묘하게 놀랐다.

처음 만났을 때 본 아리사카 요루카에 비하면 이 정도는 귀엽다.

지금 와서는 그녀의 속내도 상상이 간다.

고개를 돌리고 캄캄한 창밖을 바라보는 요루카의 손을 슬쩍 잡았다.

그녀는 입은 열지 않았지만 내 손을 순순히 마주 잡아주었다.

눈 속을 안전운전해서 여관에 도착.

역사가 보이는 훌륭한 건물은 한눈에 봐도 고급 여관이라는 걸 알 수 있었다. 눈 속에서 보니까 한층 더 운치가 느껴진다. 어쩐지 과거 일본 문학 속 세계에 떨어진 듯한 기분이 들어서 움츠러들었다.

외관은 품격 있는 여관이지만 안으로 들어가자 현대적인 인테리어였다. 일본풍 고급 호텔이라는 느낌이다. 넓으면서도 균형 좋게 배치된 장식품 덕분에 썰렁함이 아니라 편안하고 차분한 분위기가 전해졌다.

"오늘은 미안해."

사과할 건 하나도 없는데 요루카는 그렇게 말하며 먼저 방으로 돌아갔다.

요루카의 부모님이 프런트에서 내 숙박 절차를 밟아준 뒤 방 열쇠를 받았다.

　"일인실이야. 부족한 게 있다면 편하게 프런트에 전화하도록 해."

　조식은 아침 8시에 방으로 가져다준다고 한다. 방에 딸린 욕실과는 별도로 대욕탕도 있다. 여관 내에는 담화실과 오락실, 바 같은 설비도 있다. 여관 내를 돌아다니는 것도 재미있을 것 같지만 긴장해서 쌓인 피로 때문에 그럴 기력은 없었다.

　"나는 저기 있는 바에서 마시다 갈 건데. ──너도 오지 않을래?"

　프런트에서 이동하려던 차에 아버지가 나를 단독 지명했다.

　"……그게 좋을지도 몰라. 키스미, 미안하지만 이 사람과 같이 가 주겠니?"

　"남자끼리만 할 수 있는 이야기도 있겠지. 스미, 잘 부탁해."

　어머니와 아리아 씨도 찬성했다.

　"먼저 바에 들어가 있을 테니까 필요하다면 집에 연락하고. 아리아, 무슨 일이 있으면 네가 이 애 가족에게 설명해줘."

　아버지도 배려해주는 건지 나에게 마음의 준비를 할 시간을 주는 모양이었다.

어머니도 먼저 방으로 돌아가셔서 이 자리에는 나와 아리아 씨만 남았다.

"장녀로서 신뢰가 두텁네요, 아리아 씨."

"우리 같은 첫째는 먼저 어른이 되어야 한다고 자기도 모르는 사이에 압박감을 느끼며 자라니까. 가끔 동생은 편해서 좋겠단 생각 안 해?"

"하죠."

장남인 나와 장녀인 아리아 씨는 여동생을 둔 입장에서 공감했다.

바로 향하기 전에 나는 일단 밖으로 나왔다.

바깥 공기를 마셔서 긴장을 풀어줄 겸 집에 전화하기 위해서다.

"나도 같이 있어줄게."

"안 추우세요?"

"그렇게 오래 걸리진 않을 거잖아?"

바깥에는 눈이 소복소복 쌓였다.

연락해서 자고 간다는 이야기를 하자 당연하게도 엄마에게 혼났다.

쩔쩔매고 있었더니 아리아 씨가 불쑥 내 스마트폰을 빼앗아 대신 전화를 받았다.

"어머니 오랜만입니다. 키스미가 다니던 학원에서 강사로 일했던 아리사카 아리아라고 합니다. 기억하고 계신가요? ━━━, 네. 실은 요루카의 언니거든요. 네, 저도 동생에게 키스미와 사귀고 있다는 이야기를 들었을 때는 어찌나 놀랐는지. ━━━아뇨, 오히려 동생이 키스미에게 폐를 끼쳤으니 이쪽에서 편의를 봐주는 게 당연하죠. ━━━, 감사합니다. 소중한 아드님을 잘 보내드릴 테니까 걱정하지 마세요. ━━━, 그럼 실례하겠습니다."

아리아 씨는 '자, 이제 괜찮아'라며 스마트폰을 돌려주었다.

"저희 부모님과 대화한 적 있었어요?"

"당연하지. 학원에 다닐 때 스미가 늦게까지 남아서 공부하고 돌아간 적이 몇 번이었는데. 그때마다 자택으로 연락드렸어."

몰랐다.

내가 툭하면 늦게 돌아오니까 부모님도 원래 그런 거라고 받아들인 줄 알았다. 설마 뒤에서 아리아 씨가 연락하고 있었다니.

결국 나 혼자서 노력했다고 생각해도 모르는 사이에 주변 어른들의 도움을 받고 있었다.

아이는 눈에 보이는 것, 손에 닿는 범위를 해내느라 벅차서 주변 사람들의 도움은 좀처럼 눈치채지 못한다.

"아리아 씨, 오늘은 처음 듣는 정보가 많네요."

"수습해주는 게 어른의 역할이잖아. 당연한 걸 한 것뿐이야."

"항상 기대기만 해서 죄송합니다."

그 감사함을 곱씹었다.

"스미. 마지막으로 하나만 물어봐도 돼?"

"뭔데요?"

"만약에 말이야. 요루카와 정말로 헤어지게 된다면 어떡할래?"

"……글쎄요, 생각하지 않으려고 해요."

"자신 있구나."

"아니에요. 그런 최악의 결말은 상상만으로도 힘드니까요."

연애의 끝을 의식하면서 사랑하는 건 외롭고 슬프다.

모든 과정이 끝을 향하는 의식인 것 같아 아무것도 즐길 수 없게 된다.

"──실패하면, 내가 스미를 받아줄게."

"아리아 씨가요?"

"대학도 보험을 잡아두잖아?"

"저에게 아리아 씨는 특별한 사람이에요. 그래서 은인을 그런 식으로는 볼 수 없어요."

"연상은 아웃?"

"상관없어요. 아리아 씨는 매력적이에요. 만약 이런저런 순서가 전부 달랐다면 저는 아리아 씨를 사랑했을걸요."

"그렇, 구나."

아리아 씨는 순간 동요했다.

"하지만 그건 저와 아리아 씨가 에이세이에 합격하기 위해 같이 노력한 과정이 있기 때문이죠. 분명 서로 백지상태에서 다른 타이밍에 만났다면——아리아 씨는 저를 좋아하지 않았을 거예요."

"……언제부터 눈치챘어? 내가 널 좋아한다는 거."

아리아 씨는 어딘가 후련한 표정으로 바뀌었다.

"결정타는 문화제 날 바래다줄 때였죠."

"힘이 하나도 없을 때라 키스 정도는 얼버무릴 수 있다고 생각했는데."

"아무리 라이브를 앞두고 격려해주는 거라지만 동생의 남자친구 뺨에 키스하는 건 좀……."

"그래서 갑자기 연락을 멈춰버린 거야?"

"의식하게 되니까 어쩔 수 없잖아요."

그 가능성을 자각하자마자 그동안 아리아 씨와 있었던 일들이 별안간 다른 의미를 지니기 시작했다. 7월에 재회한 뒤 그 친근한 거리감은 어디까지나 옛 제자와 강사의 관계라고 생각했다. 아리사카 아리아가 나 같은 걸 좋아할 리 없으니까.

나는 연애 대상 범위 밖이라고 생각했기 때문에 아리아 씨와 평범하게 대화할 수 있었다.

그 필터를 떼버리자 남녀 간의 교류로 연애적인 뉘앙스가 너무 많았다.

우연을 가장한 의도적 접촉이 사실은 꽤 있었던 것 같기도 하다.

농담인 척했던 말이 사실은 진심이었다면, 나는 얼마나 많은 잘못을 저지른 걸까.

"그건 나에게도 가능성이 있다는 뜻?"

"작년 마지막 날에 머리카락을 자른 모습을 보고 죄책감을 느낄 정도로는요."

"조금 기쁜데?"

쑥스러워하는 표정은 사랑에 빠진 소녀 그 자체였다.

"저는 애초에 아리아 씨를 좋아해요. 그래서 어리광을 부리고 자꾸 기대는 거죠. 이 똑똑하고 예쁜 누나에게 상담하면 어떻게든 될지도 모른다고. 그게 아리아 씨에게 부담이 된다는 걸 상상도 못 하고선……."

그게 숨김없이 솔직한 진심이었다.

다만 좋아한다는 감정이 전부 연애로 발전하는 건 아니다.

"너는 다른 사람과 하는 연애에 푹 빠져서 그 애만 쳐다봤으니까 눈치채지 못하는 것도 무리는 아니야."

"왜 이 타이밍인 거죠?"

"이제 그만 선을 긋고 싶었거든."

아리아 씨는 단호하게 말했다.

"손가락 걸기로는 부족했던 모양이네요."

"그렇게 편하게 스킨십하고 싶어지는 게 애초에 미련이 있다는 증거지."

"저도 비슷하긴 해요."

지금이라면 요루카가 말한 no 러브코미디 3원칙의 의미를 이해한다.

그건 나와 요루카를 위해서이기도 하고, 다른 사람을 위해서이기도 하다.

괜히 기대하게 해서 누군가의 풋풋한 사랑을 그 이상 키워내지 않고, 상처 주지 않기 위해.

"모든 사랑이 보답받으면 좋을 텐데. 연애란 잔인하구나."

"죄송합니다."

"괜찮아. 그동안 나도 실컷 구실을 만들어서 만나려고 했으니까."

"아리아 씨도 남자 취향이 독특하네요."

"스미는 좋은 남자야. 좋아하게 된 건 내 사정, 늦게 자각한 것도 내 책임, 용기를 내지 못했던 건 내 보신. 그게 내 빙빙 돌아간 첫사랑이지."

가슴이 조여든다.

이 사람에게 상처를 주고 싶은 건 아니다.

그저 우리 사이에 있었을지도 모르는 사랑이 개화하기에는 너무 늦은 것이다.

재회한 우리는 그 시절의 어렴풋한 관계의 연장전을 즐기고 있었을지도 모른다.

무자각 공범 관계로 어딘가 연결되어 있었던 거다.

이제는 성장한, 과거를 잘 알고 있는 상대와의 재회가 당시의 감정에 변화를 초래했다.

하지만 추억은 미화되었어도 만나지 않는 동안 현실은 이미 앞으로 가 있었다.

그녀를 재회하게 해준 상대야말로 우리가 절대 배신할 수 없는 소중한 사람.

내 연인이자, 그녀의 동생이었다.

시간을 되돌려도 사랑은 피어나지 않을 거고, 지금 억지로 앞으로 나아가는 걸 선택하면 아픔은 피할 수 없다.

"저는 그 시절에도 중학생 꼬맹이였으니까 지금보다 더 주눅 들었을 거예요."

"──하지만 어딘가에서 기대도 해."

가능성을 느끼면 판단이 꼬여 버린다.

그 직감이 옳다는 보장은 없으며 오히려 피하는 길이야말로 정답일 때도 있다.

다만 아무 일도 일어나지 않았을 때가 정답인 경우가 많은 반면, 그게 정답이라고 알기는 힘들다.

그래서 사람은 계속 방황한다.

그리고 그 선을 긋기 위한 의식을 필요로 한다.

손가락 걸기, 계속 기르던 머리카락을 자르기, 혹은 이렇게 말로 토해내기 등.

아리아 씨가 지금 딱 그러는 중이었다.

"저는 우직해서 한 명밖에 못 봐요."

"나는 딱히 신경 안 써. 동생의 전남친이어도 내가 행복해질 수 있다면 괜찮은걸."

"그렇게 허세 부리는 아리아 씨만 상처받고 잃어버리게 될 거예요. 그렇게 만들고 싶지 않아요."

만약 아리사카 아리아를 선택한다면 그녀는 분명 동생을 위해 가족에게서 거리를 두겠지.

이 사람은 그럴 수 있는 사람이다.

"——둘 다, 그 애도 사랑하니까."

그 마음이 있는 한 우리의 결말은 처음부터 정해져 있다.

"네. 그 마음은 변하지 않아요."

내가 좋아하는 사람은 아리사카 요루카다.

"앞으로도 오래오래 얼굴 보게 될 테니까 신경 쓰지 마. 어차피 요루에겐 내 감정도 진작에 들켰거든."

아마도 칸자키 선생님의 가짜 남자친구 임무를 맡았을 때겠지.

세나회 멤버들이 나에게 달려왔을 때 요루카는 아리아 씨와 일대일로 대치했다.

비밀이 없는 요루카도 그때 일만큼은 절대 말해주지 않는다.

그건 즉, 그런 이유다.

"자매가 너무 사이좋은데요."

"당연하지. 같은 남자에게 반할 정도인걸."

아리아 씨는 자랑스럽게 웃었다.

"그러니까 내 동생을 도와줘."

마지막으로 나눈 말과 함께 눈은 조용히 너무 늦은 사랑을 숨겨주었다.

◇ ◇ ◇

아리사카 씨는 어둑한 바 카운터에서 위스키잔을 기울이며 기다리고 있었다.

"기다리게 해서 죄송합니다."

나는 옆자리에 앉았다.

"시간이 꽤 걸린 것 같던데, 괜찮았어?"

"대화가 좀 길어졌거든요. 마지막에 아리아 씨가 도와주셨습니다."

"그래. 너도 무언가 시키도록 해."

"진저에일 부탁드립니다."

눈앞에서 오더를 받은 바텐더가 준비에 들어갔다. 그 조용하고 빠른 움직임은 퍼포먼스처럼 볼 맛이 나서 시선을 빼앗겼다.

"기다리셨습니다."

바텐더가 정중히 앞에 내려놓았다.

코스터 위에 놓인 가늘고 길쭉한 잔에 레몬 조각을 꽂았고, 황금색의 투명한 액체 속에서 작은 기포가 터졌다.

당연하지만 진저에일 한 잔이라고 해도 패밀리 레스토

랑의 드링크바에서 마시는 것과는 천지 차이였다.

많이 마셔본 음료조차 다르게 느껴진다.

"그렇게 격식 차리지 않아도 돼. 편하게 말해도 괜찮아. 나도 너와 차분하게 대화해 보고 싶었던 것뿐이야. 조금 전에는 가족의 부끄러운 모습도 보여주고 말았네."

"저야말로 제가 오는 바람에 그만 폐를 끼쳤어요."

말투에서 긴장을 조금 풀었다.

"──네가 온 덕분에 딸을 둔 아버지다운 경험도 해보는구나."

상대방도 아까보다는 풀어진 태도로 솔직하게 말했다.

"저도 이렇게 일찍 '따님을 주세요' 하는 날이 올 줄은 몰랐네요."

"뭐야, 진심으로 결혼 허락을 받으러 온 거야?"

"영락없이 헤어지게 하실 줄 알았거든요."

아버지와 그 딸의 연인은 시선을 부딪쳤다.

"실제로 참 묘한 기분이야. 이렇게 술이라도 마시지 않으면 못 버티겠어."

아버지가 잔을 흔들었다.

"술을 마실 수 있는 게 부러워요. 저는 맨정신인데."

"오해하지 말고. 나는 의외로 재미있어하는 중이야. 우리 집은 남자가 나밖에 없으니까 여성진에게 항상 지거든."

"가게에서 봤을 땐 굉장했었죠. 이건 비밀인데, 사실 좀 무서울 정도였어요."

"덕분에 경솔한 말을 못 하겠다니까."

난처하다며 어깨를 으쓱했다.

"하지만 그때는 일부러 실언하신 거죠?"

"왜 그렇게 생각하지?"

"아리사카 집안의 일상을 저에게 보여주기 위해서요."

"그 관찰력은 소중히 여겨야겠구나. 평생 도움이 될 거야. 특히 가정생활에서."

역시 정답이었던 모양이다.

"아들이 있다면 이런 느낌으로 장래에 술을 마시게 됐을까."

조금 분위기가 풀어진 타이밍에 아리사카 씨는 잔을 비우고는 절절히 중얼거렸다.

"저희 아버지도 저와 술을 마시는 걸 기대하고 계시는 모양이더라고요."

"가족은 소중히 해야지."

"네."

"……, 문화제 영상을 봤는데. 진심이니?"

아버지가 직설적으로 물었다.

"진심이에요. 마음에서 우러난 말이에요. 순간적인 흥분이나 충동이 아니라, 거짓 하나 없이 세나 키스미가 아리사카 요루카에게 바치는 청혼이에요."

나는 연인의 아버지를 똑바로 바라보며 대답했다.

"서두르지 않아도 요루카는 너에게 푹 빠져있어. 그건

실컷 들었지."

"저기, 그건 구체적으로⋯⋯."

"딸의 애인 자랑을 아버지 입으로 말하라고? 너도 배짱이 대단하구나."

"아시다시피 요루카는 감정이 고양되면 과장된 표현을 많이 쓰니까요."

"아버지니까. 그 정도는 알지."

"그러니까 실제 저와의 차이는 양해해주셨으면 해요."

"아니, 너는 듣던 그대로의 사람이야."

"정말인가요?!"

그 말에 내 어깨의 짐이 가벼워졌다.

"굳이 눈 속을 헤치고 왔으면서 그렇게나 긴장했어?"

요루카네 아버지는 내 반응이 웃음보를 제대로 찌른 건지 낮게 웃었다.

"그야 제 입장에서는 습격이나 마찬가지였으니까요."

"습격이라기엔 인원수가 적은데."

칸자키 선생님 때는 여럿이서 밀어붙였지만, 이번에는 그럴 수도 없다.

"저 나름의 각오를 보여드리기 위해서예요."

"네가 온 덕분에 요루카가 다시 말을 하게 되었지. 돌아오는 길의 차에서는 도루묵이었지만."

"요루카를 유치하다고 생각하세요?"

부모에게 그렇게 정면으로 반박당하면 말하고 싶어지지

않는 것도 당연했다.

"아니, 어릴 때의 요루카가 생각나서 귀여웠지."

이게 아버지인 걸까. 딸의 싸늘한 태도에도 굴하지 않고 대하는 넓은 도량. 역시 부모님이다.

동시에 그 거리감과 교류 방식은 어쩐지 익숙했다.

"요루카도 처음에는 저에게 그런 느낌이었죠. 문을 연 순간부터 돌아가라고 화냈었고요. 그게 1학년 말까지 계속됐었죠."

"그래도 너는 고백했잖아?"

아무래도 요루카는 정말 우리 관계에 대해 하나부터 열까지 다 말한 모양이었다.

"대화하는 사이에 어떻게 할 수 없을 만큼 좋아하게 됐거든요."

지금 와서는 우스갯소리다. 나도 참 용케 꺾이지 않고 계속 미술 준비실에 다녔다 싶다.

"염원이 이뤄져서 좋아하는 사람과 사귀게 된 거구나."

"기적이 일어났죠."

"너와 요루카는 확실히 서로 사랑하는 사이겠지. 너는 무척 어른스럽고, 확고한 각오가 느껴져. 딸을 소중히 여기고 있고. 그건 믿을 수 있어."

"그럼."

"하지만 요루카 본인은 아직 어려. 그 애는 자신의 감정에 휘둘리기 쉽지. 그건 너도 잘 알고 있을 거야."

"그런 건 귀여운 면모잖아요. 좋아하는 사람이 억지를 부리는 것도 남자에게는 즐거운 법인걸요. 얼마든지 맞춰 줄 수 있어요!"

"──그게 너에게는 좋지 않다는 뜻이야."

"저에게요?"

"팔불출 아버지 같은 말이지만, 딸들은 엄마를 닮아서 미인으로 자랐어. 어지간한 남자는 한방에 넘어올 거야. 푹 빠져서 얼마든지 헌신하고 얼마든지 시키는 대로 하지. 오늘의 네가 딱 그래."

"좋아하니까 맞춰주는 거잖아요. 그런 상대와 같이 있을 수 있다는 건 행복인걸요."

"문화제 때 쓰러진 뒤에 병원에서 탈출해서라도?"

"그건 제가 제 의사로 한 선택이에요."

"심지어 병원까지 바래다준 건 아리아였다고 하던데. 정말 자매가 나란히 대체 뭘 하는 건지."

아버지는 어이없어하면서 다시 잔을 기울였다.

"다들 저를 기다리고 있었고, 문화제 성공을 위해선 밴드로서 무대에 설 필요가 있었어요. 저는 멤버로서 책임을 다한 것뿐이에요."

"살다 보면 때로는 무리를 해야만 할 때가 있지. 나도 그런 경험은 있어. ──하지만 그걸 유발한 게 내 딸들이라고 한다면 부모로서는 혼내야만 해."

"오해예요!"

"남의 집 귀한 자식인 네가 무리해서 다치기라도 하면 어떡하지? 과로로 쓰러지는 것보다 더 심각한 사태가 일어났을 때 네 부모님은 어떻게 생각할까? 내가 부모라면 무척 걱정할 테고, 그런 짓을 부추긴 상대에겐 솔직히 분노할 거야. 절대 용서할 수 없겠지."

요루카의 아버지는 최대한 감정을 섞지 않고 최악의 사태를 상정해보라고 권유한다.

──그 정론을 뒤집는 건 어렵다.

내 표정을 읽고 아버지는 고개를 끄덕였다.

"너는 제대로 상대의 이야기를 들을 수 있는 사람이지. 내 말을 막지 않고 제대로 들으면서, 자기 나름대로 생각하며 감정적으로 경솔한 발언은 하지 않아. ……요루카는 아무래도 그런 걸 힘들어하거든."

그 단점마저 사랑스럽다는 듯 옆에 앉은 남자는 아버지의 얼굴을 하고 있었다.

"아리사카 씨와 요루카 사이에 논의가 성립되지 않는 것도 이해가 가네요."

요루카도 그 나이대치고 생각이 어린 게 아니다.

오히려 똑똑한 요루카라면 또래와 비교해 논의는 훨씬 특기일 것이다.

다만 이번 상대는 차원이 너무 다르다. 상대방은 자기

아버지이자 산전수전을 겪은 비즈니스맨이며, 터프한 교섭을 거듭하며 성과를 남긴 프로 중의 프로다.

"요루카가 감정적으로 나오면 어지간한 아이는 밀려버리겠지. 그 아이는 자신의 그런 점을 아직 몰라. 부모로서는 사용할 때를 오인하지 말았으면 해."

"미국에 계셨는데 마치 교실에서 요루카가 어떻게 지내는지 보신 것 같네요."

그 지적이 너무 적확해서 나는 비꼬는 말로 받아칠 수밖에 없었다.

"너도 짐작 가는 게 있지 않아?"

실제로 나도 4월에 있었던 일을 떠올리고 있었다.

내가 아사키에게 고백받았을 때, 교실로 달려온 요루카는 자신의 감정을 드높이 소리쳤다. 결과적으로 나와 요루카는 원래대로 돌아갔지만, 그건 아사키가 냉정하고 어른스러웠기 때문이 아니라 어쩌면 요루카가 미모를 권력처럼 휘둘러서 해결한 건지도 모른다.

러브스토리의 당사자는 서로밖에 보이지 않는다.

자신들의 행복에 빠져서 객관적으로 어떻게 보이는지까지는 의식하는 게 어렵다.

꼭 연애가 아니라도 강한 감정은 시야를 좁게 만든다.

이 사람은 이쪽이 스스로 눈치채도록 대화를 유도한다.

그건 발견이기도 하고, 정곡을 찔린 것이기도 하다.

자신이 자각하지 못했던 관점을 한 번이라도 의식하면

어색해진다.

그럼에도 자신다움을 밀어붙이려면 상당한 담력이나 경험이 필요하다.

눈앞의 어른과의 차이를 통감했다.

"요루카는 솔직한 애라서 연기 같은 건 못 합니다. 장인어른."

"하하하, 너에게 장인어른이라고 불릴 이유는 없지."

궁색해서 나온 비아냥에 아리사카 씨는 미국인처럼 큼직한 제스처로 웃어넘겼다.

"네가 문화제에서 성공한 건 훌륭한 일이야. 다만 그건 결과론에 불과하지. 고등학생에게 요구하는 건 잔인할지도 모르지만, 쓰러지기 전에 다른 사람에게 일을 더 배분할 수도 있었을 거야. 아니면 교사의 감독이 부족한 건지도 모르고."

"제가 미숙했던 것뿐입니다."

언짢은 감정이 그만 목소리에 반영되었다.

"칸자키 선생님이지. 아리아의 담임이기도 했으니까 알아. 그 선생님이 못 보고 놓쳤던 걸 보면 네가 쓰러진 건 완전한 사고였던 거겠지."

"매일 기타 연습하느라 밤늦게까지 안 잤거든요."

이런. 완전히 저쪽이 주도권을 잡고 있다.

"성공의 대가도 미담의 일부로 묶이는 일은 많지. 하지만 현실은 이상만이 아니야. 외부에서 말할 때는 그래도 괜찮겠지만, 불이익을 감당해야 하는 건 다름 아닌 당사자지. 만약 돌이킬 수 없는 대가를 지불해버렸을 때 누가 그걸 책임질 수 있지?"

"질문이 너무 추상적이라서 대답하지 못하겠는데요."

"인생에서 대체할 수 없는 건 자신의 목숨 정도야. 그것 말고는 어떻게든 돼."

"연인도요?"

아버지는 긍정했다.

"요루카는 아직 어려. 앞으로도 너를 계속 휘두를 거야."

협박으로 받아들이기에는 배려가 넘쳤다.

"제가 상관없다고 해도요?"

싸우러 왔다고 생각했는데, 정작 내가 걱정을 받는 처지라니.

"사랑에 빠지면 이성을 잃어버려. 그게 연애의 참맛이지. 하지만 한도가 있어. 자극이 강한 감정은 사람을 마비시키거나, 극심하게 지치게 해."

"요루카 같은 미인과 연애하면서 잔뜩 들떠있는 저도 언젠가 인내의 한계가 올 거라는 말씀이신가요?"

"딸이 남을 휘두르는 인생을 보내길 바라지 않아. 단지 그것뿐이야."

아버지는 조용히 타일렀다.

"그렇게 우회적으로 표현하지 마시고, 대놓고 말씀하시면 되잖아요. 딸과 헤어지라고."

나는 큰 소리를 지르지 않도록 필사적으로 나를 억제했다.

아예 딱 잘라 말하는 게 나도 미워하기만 할 수 있다.

"너는 훌륭한 사람이야. 하지만 학창 시절의 사랑으로 평생을 정할 건 아니지."

"그건 저와 요루카가 정할 일이에요!"

어느새 내 목소리가 가게 안에 울려 퍼지고 있었다.

주변의 시선이 모여들거나 말거나, 나는 요루카의 아버지를 노려보았다.

"이런. 너를 화나게 할 생각은 없었어. 너만한 아이와 대화하는 일은 잘 없으니까 어떻게 해야 할지 모르겠네."

아버지는 겸연쩍은 듯 어느새 비어있던 잔을 들고 한 잔 더 주문했다.

"…………, 혹시 많이 취하셨어요?"

나는 조심조심 물었다.

안색도 변화가 없고 말의 내용도 이성적이라서 눈치채지 못했다.

저녁을 먹은 가게에서도 종종 대화에 끼어들면서도 술을 마시는 손은 멈추지 않았다. 바에서도 본래대로라면 천천히 마셔야 하는 위스키를 어느새 싹 비워버렸다.

"딸의 남자친구와 갑자기 대화하게 되었는데 맨정신으로 버틸 수 있을리가."

"도저히 긴장하신 걸로는 안 보였는데요."

아버지는 새로 받은 술을 바로 한 모금 마셨다.

"딱히 요루카가 누구와 결혼하든 상관없어. 그렇게 말할 수 있는 건 요루카가 내 자식이기 때문이지. ——하지만 너는 아니야."

"저희 가족은 요루카를 반겼는데요."

"어느 부모든 자기 자식이 불행해지는 건 화가 나고 슬퍼. 그리고 내 자식이 상대방을 불행하게 만드는 것도 싫고."

"저는 사랑이 전부 해결해준다고 생각하진 않아요. 두 분도 처음 미국에 가실 때, 사실은 따님들을 데려가고 싶으셨죠? 하지만 따님들을 위해 일본에 두고 가기로 했고요. 그렇죠?"

아버지가 처음으로 침묵했다.

잔을 놓더니 왼손의 무거워 보이는 손목시계를 풀었다.

"결단은 틀리지 않았어. 하지만 아내도 무척 고민했지. 일을 하는 게 사랑하는 딸들과 함께 사는 것보다 더 가치 있는지. 나도 미국이 아니라 애초에 일본에서 벌어도 충분한 게 아니냐고 몇 번이나 자문자답했어."

"아리아 씨와 요루카도 부모님의 일을 응원하고 싶은 마음에 거짓은 없었을 거예요."

"……온갖 선택지를 뜯어보고 부모인 우리는 지금의 형태가 최선이라 판단했어. 그래도 아이들을 사랑하는 마음이 있는 이상 해줄 수 있는 건 다 해주고 싶지."

사랑, 가족, 직업.

하나를 우선하면 나머지는 뒤로 밀린다.

인생에 모든 걸 다 원만하게 수습하는 만능 해결법은 거의 없다.

인간은 욕심이 많아서 손에 넣지 못한 시간을 아쉬워한다.

"그렇다고 해서 싫어하는 요루카를 억지로 미국에 데려갈 건 아니잖아요."

나는 확실하게 내 입장을 표명했다.

부모가 생각하는 '올바름'에 자식을 끌어들이지 말라고.

"장래를 위해 그 아이를 미국에 데려갈 거야."

아버지는 설득하듯이 말했다.

"그런 건 명분이죠. 그냥 요루카와 보낼 수 있었던 시간을 되찾고 싶은 것뿐이잖아요."

미래를 위해서라고 말하면서, 그는 과거에 사로잡혀 있다.

"부모의 사랑은 어리광을 받아주기만 하는 게 아니야. 엄한 교육도 사랑이지."

"지나친 과보호라고요. 요루카는 그렇게까지 어린아이가 아니에요."

부모의 사랑을 자식은 이해하지 못하는 부분이 있다. 때로는 불합리하다고 느끼는 행동의 의미를 깨닫는 건 자신이 어른이 된 뒤일지도 모른다.

여기에 불러낸 것도 이곳까지 찾아온 나에 대한 성의인 거겠지.

올바른 가족이다. 딸을 진심으로 위하고, 그 애정 때문에 엄격해지기도 한다.

——그래도 지금의 요루카를 제대로 보고 있다는 생각은 들지 않는다.

나는 마음을 가라앉히며 말했다.

"딱히 감정적인 게 어리다는 증거는 아니라고 봅니다. 적어도 고등학생이 된 뒤로 요루카의 변화를 계속 봐 왔던 저에게는요."

아버지는 확실히 태어났을 때부터 사랑하는 딸의 성장을 지켜보았다.

하지만 나는 사춘기 한복판에 있는 연인의 변화를 뒷받침해왔다.

이번에는 내가 요루카에 대해 알려줄 차례다.

"가르쳐 줘. 네 눈으로 본 우리 딸은 어떤 아이지?"

아버지는 다음 말을 재촉했다.

역시 관심을 가져주었다.

가족에게 없는 정보를 제공할 수 있는 게 내가 지닌 몇 없는 어드밴티지다.

고작 일개 고등학생이 남의 집 부모의 생각을 바꾼다는 건 불가능에 가깝다.

아버지의 판단은 부모로서 결코 틀린 게 아니다.

만약 지배적인 부모라면 여기까지 쳐들어온 나를 환영할 리도 없고, 요루카의 미국 이사도 논의의 여지조차 생기지 않았겠지.

자식을 사랑하는 부모로서 내린 상식적인 결론.

그 올바름을 뒤집는 건 지극히 어렵다.

하지만 새로운 정보를 제공해서 더 다각도로 판단할 수 있는 가능성을 늘릴 수 있다.

감정으로 안 된다면 논리로 접근한다.

예상하지 못한 범위에서 진실을 들이밀자.

인식을 업데이트시켜야지.

지금 내린 결론에 의구심을 느끼도록.

상대방의 올바름을 흔들어라.

이번에는 내 차례다.

그렇게 한 뒤 아버지와 딸을 다시 한번 마주 보게 해보자.

세나 키스미는 엇갈리는 부녀 사이의 교두보다.

요루카는 부모가 생각하는 것만큼 어른스럽지 않고, 아직 어리지도 않다.

나는 차분한 태도를 유지하며 객관적으로 말하기 시작했다.

"먼저 아리사카 씨는 지금의 요루카가 감정적이라서 아직 어리다고 말씀하셨어요. 확실히 오늘의 대화를 보는 한, 요루카의 반응은 그렇게 생각하는 게 당연했죠. 저도 저녁 식사 자리의 그 대화만을 본다면 같은 의견입니다."

"실제로는 아니다?"

"저와 처음 만났을 때의 요루카는 감정을 계속 억누르고 있었습니다. 교실에 있어도 아무와도 대화하지 않고 표정도 바꾸지 않고 지루하다는 듯 하루하루를 보냈죠. 그런 혼자만의 세계로 완성되었다는 인상이었습니다. 좋게 말하자면 어른스럽고 냉철한 거고, 나쁘게 말하자면 협조성이 없고 다른 사람에게 무관심한 학생이라 감정적이라는 말과는 대충 정반대예요."

"요루카가?"

"네. 고독한 전교 1등은 친구를 사귀지도 않고, 원하지도 않고, 접근 불허. 반 아이들은 요루카의 미모나 태도에 주눅이 들어서 아무도 말을 걸지 않게 되었고, 요루카 본인도 철저하게 커뮤니케이션을 거절했습니다."

"학교에서는 그렇게 극단적이라고? 가족과 있을 때와는 아주 다른데."

아버지는 처음으로 동요한 기색을 보였다.

"요루카 본인이 뛰어나서, 아리아 씨라는 본보기를 흉내 낸 덕분에 어지간한 일은 잘 해치웠죠. 하지만 사람은 감당할 수 없는 상황에 직면했을 때일수록 본인의 성질이 명백해져요. 사춘기에 접어든 요루카는 상처받는 걸 피하려고 커뮤니케이션을 차단하는 걸 선택했습니다. 그 애는 의외로 겁이 많아요."

대인관계의 스트레스는 누구나 느끼기 마련이다.

하룻밤 자고 돌아올 수 있는 사람도 있고, 계속 질질 끄는 사람도 있다.

요루카는 후자였고, 그렇게 축적된 스트레스의 반동으로 교류를 모조리 거절했다.

어느 의미로는 호탕한 선택이다.

그래도 사람은 살다 보면 다른 사람과의 유대를 강요받는다.

학교라는 단체 생활에서는 특히나 더.

커뮤니케이션을 힘들어하는 사람이, 교실이라는 좁은 공간 속에서 그 공간을 한층 더 싫어하게 되는 건 전혀 신기하지 않다.

"너는 어째서 거기까지 아는 거지?"

"요루카를 도와주는 사이에 저 나름대로 이해했고, 또 요루카 본인에게 듣기도 했거든요. 전 그걸 대변하고 있을 뿐이죠."

여기 있는 건 연인인 세나 키스미가 아니라 딸 아리사카 요루카의 대변자다.

아버지와 대화할 때의 요루카는 싫다는 감정이 앞서는 바람에 구체적으로 어떤 경위가 있어서 일본에 남고 싶은 건지 설명하지 못했다.

어쩔 수 없다.

그건 자신의 트라우마를 보여주는 것이나 매한가지니까.

자신의 약점을 누군가에게 드러내는 건 무섭고, 부끄럽고, 상대의 반응에 따라서 한층 더 상처받을지도 모른다.

커뮤니케이션 때문에 상처받았던 요루카가 무의식중에 거부했던 거겠지.

하물며 옛날부터 부모님 앞에서는 태연한 척했던 기특한 효녀니까.

가족인 아리아 씨에게서 듣는 것과 타인인 나에게서 듣는 건 충격도 크게 달라진다.

그 증거로 아버지의 태도가 바뀌었다.

"그런 고민이 있었다면 왜 상담하지 않은 거지."

아버지는 자신이 모르는 딸의 일면을 듣고 충격을 받은 모양이었다.

역시 이 사람은 딸을 너무너무 사랑하기 때문에 과보호

하는 거다.

내 앞에서 허세를 부렸던 건지도 모르지만 속으로는 요루카와 끌어안고 있던 광경에 상당히 화가 났던 건지도 모른다.

포커페이스가 교묘한 사람이다.

"자기가 진짜로 궁지에 몰린 걸 부모에게는 말하기 어렵잖아요. 게다가 성격이나 감성과 관련된 고민이니까 부모가 개입해서 해결된다는 보장도 없고요."

"떨어져서 살기 때문에 최대한 이야기를 들으려고 했는데……."

"그렇게 부모가 의심하지 못하게 할 만큼 요루카는 똑똑해요."

또 한 가지, 부모의 어긋난 인식을 지적했다.

"우리의 질문에 대답해주던 학교 생활 이야기는 거짓말이었나?"

"으음, 그건 어느 시기였죠? 초등학교? 중학교? 고등학교?"

나는 일부러 내 정보량을 과시하듯 선택지를 늘어놓았다.

요루카나 아리아 씨의 이야기를 종합하면 부모에겐 보이지 않았던 일면도 설명할 수 있다.

"네가 아는 걸 전부 말해줘."

술을 마시던 요루카네 아버지의 손이 완전히 멈췄다.

"부모님과 따로 살게 된 요루카는 초등학교 고학년이었고, 당연히 외로웠을 거예요. 한편 언니 아리아 씨는 중학생이니까 실제로는 어땠을지 몰라도 동생 요루카에게는 태연해 보였겠죠. 요루카는 아리아 씨를 동경해서, 아리아 씨를 흉내 내는 걸로 외로움도 덮어왔습니다."

"동생이 언니를 따라 하는 건 당연하잖아. 그 둘은 옛날 부터 사이가 좋았고."

"아리아 씨처럼 커뮤니케이션이 특기인 사람을 흉내 내면 그야 요루카도 다른 사람과 교류하는 에피소드가 늘어나겠죠. 부모님에게 이야기할 화젯거리도 넘쳐날 테고요."

"그러다 중학생이 되면?"

"자기도 주변도 사춘기에 들어가서 인간관계가 전보다더 복잡해지고 난도도 올라갑니다. 미숙한 아이들간의 관계에선 예상치 못한 일도 많이 일어나고, 요루카는 그냥언니를 흉내 내는 것만으로는 전부 대응할 수 없게 돼요. 언니에게 조언을 들으려고 해도 근본적으로는 해결되지않죠. 아리아 씨와 요루카는 성격이 다르니까요. 적성에안 맞는 일을 계속 하다 보면 스트레스가 쌓이겠죠."

"직접 만났을 때는 그런 기색은 없었는데."

아버지의 표정이 순식간에 고통스럽게 변해갔다.

머릿속으로는 어린 요루카가 우는 모습을 떠올리고 있을 것 같다.

"그야 오랜만에 부모님을 만났으니 기뻐서 기운이 넘쳐났겠죠. 사랑하니까요."

"아리아에게도 요루카가 무리하고 있다는 이야기는 들

었지만……. 그래서, 너는 어째서 딸과 친해질 수 있었던 거지?"

"저도 처음에는 학급 임원이라 의무적으로 상대했던 것 뿐이었어요."

천연덕스럽게 사실을 털어놓았다.

"뭐?"

"담임인 칸자키 선생님께 도와달라고 부탁받아서 저도 마지못해 말을 걸었죠. 요루카가 학교 안에서 틀어박히는 장소인 미술 준비실에 찾아갔고 매번 험악한 반응이 돌아왔어요."

그때를 떠올리면 웃음이 나온다.

그렇게 매도에 가까운 말을 쏟아내면 보통은 싫어하면서 도망치고 싶어지는데.

"……그 상태에서 사귀게 되다니, 무슨 마법을 부린 거지?"

"운명의 상대니까요."

"직업상 그런 건 믿지 않는 주의라서."

애인 자랑은 받아주지 않는다는 확고한 태도였다.

"──그야 요루카는 착한 애잖아요. 그런 착한 사람이 난처해하고 있으면 당연히 도와주고 싶어지죠. 막상 대화해 보니까 의외로 잘 통했고, 그 시간이 무척 즐거웠어요. 두려움의 반동으로 무심코 험악한 말을 해버린다는 걸 알면 그 반응을 보는 게 오히려 재미있어졌고요. 게다가 본인이 말한 뒤에 후회하는 것도 귀여웠고. 그렇게 세나 키스미는 아리사카 요루카의 모든 게 좋아졌어요."

나와 만나서 요루카는 많은 경험을 쌓았다. 사귄 뒤로 다양한 트러블도 있었다. 그럴 때마다 그녀는 극복했다.

『약한 내가 한심하고, 속상하고, 짜증 나.』

여름 여행 마지막 날 아침, 둘이 함께 바다에 갔다. 그곳에서 요루카는 울면서 분노했다.

『키스미. 나는 성장하고 싶어. 내가 좋아하는 사람을 지킬 수 있을 만큼 강해지고 싶어.』

직후에 그렇게 선언한 대로 요루카는 훌륭히 문화제를 마쳤다.

나는 그런 요루카가 사랑스럽고 자랑스럽다.

"……그랬군. 딸을 좋아해 줘서 고마워."

아버지는 참으로 깊이 있는 미소를 지었다.

"가족을 상대하는 요루카만 보면 옛날과 똑같다고 느끼실 테지만, 요루카는 착실하게 성장하고 있어요. 누구에게도 웃지 않았던 요루카가 아주 감정적으로 행동하고, 지금 와서는 친구들과 같이 웃고 있는걸요. 문화제 때 찍은 사진 보셨죠? 그게 지금의 요루카예요."

그녀는 이제 다른 사람을 두려워하지 않는다.

설령 고난이 기다리고 있어도 다른 사람과 손을 잡고 맞설 수 있다.

이제 혼자가 아니다. 내가 있고, 친구들도 있다.

"제가 이 자리에서 말씀드리고 싶은 건 하나입니다. 지금의 요루카를 봐주세요. 결국 아이가 눈이 닿지 않는 곳에서 제대로 잘하고 있는지 걱정하시는 거잖아요? 그럼 요루카는 잘하고 있어요. 요루카의 성장을 더 믿어주세요."

"――――."

"설령 실패해도 몇 번이든 응원해주는 게 가족이잖아요. 그런 가족을 가장 든든한 아군으로서 신뢰할 수 없다는 건 슬프잖아요?"

요루카는 동경하던 아리아 씨와도 싸웠다.

그리고 대화하고, 이해하고, 다시 가족으로서 사랑하고 있다.

부모님도 어린 아이들의 말을 믿고 따로 사는 걸 선택했다.

모든 게 잘된다는 보장은 없다. 가끔은 실패도 할 것이다.

그래도 변화를 거듭하며 가족의 역사는 이어진다.

"그러니까 지금의 요루카를 미국에 데려갈 필요는 없다?"

아버지는 명확하게 물었다. 그건 처음이자 마지막 상담인 걸지도 모른다.

"무슨 일이 있을 땐 제가 항상 도와줄 수 있는 거리에 있습니다. 그러니까 요루카를 데려가지 마시고 저에게 맡겨주세요. 반드시 지킬 테니까요."

긴 침묵.

오랫동안 눈을 감은 끝에 아버지는 이렇게 말했다.

"――무상의 사랑이라. 마치 가족이구나."

요루카네 아버지는 어딘가 분하다는 듯, 마지막에 그렇게 중얼거렸다.

◇ ◇ ◇

"내일 아침을 먹고 나면 한 번 더 요루카와 대화해 볼 생각이야."

바에서 떠날 때 그는 그렇게 말했다.

내 방으로 가자 이불이 깔려있었다.

이불 위로 쓰러져, 풀을 먹인 이불의 감촉을 즐기면서 한숨을 쉬었다.

피로가 한꺼번에 밀려들어 머리가 멍하다.

스마트폰을 보자 세나회의 그룹 채팅방에 사진이 올라와 있었다.

노래방에 간 뒤 근처 공원에서 눈사람을 만든 모양이다.

그 즐거워 보이는 사진에 나도 모르게 마음이 풀어졌다.

이대로 잠들어버리기 전에 목욕하기로 했다.

예쁜 욕실도 딸려있지만, 기왕 왔으니까 유카타로 갈아입고 대욕탕으로 갔다.

몸을 씻고 노천온천으로 나오자 여전히 눈이 사락사락 내리고 있었다. 게다가 절묘하게도 나밖에 없는 상태다.

공기는 아주 차갑지만 뜨거운 물에 어깨까지 담근 덕분에 딱 좋았다.

주변은 쥐 죽은 듯 조용한 가운데 물이 흐르는 소리만 들린다.

밤의 어둠 속으로 사라져가는 수증기를 멍하니 바라보며 온몸에서 힘을 뺐다.

"신기한 정월이 되었네."

요루카의 부모님을 만나는 건 더 나중 일이라고 생각했다.

의식이 맑아졌으니 조금 전 바에서 나눈 대화를 돌아보았다.

"할 수 있는 건 다 했지."

전해야 할 말은 전한 것 같다.

결국 그 자리에서 미국 문제는 여전히 보류된 상태로 끝났다.

최종결정은 아마 내일 아침 이후에 나오겠지.

온갖 일들에 결말이 난다.

만약 요루카와 떨어져 지내게 된다면 남은 고등학교 생활은 어떻게 될까. 세나회 멤버들과 가끔 같이 놀고, 수험 공부에 매진하고. 대학 입시가 끝나면 바로 졸업.

에이세이 고등학교라는 배움터와도 작별이다.

졸업한 뒤 다들 각자 진로를 향해 노력하면서 어른이 되어간다.

나도 일본에서 대학생이 되어 일상을 보내겠지.

지금처럼 메시지는 계속 주고받는다.

전화는 시차가 있으니까 아침에 일어나는 게 조금 힘들

어질지도.

아르바이트를 하며 돈을 벌고 장기 연휴 때 미국으로 놀러 가자.

최대한 만날 수 있는 기회를 늘린다.

아, 영어 공부도 해놓는 게 좋겠네. 회화가 되는 게 편리하고, 구직 활동에도 도움이 될지도 모른다. 의외로 내 대학 생활도 바빠질 것 같다.

설령 장거리 연애가 된다고 해도 몇 년 뒤엔 일본으로 돌아올지도 모른다.

긴 인생 속에서 본다면 아주 짧은 기간일지도 모른다.

그렇게 장거리 연애가 되었을 때의 희망적 예측을 필사적으로 떠올렸다.

"연애는 반하는 사람이 진다는 말이 진짜구나."

요루카의 아버지가 우려하는 이유를 알았다.

나를 배려해주는 건 다정하기 때문이다.

만약 요루카가 일본에 없어도 요루카를 중심으로 생활이 돌아간다.

상상 속 미래에서 나는 아리사카 요루카가 없다는 사실에 휘둘리고 있다.

사랑만 있다면 극복할 수 있다고, 입으로는 쉽게 말할 수 있어도 정말 가능할까?

──나는 네가 없는 나날을 잘 지낼 수 있을까.

"…………무리야."

하늘을 바라봐도 두꺼운 구름으로 뒤덮여있다.

아름다운 달은 보이지 않는다.

요루카가 멀리 가면 같은 달을 올려다보며 사랑을 속삭이지도 못하게 된다.

그녀와 사귄 뒤로 하루하루가 즐거워서, 그전에는 어떤 식으로 살았는지 기억나지 않는다.

요루카가 없어지는 건 상상하기 싫다.

뺨을 타고 흐르는 물방울은 그냥 물인지, 땀인지, 아니면 눈물인지.

계속 생각하지 않으려고 했다. 의식하면 머리가 고장 나버릴 것 같았기 때문이다.

억눌렀던 불안과 공포가 단숨에 범람한다.

끔찍한 상상이 멈추지 않는다.

환경의 변화는 마음에도 영향을 미친다.

더 다른 이유로 싱겁게 헤어질 가능성도 있다.

지금 여기에 있는 애정이 촛불을 끄는 것보다 쉽게 꺼질지도 모른다.

그런 잔인한 현실이 이 앞에 기다리고 있다면, 여기서 시간을 멈춰줘.

어른이 되지 않아도 되니까 이대로 요루카와 같이 있게 해줘.

쓸쓸함이 부풀어 오르며 애틋함에 가슴이 조여든다.

그 존재가 너무 커서, 요루카를 잃은 내가 어떻게 될지 알 수 없다.

아, 안 돼. 강한 척했지만 이젠 한계였다.

나는 울어버렸다.

어찌할 수 없이 눈물이 멈추지 않았다.

알몸인 채, 말 그대로 갓난아기처럼 엉엉 울었다.

제발 이 연정에 희망을, 이 애정에 축복을.

꼴사납게 소리치며 나는 이 답답한 현실에 절망하려 했다.

이별의 예감으로 조각나버릴 것 같은 마음을 지금 당장 누군가가 구해줬으면 했다.

귀를 틀어막고 어디론가 도망치고 싶었다.

이런 식으로 눈물을 흘려봤자 현실을 바꿀 수 없다는 건 안다.

나는 이제 어린아이일 수 없다.

하지만 아직 강한 어른도 되지 못했다.

하다못해 마지막 순간에는 멋있는 모습을 보여줄 수 있도록, 지금만큼은 나약한 나를 용서해주세요.

몸에 있던 수분을 전부 짜낸 듯한 상태로 욕탕에서 나왔다.

충분히 수분을 보충해주면서 쉬고 나자 간신히 심신이 안정되었다.

"어서 와. 목욕해서 따끈해졌어?"

방으로 돌아가자 문 앞에는 유카타를 입은 요루카가 기다리고 있었다.

한텐을 걸치고 머리카락은 편하게 올려묶은 모습이 딱 온천여관에 있다는 차림새다.

"무슨 일이야? 이런 시각에."

"키스미와 좀 대화하고 싶어서. 방에 들여보내 줘."

요루카의 상태는 이미 침착해 보였다.

"그건……."

이불이 있는 장소에서 여자와 단둘이 있는 건 여러모로 곤란하다.

부모님이 이렇게 방까지 잡아주신 와중에 귀한 따님을 불러들이는 건 망설여졌다.

크리스마스 파티 이후 그렇게 고뇌하던 흑심도 어느새 잊어버렸다.

"아빠에게 연락이 왔어. 내일 아침에 한 번만 더 이야기하자고. 그 전에 키스미와 무슨 이야기를 했는지 듣고 싶어."

"아, 그거 말이구나."

뜨거운 물에 너무 오래 있었는지 어째 머리가 아직 돌아가지 않았다.

요루카와 함께 방으로 들어갔다.

실내는 간접조명의 따스한 불빛이 부드럽게 비추고 있었다.

"늦은 시간에 미안해. 어쩐지 피곤해 보여."

"오늘은 하루가 길었으니까. 게다가 노천온천이 훌륭해서 너무 오래 있었어."

"수분 잘 보충했어?"

"평소보다 더 많이 마셨으니까 괜찮아."

"그렇게 땀을 많이 흘린 거야?"

"뭐 그렇지."

나는 가볍게 웃었다.

괜찮아. 평소의 나로 잘 돌아와 있어.

"그보다 요루카 혼자 방을 빠져나와도 괜찮았던 거야?"

"언니가 돌아온 뒤에 방에 딸린 욕실에 한참 틀어박혀 있더니 나오자마자 바로 잠들었거든."

"……, 그렇구나."

누우면 바로 잠들어버릴 것 같아서 이불 옆 테이블에 기대듯 앉았다.

"옆에 앉아도 돼?"

"물론이지."

요루카는 천천히 다가와 내 옆에 딱 붙었다.

"이렇게 둘이서 차분히 앉아있는 건 올해 처음이네."

요루카는 그것만으로도 기뻐 보였다.

"재회한 순간은 열렬한 포옹이었으니까."

"그야 설마 키스미가 와 줄 줄은 몰랐단 말이야. 처음에는 내가 키스미가 너무 보고 싶어서 환각을 본 건지도 모른다고 순간 의심했을 정도인걸."

"나도 요루카 성분이 부족해서 죽을 것 같았어."

나는 그녀의 손을 잡았다.

그 손에는 지금도 내가 선물한 반지가 끼워져 있다.

미술 준비실에 있을 때와 마찬가지다. 아무리 이성으로 브레이크를 걸어도 연인이 곁에 있으면 그것만으로도 스킨십을 하고 싶어진다.

"무척 안정돼."

"내가 치유해줄 수 있다면 마음껏 써."

"그럼 감사히."

머리를 요루카의 어깨에 가볍게 올렸다. 샴푸 향기가 평소보다 더 진하게 느껴졌다.

"키스미의 냄새가 평소와 다른 느낌."

"충동적으로 왔으니까."

갈아입을 옷도 없이 지갑과 스마트폰과 열쇠만 들고 왔다.

"좀 신선해. 게다가 평소와 다른 장소에서 이렇게 단둘이 있다니."

"뜻밖의 형태로 온천 여행이라는 꿈이 싱겁게 이뤄졌네."

"그치? 깜짝 놀랐어!"

요루카가 몸짓을 섞을 때 가슴이 팔에 닿았다. 부드럽다.

나도 모르게 하얀 가슴골에 시선을 빼앗겼다.

추운 계절에 들어가며 옷이 두꺼워진 탓에 오랫동안 보지 못했던 느낌이 든다.

"……키스미 엉큼해."

"남자의 본능이야. 미안."

"……어쩐지 기운이 없네. 피곤한 거랑은 좀 다른 것 같아."

요루카에게 허무하게 간파당했다.

욕탕에서 울었던 여운이 아직 남아있었던 모양이다.

"혹시 아빠에게 나쁜 말이라도 들었어?"

미안한 듯 표정이 어두워졌다.

"오히려 배려해주셨어."

"정말? 엄청 논리적으로 몰아붙이고 그러지 않았어?"

그 말투는 저녁식사 자리에서 있었던 일의 여파인 모양
이었다.

"뭐, 지금까지 보여준 요루카라면 그 아버지의 마음을
움직이는 건 어렵겠더라."

그녀의 마음가짐도 바꿔주지 않으면 내일도 전과 똑같
은 전개를 반복하고 끝날 것이다.

나는 바에서 나눈 대화를 한차례 설명한 다음 나 나름의
비책을 요루카에게 전달했다.

"어? 그런 거면 돼?"

요루카는 맥이 풀렸다는 듯한 얼굴이었다.

"감정적으로 돌격하는 것보단 나아."

"사람을 멧돼지처럼 말하지 마."

"요루카는 감정적인 폭발력에 너무 의존해. 아버지에게
는 안 통한다는 거 알잖아."

나는 일부러 단언했다.

"하지만, 너무 평범하지 않아?"

내가 알려준 비책에 영 확신이 없는 모양이었다.

"나를 못 믿겠어?"

"오히려 믿음밖에 없어. 하지만 상대는 그 아빠니까……."

"요루카, 아버지는 적이 아니야. 그 사람은 딸인 널 이해하고 싶은 거야. 그냥 진심으로 안심하고 싶은 거라고."

나는 당부했다.

"문화제 무대를 떠올려 봐. 수많은 관객을 앞에 두고도 긴장하지 않고 연주에 집중할 수 있었던 이유가 뭐야?"

요루카는 다른 사람의 시선을 어려워하다 보니 연주 기술은 있는데도 남들 앞에서 제대로 발휘하지 못해서 고민했다.

하지만 실전에서는 연습했던 것보다 더 뛰어난 연주를 보여주며 관객을 매료했다.

무엇이 결정타였는지를 떠올리게 하고, 자각하게 했다.

"나는 계속 키스만 생각했어. 그래서 냉정할 수 있었어."

풋풋하고 사랑스러운 대답이었다.

"넥타이도 고쳐 매 주었지."

그 회장의 열광 속에서 요루카는 침착하게 배려해주었다.

감정에 휘둘리는 상태일 때는 그럴 수 없다.

괜찮아. 이번에도 요루카라면 할 수 있어.

"마찬가지로 나를 생각해줘. 이번에는 나도 같이 있어.

혼자가 아니야. 청혼은 이미 했잖아. 이젠 우리 둘이 부모님에게 허락을 받기만 하면 돼."

호들갑스럽지만, 그런 심경이었다.

"응. 나 노력할게. 키스미와 절대 떨어지기 싫어."

요루카는 그렇게 말하며 나를 끌어안았다.

나도 여느 때처럼 그녀의 등에 팔을 감았다.

그대로 중력에 몸을 맡기듯이 함께 이불 위로 쓰러졌다.

이불의 부드러움과 요루카의 체온이 기분 좋다.

"이 느낌, 키스미 집에서 잤을 때 이후 처음이네."

"아침에 일어났더니 옆에 있어서 깜짝 놀랐어."

"싫었어?"

"그럴 리가. 그냥 자극이 너무 강했지."

"키스미, 잠깐 귀 좀."

요루카는 고개를 들이밀더니 살며시 귓속말했다.

"……그거 말이지, 사실 밤중에 내가 내 의사로 키스미 옆에 숨어든 거야."

요루카는 쑥스럽다는 듯 그런 비밀을 털어놓았다.

속삭이는 한숨이 귀를 간질인다.

그 요염한 자극과 달콤한 고백이 나를 움직이기에는 차고도 넘쳤다.

나는 한 손으로 요루카의 가느다란 팔을 더듬으며 그녀의 손을 잡았다.

놓치지 않도록, 놓지 않도록.

입술을 맞댄다.

처음에는 부드럽게 하면서도 자연스럽게 격렬해진다.

서로를 깊이 맛보려는 듯 혀를 섞고 타액을 교환하며 입술을 먹었다.

그렇게 나는 그녀의 목으로 얼굴을 가져갔다.

닿을락 말락 한 거리에서 피부를 타고 입술을 살며시 미끄러트린다.

귓가, 목덜미, 어깨, 쇄골. 입술이 닿을 때마다 요루카는 작은 목소리를 흘렸다.

민감한 몸은 그것만으로도 튀어 오르듯 솔직한 반응을 돌려주었다.

그럴 때마다 내 손을 잡는 힘이 꽉 강해졌다.

자극을 필사적으로 참으려다가 자연스럽게 세워버리는 그녀의 무릎을 누르듯이 내 다리를 위로 겹쳤다. 유카타 자락 사이에서 드러난 허벅지의 매끄러운 감촉이 기분 좋다.

내가 얼굴을 아래로 내리는 것에 맞춰서 등에 감고 있던 반대쪽 손도 아래로 향했다.

가느다란 허리를 면밀하게 확인하듯 타고 내려가 엉덩이에 도달했다. 탄력과 크기를 손바닥으로 꼼꼼히 음미하듯 만졌다.

요루카가 몸을 비틀 때마다 유카타가 흐트러지며 가슴께가 벌어졌다.

드러난 계곡엔 희미하게 땀이 맺혀 있고, 단내가 피어올라 머리가 어질어질하다.

그대로 가슴에 얼굴을 파묻듯 끌어안았다.

놀라울 만큼 크고 부드럽다.

"키스미, 아기 같아."

"본능적으로 안정돼."

나는 그대로 잠시 가만히 있었다.

요루카가 예뻐하듯이 내 머리를 쓰다듬었다.

그렇게 사랑하는 사람의 온기에 파묻힌 사이에 흥분 이상으로 안도가 퍼져나갔다.

그 행복한 감각에 영원히 잠겨있고 싶었다.

"잠들었네."

나를 끌어안고 있는 사이에 키스미는 잠들어버렸다.

계속 긴장했을 테고 피곤하기도 했겠지.

이렇게 눈이 내리는 날에 도쿄에서 와 주었다. 그는 내가 위기에 처하면 언제나 달려와 준다.

정말 좋아하는 사람.

그가 있었기에 나는 변할 수 있었다.

"항상 고마워."

평온한 얼굴로 잠들어있다.

사랑하는 남자가 품속에서 무방비한 모습을 보여주자 여자의 모성이 충족된다.

가까이 있으니까 만질 수도 있다.

그 기쁨을 놓고 싶지 않다.

좋아하는 사람과 마음이 통했다는 기적을 한시도 놓치고 싶지 않다.

언제나 내 답은 간단했다.

그를 좋아하는 마음이 시키는 대로 따르면 된다.

단지 그것만으로도 나는 훨씬 강해질 수 있다.

키스미의 모든 것에 나도 돌려주고 싶다.

"너와 함께 있는 게 내 행복이야."

잘 있어, 키스미.

요루카는 그렇게 말하며 떠나갔다.

내가 아무리 소리쳐도 이쪽을 돌아보지 않고 점점 등이 멀어져 간다.

그리고 그 모습은 다시는 보이지 않게 되었다.

"——요루카!"

눈을 뜨자 낯선 천장이었다.

순간 어디에 있는 건지 알 수 없어서 혼란에 빠질 뻔했다가 바로 상황을 떠올렸다.

"최악의 악몽을 보여주지 말라고."

꿈이라서 일단 안심했다.

숨을 내쉰 뒤 한 번 더 자려고 이불을 다시 덮으려다가 불쑥 깨달았다.

"어라? 요루카가 방에 왔던 것 같은데……."

내가 언제 잠들었는지 기억나지 않는다.

노천온천에서 돌아오자 문 앞에 요루카가 있었고, 대화하던 도중에 같이 이불로 쓰러졌고. 그 뒤에——.

"어, 나 했던가?!"

마침내 남녀의 선을 넘어버린 건가.

허둥지둥 이불을 들췄다. 얌전히 팬티를 입고 있었다. 알

몸이 아니다. 내 몸에도 주변에도 흔적은 보이지 않는다.

아무래도 그냥 자기만 한 모양이다. 우선 상반신을 일으켰다.

"요루카가 방에 온 것도 꿈이었나?"

고개를 갸웃거렸지만 그녀를 만진 감각이 너무나도 생생하다.

문득 테이블을 보자 요루카가 자필로 남긴 메모가 놓여 있었다.

피곤한데 상담해줘서 고마워. 덕분에 기운이 났어. 먼저 방으로 돌아갈게. 내일 또 봐. 요루카

"꿈이 아니었어……. 꿈이 아니었어어~~."

나도 모르게 그 자리에서 머리를 부여잡았다.

"나 왜 잠들어버린 거야."

내 인생 최대의 실패다.

그 타이밍에서 성욕보다 수면욕이 앞서다니 현실이냐. 그럴 때야말로 젊음이나 기세가 발휘되어야 하지 않냐고. 청춘의 리비도가 폭발할 타이밍 아니야?!

이 뭐라 말할 수 없는 기분은 뭘까.

크리스마스 파티 때의 수준이 아니다.

한 걸음만 더 가면 되는 거였는데 설마 했던 딥 슬립.

아까웠다고 해야 할지, 무리하지 않아서 다행이라고 해

야 할지, 역시 아쉬웠던 건지.

남자로서 복잡한 감정이 휘몰아치면서도 동시에 웃어버렸다.

"뭐 좋아. 기다리는 건 익숙하니까."

고백하고 대답을 기다려야 했던 봄방학은 내내 넋이 나갔었다.

그때와 비교하면 애교지.

그렇게 생각하자 묘하게 후련한 기분이 들었다.

울든 웃든 오늘로 결판이 난다.

조급해도 소용없다.

나는 장지문을 열었다.

창밖엔 눈부신 은세계가 시야 가득 펼쳐져 있었다.

어젯밤보다 기세가 약해져서 사락사락 내리는 하얀색 알갱이가 아침 햇빛을 반사했다.

이 아름다운 풍경이 슬픈 기억으로 덧입혀지지 않기를 기도할 뿐이다.

스마트폰을 보자 아직 이른 시각.

평소와 다른 장소에서 잤더니 에이의 강제 기상이 없어도 일찍 눈이 떠졌다.

그러고 보면 여름 여행 때도 드물게 일찍 일어나 아침 목욕을 하러 갔을 때 해프닝이 일어났다.

"오늘 아침은 욕실에서 씻어야지."

노천온천은 어젯밤에 들어갔으니 이제 충분하다.

우선 악몽 때문에 흘린 땀을 씻어내기로 했다.

조식까지 시간 여유는 충분하다.

키스미 : 좋은 아침. 오늘은 날씨 좋다. 나중에 만나자.

나는 요루카에게 평소처럼 메시지를 보낸 뒤 우선은 욕실로 향했다.

◇ ◇ ◇

고급 여관답게 조식도 호화로운 일식이었다.

맛있는 식사를 마음껏 먹은 뒤 가볍게 한숨 돌렸다. 아직 1월 3일이라 TV에서는 정월 특집 방송이 나오고 있었다. 적당히 흘려보면서 식후 녹차를 다 마신 나는 일찌감치 로비로 향했다.

매점에서 선물이라도 구경할 생각이었는데 요루카가 로비에서 기다리고 있었다.

"좋은 아침, 키스미. 잘 잤어?"

"덕분에 언제 잤는지 기억도 안 날 만큼 푹 잤어."

"아기 같았어."

요루카는 부끄러워하지도 않고 웃었다.

딱히 긴장하지도 주눅 들지도 않은 모습이다.

"그런 말을 들으니까 부끄러운데."

"나는 더 부끄러웠거든요."

요루카가 작은 목소리로 항의했다.

"유혹한 쪽 잘못이지."

"덮친 쪽 잘못이지."

"잠들어서 죄송합니다."

"나는 힐링됐으니까 용서할게."

"나도."

눈과 눈이 마주친다. 서로 아침부터 무슨 소릴 하고 있냐는 느낌이다.

그런 영양가 없는 농담 따먹기가 사랑스럽다.

"엄마랑 아빠는 담화실에 있어."

"기다리게 해드리는 것도 그러니까 빨리 가자."

내가 손을 내밀자 요루카가 살며시 잡았다.

"언니는 끝날 때까지 다른 곳에서 기다린대."

"없으면 불안해?"

"이건 내 문제니까 괜찮아."

그 옆모습은 전에 없이 어른스러워 보였다.

여관 복도를 걸으며 나는 소소한 질문을 했다.

"요루카. 나에게 가장 큰 위기는 언제였다고 생각해?"

"지금, 이 아니고?"

내 얼굴을 살펴보는 표정은 살짝 불안한 듯했다.

"그렇게 진지하게 생각하지 않아도 돼. 그냥 잡담이야."

요루카는 잠시 생각하더니 순간 얼굴을 찡그리며 대답했다.

"4월에, 내가 헤어지자고 했을 때?"

"진심으로 죽을 것 같았다는 의미로는 맞긴 해."

나는 웃었다. 아직도 신경 쓰는 모양이었다.

"내가 골든 위크 때 여행 간 동안 사유에게 고백받은 거?"

"확실히 놀랐지만, 내 마음은 처음부터 변함이 없었어."

"7월에 칸자키 선생님의 가짜 남자친구를 했던 거?"

"그건 다른 의미로 엄청 고생이었어. 긴장도 되고, 무모한 시도에도 정도가 있지."

요루카는 족족 틀리는 바람에 조금 오기가 생긴 모양이었다.

어떻게든 맞추고 싶은 건지 고민한 끝에 훅 파고들었다.

"……밴드 합숙 끝나고 하세쿠라에게 갔던 거?"

"오늘하고 똑같아. 언젠가는 결론을 내려야 했어. 하지만 아니야."

"그럼 역시 문화제 라이브?"

"확실히 육체적으로는 제일 위기였지."

"무대 위에서 청혼했을 때?"

"긴장은 했지만 위기일 리가 없잖아."

"내가 질투가 심한 거? 키스미를 믿지 않는 건 아니야. no 러브코미디 3원칙은 역시 부담스러워?"

"나를 더 사랑해준다면 오히려 좋아."

복도 모퉁이를 돌았을 때, 나는 기습적으로 키스했다.

"으으, 모르겠어. 답 가르쳐줘!"

요루카는 항복이라는 듯 나를 물끄러미 바라보았다.

"——아리사카 요루카에게 고백했을 때."

"어?"

요루카는 완전히 예상하지 못한 대답이었던 건지 눈이 휘둥그레졌다.

"왜? OK했으니까 해피엔딩 아니야? 내가 대답을 기다리게 해서 트라우마가 됐어?"

"기다렸던 보람은 있었는걸. 그래서 나는 여기에 있는 거고."

"그럼 왜?"

"네가 고백에 진저리를 내는 걸 실컷 봤으니까, 민폐일지도 모른다고 생각했거든."

"그야 그 시절엔 다른 사람과 대화하는 것도 싫었지만."

"——내가 고백하는 건, 네가 싫어하는 행동을 한다는 의미야. 마음을 전할 때까지 죽도록 고민했어. 진짜로 좋아하는 사람에게 고백하는 건 용기가 필요하고, 고백하는 바람에 미움받을지도 모른다고 불안했지. 무엇보다 99.99%의 확률로 차일 줄 알았으니까."

"그래도 키스미가 고백해줘서 내 인생은 바뀌었어."

"나도."

지금이라는 기적을 음미하며 질문의 답을 가르쳐주었다.

"——본래대로라면 요루카는 추억이 될 사람이었어. 고등학교 시절의 마돈나. 청춘의 짝사랑. 언젠가 어른이 되고 문득 학창 시절을 돌아볼 때 떠올리는 거지. 새콤달콤한 기억 속에서 빛바래지 않고 항상 아름다운 아이. 그 시절에 좋아했던 아리사카는 지금 어디서 뭘 하고 있을까? 이미 결혼했을까? 동창회에서 요루카의 모습을 찾아보지만 너는 분명 오지 않았겠지. 졸업하면 다시는 만날 수 없는 환상처럼."

"하지만 나는 너와 이렇게 맺어졌으니까."

요루카는 잡은 손을 들어 올렸다. 창문 너머로 들어오는 아침 햇살을 받아 그녀의 반지가 반짝였다.

"나에게 아리사카 요루카는 절벽 위의 꽃이었어. 동경이자 꿈 같은 존재였어. 그런 사람을 만난 것만으로도 행복한데 고백에 OK를 받았고, 나는 요루카와 연인이 되었지. 너와 헤어지고 싶지 않고, 다시는 손을 놓고 싶지 않아. 머나먼 미래까지, 죽는 그 순간까지──아니, 죽어서도 계속 사랑할 거야."

나는 요루카가 추억이 되는 게 싫다.

"그거 두 번째 청혼이야?"

"앞으로 몇 번이든 말할게. 그래서 요루카가 웃어준다면."

내 옆에 있는 연인은 만개한 벚꽃 같은 미소를 지었다.

여관 한 곳에 있는 담화실 안쪽에서 요루카의 부모님이 기다리고 계셨다.

커피의 향긋한 냄새가 코를 간질인다. 목조 분위기의 실내는 건물의 방 하나를 리노베이션해서 만들었다고 한다. 차분한 분위기라서 편안하게 쉬기 딱 좋았다.

"실내에서도 손을 잡는 거냐."

"멋져라. 오붓하고 좋네."

나와 요루카의 모습을 본 두 분의 반응은 예상대로였다.

테이블을 사이에 두고 부모님 맞은편에 나와 요루카가 앉았다.

바로 직원이 물과 손수건과 메뉴표를 가져다주었다.

"따듯한 커피 하나요."

"저도 같은 걸로 주세요."

직원이 물러난 뒤 나는 먼저 인사부터 했다.

"여러모로 감사합니다. 방은 예쁜 데다 바깥 풍경도 잘 보이고, 조식도 아주 맛있었어요."

"우리야말로. 우리가 모르던 요루카의 이야기를 많이 들려줘서 고마워."

어머니는 어젯밤과 마찬가지로 부드러운 표정이었다.

"어젯밤은 늦은 시각까지 붙잡아서 미안하구나. 노천온천은 들어가 봤고?"

"네. 방에 돌아갔다가 가 봤습니다. 운 좋게 저 혼자 쓰는 상태로 만끽할 수 있었죠."

"다행이구나."

아침 햇빛 아래에서 보는 요루카네 아버지도 어제보다

는 다소 온화한 인상이었다.

남성진은 잠시 요루카와 어머니의 대화를 옆에서 묵묵히 들었다.

나와 요루카의 커피가 나왔다.

아버지는 먼저 주문했던 커피를 마신 뒤 조용히 말을 꺼냈다.

"그에게서 요루카가 학교에서 어떻게 지냈는지 많은 이야기를 들었어. 나도 모르던 딸의 모습을 알고 놀라기도 많이 놀랐고, 부모로서도 깨달음이 있었지. 요루카에 대해 오해가 있었다는 것도 인정하마. 그건 나도 잘못했어."

"응."

요루카는 어색하게 고개를 끄덕였다.

"그래도 미래를 생각하면 요루카는 우리와 함께 미국에 가야 한다는 건 틀리지 않다고 봐."

그 말을 듣자마자 요루카가 발끈해서 반론하려고 했다.

나는 그 전에 테이블 아래로 그녀의 손을 잡았다.

그것만으로도 살짝 앞으로 숙였던 요루카가 등받이로 몸을 되돌렸다.

대신 내가 말했다.

"아리사카 집안의 문제라는 건 익히 압니다. 외부인이 주제 넘는 참견이라고는 생각하지만, 그래도 말하게 해주세요."

해야 할 말은 정해져 있다.

여기가 나와 요루카에게는 인생 최대의 분기점.

우리의 명운은 이 순간의 결과로 크게 좌우된다.

서로를 사랑하는 마음은 굳건하다고 해도 둘이서 지낼 수 있는 시간의 일부를 빼앗기냐 마냐.

여기서 실패하면 확실하게 두 사람의 관계에 영향을 미치게 된다.

흔들림 없는 사랑이 있다면 모든 것을 극복할 수 있다는 건 환상이다.

사랑은 만능이 아니다.

아무리 마음을 굳게 먹었어도 잘 풀리지 않는 일이 있다.

현실은 쉽지 않다.

필사적으로 노력해도 전부 보답받는 건 아니다.

우리는 아직 어리다.

어떤 무모한 도전도 스스로 책임조차 지지 못하게 되는 일이 많다.

그래도 이게 우리의 굳건한 결단이었다.

"저에게는 요루카가 바로 미래의 가족입니다. 소중한 가족과 갈라놓으려고 하는 걸 가만히 지켜볼 만큼 얼간이는 아니죠. 부모님께서 따님을 깊이 사랑하고 계시듯 저도 장래의 반려를 깊이 사랑합니다. 그것만큼은 두 분에게도 지지 않습니다."

아버지가 요루카의 과거 이미지에 묶여있다면 나는 미래 시점으로 말하리라.

"고등학생이 어떻게 미래를 보장할 수 있지?"

지금 당장 증명할 수 없는 걸 일부러 물어보는 심술궂은 질문.

"여보?!" "아빠!"

"두 사람은 가만히 있어."

가족을 위하는 아버지에게서 나오는 엄한 일갈에 두 사람은 입을 다물 수밖에 없었다.

"그만큼 호언장담한다면 그에 맞는 답이 있겠지? 자신의 발언에는 책임이 동반돼. 기세에만 맡겨서 정에 호소해봤자 통하지 않아."

그는 사람이 달라진 듯 저 높은 곳에서 시험한다.

"말씀하신 대로 저는 고작 고등학생이죠. 대학교도 취직도 아직이고, 어른들이 수긍할 수 있을 법한 사회적 실적은 아직 없습니다. 하지만 딱 하나. 누구도 흉내 낼 수 없는, 저밖에 하지 못하는 게 있습니다."

"말해보렴."

"──저는 아리사카 요루카의 미소를 되찾았습니다."

세나 키스미가 자신감을 가지고 말할 수 있는 것.

그건 요루카가 다른 사람과 같이 있어도 웃을 수 있게 되었다는 점이다.

인간관계에 스트레스를 느끼고 상처받는 게 무서워 멀

리하던 요령 없는 소녀.

항상 퉁명스러운 얼굴인 주제에 그 표정마저 아름다우니까 주변의 시선을 끌어모은다. 그것조차 불쾌해서 방과 후에는 미술 준비실에 틀어박혔다.

하지만 정말로 다른 사람을 싫어한다면 방과 후에 학교에 남아있을 필요는 없다.

다른 사람에게 기대하지 않고, 포기하고, 선을 긋고, 완전한 고독을 선택하는 게 편하다.

요즘 시대에는 혼자서 살아갈 수도 있다.

세간의 가치관에 맞추는 건 의무가 아니다.

기술 발달 덕분에 사람들은 집 밖으로 나가지 않아도 살 수 있게 되었다.

커뮤니케이션을 줄여서 얻을 수 있는 평안은 틀림없이 존재한다.

그런데도 요루카가 굳이 어중간한 상태에 있었던 건 반드시 이유가 있다.

그녀는 아무도 오지 않을 법한 장소에서 누군가가 오는 걸 어딘가에서 기다리고 있었던 거다.

혼자서는 바뀔 수 없으니까 누군가가 바뀌는 걸 도와주길 바랐다.

그곳에 내가 나타났다.

최초의 누군가이자 타인과의 교두보.

편안한 대화 상대이자 지금은 소중한 연인이다.

이제 나는 그녀를 미술 준비실에서 혼자 기다리게 하지 않는다.

둘만의 세계 밖으로 데리고 나왔다.

요루카에게 상처 주는 현실이 있다면 내가 지키겠다.

우리는 서로를 사랑하는 연인이다.

"저를 계기로 요루카는 다시 인간관계에 긍정적인 자세를 보일 수 있게 되었습니다. 그건 다른 아이들이나 선생님, 하물며 가족도 못 했던 일이죠."

"그건 네 오만이야. 네 입으로도 말했지. 처음에는 의무로 딸을 대했던 거라고. 단순한 우연에 불과해. 연인이 된 자신을 특별하다고 생각하는 건 너무 미숙한 발상이야."

"미숙해도 됩니다."

나는 물러나지 않았다.

여기서 내가 어른의 논리에 넘어갔다간 요루카도 아무 말도 하지 못하게 된다.

둘 중 한 명만으로는 안 된다.

나와 요루카, 둘이 힘을 합쳐서 맞서는 데 의미가 있다.

"지금은 특별할지도 모르지만 어른이 되면 학창 시절 같은 건 기억 저편으로 변하지. 그 사랑의 열정도 마음도 잊고 그저 추억이 되어버릴 거야."

누구나 한때는 어린아이였다.

어릴 때는 특별했던 것이 퇴색되면서 열기를 잃어버린 경험을 수도 없이 겪었을 것이다.

지금은 어른의 입장에서 그걸 가르치려고 한다.

괜히 몰입하지 말라고. 잃었을 때 상처받는 건 자기 자신이라고.

"──저는 평범한 남자입니다. 평범하지만 그녀에게는 특별한 남자니까요."

"네게는 고마워. 하지만 서로의 존재로 앞으로의 인생을 일찌감치 묶어버리는 건──."

"이 이상 부정하시면 아리사카 씨는 아버지로서 틀린 겁니다. 부모의 애정을 내세워서 딸의 바람을 짓뭉개는 잘못된 판단이죠. 딸에게 평생 원망받게 되는 크나큰 실패를 저지르시는 거예요."

"연애감정으로 평생 행복해질 수 있을 만큼 인생은 편하지 않아."

분명 어느 한쪽이 100% 정답인 건 아니다.

과거를 돌아볼 수는 있어도 미래는 아무도 볼 수 없다.

지금 현실에서 한 걸음씩 나아가 그걸 확인하러 갈 수밖에 없다.

"아빠. 그건 틀렸어."

나와 아버지의 대화를 듣고 있던 요루카가 마침내 입을 열었다.

"날 걱정해주는 건 기뻐. 계속 떨어져서 살았으니 더 신경 쓰는 것도 이해해. 감정적인 소리만 해서 미안해. 그건 내가 생각이 어렸어."

요루카의 표정은 침착했다.

공연히 긴장하지 않고, 하지만 눈에서는 확실한 의지가 느껴졌다.

"부모니까 자식의 장래를 염려하는 건 당연하겠지. 하지만 어른이 안심할 수 있도록 돈이나 명성이나 직업이 있는 사람은 바꿀 수 있지만, 내 마음에 다가와 주는 사람은 키스미뿐이야."

이것은 요루카의 인생이다.

"나도 엄마와 아빠가 있는 집에 돌아가고 싶었어. 옛날의 나였다면 주저 없이 그랬을 거야. 하지만 이제 나에게 가장 돌아가고 싶은 장소는 키스미가 있는 곳이야."

마지막 결정권을 쥔 사람은 요루카 본인이어야 한다.

"키스미가 있었으니까 나는 바뀔 수 있었어. 키스미와 마음이 통해서 행복해졌어. 많은 고민이 가벼워졌고, 사는 게 즐거워졌어. 마음의 자유를 느꼈고 하루하루 평온해졌어. 키스미가 옆에 있어 주니까 나는 그렇게 느낄 수 있어."

누군가가 마련해준 행복만으로는 만족할 수 없다.

스스로 손에 넣은 것에서만 찾아낼 수 있는 행복도 있다.

그 정답은 스스로 정해도 된다.

"키스미는 훌륭한 사람이야. 이 세상 누구보다 나를 행복하게 해주는 사람이야. 그리고 나도 그의 버팀목이 되고 싶어. 지금만이 아니라 앞으로 긴 인생을 계속 곁에서 살고 싶어. 내가 하고 싶은 건 그와 가족이 되어서 행복해지는 거야."

그건 연인이 되기 한참 전.

미술 준비실에서 무너진 캔버스를 정리하러 갔을 때, 나는 요루카에게 이렇게 말했다.

『……아리사카는 자신의 욕구를 모르는 거야.』

내 지적을 그녀는 스스로에게 던질 질문으로서 오늘까지 계속 안고 있었던 모양이다.

우리의 관계가 학창 시절의 추억이 될 연애로 끝날지.

아니면 연애가 무르익고 인생의 파트너로서 살아갈 것인지.

우리는 타인이지만 서로 사랑하며 가족이 될 수 있다.

"그러니까 부탁이야. 나를, 내가 좋아하는 사람에게서 찢어놓지 마."

요루카는 자신만의 답을 제대로 찾아내는 데 성공했다.

"저도 요루카를 위해 더 성장하겠습니다. 두 분에게 인정받을 수 있도록 조금이라도 훌륭한 사람이 되어 따님을 반드시 지키겠습니다. 그러니까 제발 데려가지 마세요. 부탁드립니다."

우리는 요루카의 부모님을 똑바로 바라보았다.

긴 침묵이 흘렀다.

어머니는 입을 열려고 하면서도 옆에 있는 아버지를 보며 발언을 망설였다.

"아빠, 용서해줘. 사랑하는 사람과 떨어지는 외로움은

다시는 맛보고 싶지 않아. 키스미와 떨어지면 나는 또 옛날의 나로 돌아가 버릴 거야. 그런 건 더는 싫어."

요루카는 이제 태연한 척을 하지 않는다.

자신의 솔직한 감정을 있는 힘껏 전달했다.

"——부모로서 두 번이나 슬픔을 겪게 할 수는 없지."

"어?"

아버지는 어딘가 먼 곳을 보는 듯한 얼굴로 우리를 보고 있었다.

"인간은 자신감이 없을 때일수록 숫자나 실적에 의지하고 싶어지는 법이지. 하지만 진심에서 나온 감정만이 지닌 정열은 때로는 논리 이상의 설득력을 지니는구나. 신기하게도 믿어보고 싶네."

"운명의 상대를 만나면 여자는 강해지니까요."

어머니는 남편을 향해 온화하게 웃었다.

"너도 나와 결혼해서 행복해?"

"물론이죠. 당신과 귀여운 두 딸이라는 축복을 받아서 최고의 인생인걸요."

사랑하는 아내에게서 돌아온 대답에 포커페이스를 유지하던 아버지도 마침내 표정을 풀었다.

"——세나."

아버지는 처음으로 나를 불렀다.

"네."

"믿어도 되겠니?"

"평생에 걸쳐 증명하겠습니다!"

그 침묵은 인생에서 가장 길게 느껴졌다.

"이제 부모가 나설 차례는 끝이구나. 뒷일은 네게 맡기마."

나와 요루카는 잠시 그 의미를 이해하느라 시간이 걸렸다. 보다 못한 듯 어머니가 웃었다.

"에이, 두 사람이 난감해하잖아요. 똑바로 말해주세요."

그 재촉에 아버지는 마지못해 복잡한 부모의 심정을 털어놓았다.

"……이쪽도 마음의 준비가 필요했어. 변변치 않은 남자친구라면 쫓아내려고 했지. 하지만 어젯밤에 단둘이 대화해 보고, 요루카가 선택한 상대가 좋은 남자였다는 걸 알았어. 딸을 깊이 생각하고, 성실하고, 신뢰할만한 청년이더군. 내 자식이 사람 보는 눈이 확실하다는 건 부모로서 안심되더구나."

"이이는 일하면서 다양한 사람을 아주 많이 봐 왔단다. 이 사람이 보증할 정도면 키스미는 장래가 유망하다는 거지."

마침내 결론이 나왔다.

"그럼, 허락하는 거야? 나 일본에 남아도 되는 거지? 키스미 곁에 있어도 되는 거지?"

요루카는 떨리는 목소리로 한 번 더 확인했다.

"그래, 요루카는 앞으로도 일본에서 살도록 해."

"고마워, 아빠!"

어머니도 숨겨놨던 본심을 털어놓았다.

"요루카, 고민하게 해서 미안해. ……사실은 우리가 쓸
쓸했어. 두 딸과 떨어져서 사는 게 너무 쓸쓸하니까, 한 번
더 같이 지내는 시간을 만들 기회라고 생각했지. 그 때문
에 아빠가 악역이 되어버렸구나."

"이제 됐어. 엄마도 아빠도 서로 사랑하는 건 어릴 때부
터 알고 있었으니까."

요루카는 울상인 얼굴로 웃었다.

"역시 자랑스러운 우리 딸. 요루카도 우리처럼 좋아하는
사람을 만났구나."

"응. 이제 걱정하지 마. 나는 행복해."

나는 뒤늦게 떠올리고 커피를 마시기 시작했다. 딱 적당
히 식어서 마시기 좋았다.

"명심해. 부모가 보지 않는다고 놀기만 하는 건 용서하지
않을 거니까. 아무튼 순서는 잘 지켜. 그것만은 최소한의
약속이야. 둘 다 제대로 대학을 졸업하고, 취직하고――그
후엔 자기 책임으로 하고 싶은 걸 해. 그 무렵이면 이미 어
엿한 어른이니까."

아버지는 퉁명스럽게 당부했다.

마지막으로 덧붙인 말의 의미를 이해한 순간 나는 커피
를 흘릴 뻔했다.

"그건, 요루카와 결혼을 허락해주시는 거예요?!"

이번에는 내가 당황하며 확인할 차례였다.

"바에서 자기 입으로 말했잖아. 그건 거짓말이었나?"

"진심입니다! 따님을 행복하게 해드리겠습니다!"

나는 힘차게 소리쳤다.

요루카도 어머니도 비슷한 표정으로 기쁘다는 듯 놀랐다.

"딸에게 상처 주면 가만 안 둘 거야. 아무리 큰 거래 도중이었다고 해도 내던지고 일본으로 돌아올 테니까."

아버지는 낮은 목소리로 중얼거렸다.

딸을 위해서라면 일을 집어던진다고 해도 귀국한다고 선언하는 걸 보면 아버지는 일밖에 모르는 사람은 아니다.

따듯한 피가 흐르는 부모이기 때문에 그 허락의 무게가 진짜라는 걸 알 수 있다.

"물론입니다. 저는 요루카밖에 모르니까요."

"설령 네가 거절한다고 해도 오히려 지구 끝까지 쫓아갈 거다."

"상관없습니다. 요루카에게라면 제 인생을 바칠 수 있습니다."

"너는 상당히 자신감이 넘치는구나."

보통 사람, 평범한 사람이라고 스스로를 인식하는 나에게 자신감이라는 말은 인생에서 가장 거리가 먼 단어였다.

하지만 지금이라면 순순히 인정할 수 있다.

"좋아하는 여성을 평생에 걸쳐서 사랑하는 것. 제가 바라는 건 그것뿐이니까요."

"……딸은 좋은 인연을 만났구나."

"저에게도 그렇습니다."

"네가 아직 고등학생이라는 사실은 변함이 없어. 이 아이에게 버림받지 않도록 앞으로도 계속 노력해줘."

"내가 키스미에게 질릴 리가 없잖아!"

요루카가 기어이 참지 못하고 화를 내자 그 어린아이 같은 반응에 부모님은 웃었다.

사랑하는 여자를 위해서라도 남자로서 똑바로 서라──그런 질타와 격려에 등이 꼿꼿해졌다.

"네, 반드시."

나에게 맡겨주는 마음의 무게를 실감하며 정신을 다잡았다.

금방 어른이 되지는 못한다.

하지만 계절이 흘러가듯이 우리도 어느새 어른이 된다.

그 미래에서 후회하지 않도록 나는 지금이라는 시간을 소중히 여기며 살아가겠다.

옆에는 가장 사랑하는 사람이 있다.

이 맞사랑만큼은 변하지 않는다.

여관 앞에 아리사카 가의 자동차가 세워져 있었다.

우리 네 사람이 함께 나타나자 운전석에서 아리아 씨가 뛰쳐나왔다.

"──요루, 잘됐다! 축하해!"

요루카의 표정을 보고 일본에 남는다는 걸 알아차린 아리아 씨는 울면서 동생을 끌어안았다.

"언니, 숨 막혀."

"됐으니까 얌전히 안겨있으라고, 동생! 아아, 안심이다."

두 손 가득 동생의 존재를 확인하듯 아리아 씨는 놓지 않았다.

요루카도 언니의 등에 팔을 감았다.

말은 필요 없다.

그 기쁨을 보며 만약 요루카가 미국에 갔다면 이 자매도 헤어지게 됐을 거라는 걸 깨달았다.

『너무 빨리 동생을 데려가지 마. 나도 아직 자매의 시간을 소중히 하고 싶으니까.』

작년 마지막 날에 아리아 씨에게서 들은 말은 거짓 없는 진심이었다.

아리아 씨도 부모님과 일찍 떨어져서 지내게 된 딸 중한 명이다.

언니라는 이유로 참았던 일도, 불안한 순간도 있었겠지.

사랑하는 동생이 있기에 그녀도 오늘까지 해올 수 있었다.

아리사카 자매의 깊은 유대는 특별하다.

"스미, 잘했어! 고마워."

나도 드디어 아리아 씨에게 은혜를 갚았다.

분명 이 사람을 먼저 만난 건 이 순간을 위해서였던 거겠지.

언젠가 자매는 각자 다른 장소에서 살게 되는 날도 온다.

그래도 지금 당장은 이 거리를 지킬 수 있었다.

나는 슈젠지 역에서 내렸다.

"정말 전철로 돌아가려고? 집까지 바래다줄 테니까 사양하지 않아도 되는데."

아버지는 운전석에서 마지막으로 한 번 더 제안해주었다.

"정초부터 정신 사납게 해드렸으니까요. 올 때와 마찬가지로 혼자 느긋하게 전철로 돌아가겠습니다."

"키스미. 우리도 3월까지는 일본에 있으니까 또 같이 밥 먹자."

어머니의 다정함이 감사했다.

"네, 기꺼이."

다음은 어제보다 훨씬 편안하게 식사할 수 있겠지.

"스미, 자. 도쿄까지 가는 표하고 역 도시락. 돌아가는 길에 먹어!"

먼저 차에서 내렸던 아리사카 자매가 돌아왔다.

아리아 씨는 역 매점에서 산 주머니를 나에게 건넸다.

"표까지 사 주신 거예요?!"

"나도 조금은 보답하게 해줘. 선물은 스미네 가족에게 전해드리고."

"감사히 받겠습니다. 에이는 이런 거 좋아하니까 기뻐할 거예요. 하지만 도시락은 너무 많지 않나요? 2인분은 될 것 같은데요."

혼자 먹기에는 너무 많은 양이 들어있었다.

도시락 말고도 선물이며 과자, 음료까지 꽉꽉 채워져 있다.

"엄마, 아빠. 나도 키스미와 같이 전철로 돌아갈 거야!"

요루카는 최소한의 짐만 차에서 꺼낸 뒤 부모님에게 그렇게 선언했다.

"뭐?! 요루카, 무슨 소리 하는 거야?"

"이미 표도 언니가 2인분 사버렸는걸. 자, 앞으로 5분이면 전철 출발하니까 서두르지 않으면 놓쳐."

이 막판에 아리사카 자매는 절묘한 연계를 발휘했다.

"아, 앞으로 5분?!"

요루카는 일부러 노린 듯 아슬아슬한 시각으로 끊은 표 두 장을 나에게 보여주었다.

진짜로 시간이 없다.

이렇게 활짝 웃으면서 선언하면 부모님도 쓴웃음을 지을 수밖에 없었다.

"키스미, 가자! 전철은 안 기다려 준다고!"

요루카는 내 손을 잡았다.

"알았어! 정말 여러모로 감사했습니다. 실례합니다."

나는 한 번 더 아리사카 일가를 향해 머리를 숙였다.

"요루카, 집에서 보자. 세나도 잘 지내고."

"요루카, 조심해서 돌아오렴. 키스미, 다음 만남도 기대할게."

"스미. 요루카 잘 부탁해!"

아리사카 가 식구들의 배웅을 받으며 나와 요루카는 역사로 달렸다.

허둥지둥 플랫폼으로 달려가 전철 차량에 올라탔다.

표에 적힌 지정석에 앉자 바로 전철이 움직이기 시작했다.

좌석 등받이에 몸을 맡기며 나는 늦지 않았다는 안도감과 각종 해방감에 드디어 잠길 수 있었다. 마지막 달리기로 남아있던 힘을 다 써버려서 완전히 빈털터리다.

"마지막의 마지막에 놀라게 하지 마. 진짜 당황했잖아."

"다 잘됐으니까 괜찮아! 해피엔딩!"

"나는 오히려 오늘이 시작이란 기분이야."

"그래도 나에게는 꿈만 같아!"

요루카는 내 어깨에 머리를 올렸다.

"……, 일본에 남게 됐어."

"응."

"같이 졸업할 수도 있어."

"고3이 되어도 키스미와 같은 반이면 좋겠다."

"칸자키 선생님에게 부탁하면 2년 연속 가능하지 않을까?"

"──결혼까지 허락받았으니까."

새삼 말로 표현해도 실감은 나지 않는다.

묘하게 구름 뒤에 떠 있는 기분이 이어지고 있다.

아직 몇 년이나 더 나중 일이다.

너무나 초고속인 전개에 현실감이 흐릿하다.

이렇게 절차를 잔뜩 앞당겨서 우리의 인생은 점점 예정이 채워져 간다.

요루카의 말대로 정말 꿈만 같다.

"키스미?"

"……자유는 어렵구나. 하고 싶은 걸 할 수 있지만, 책임도 져야만 하니까."

부모님의 보호 밖으로 나와서 자력으로 살아간다는 의미를 간신히 알게 된 느낌이다.

동시에 보호받았으며 살았던 감사함도 통감했다.

"키스미는 앞날이 걱정이야?"

"이젠 할 수밖에 없다는 느낌. 누구나 처음은 마음밖에 없잖아. 결과는 나중에 따라오는 법이라고 스스로를 믿고 움직일 뿐이지."

부정할 요소는 생각하면 얼마든지 찾을 수 있다.

그런 걸 신경 썼다간 평생 움직이지 못하게 된다.

"키스미. 앞으로는 둘이 함께야. 혼자서만 노력하게 두진 않아."

"든든하네."

"그야 나는 키스미의 신부인걸."

이젠 절대 떨어지지 않겠다는 양 요루카는 내 손을 잡았다.

"──둘이 함께니까 극복할 수 있는 것도 정말 있구나."

갈 때는 혼자였는데 올 때는 둘이 나란히 앉아있다.

그저 그것뿐인데 황당할 만큼 기쁘다.

"키스미. 나를 좋아해 줘서 고마워."

요루카는 여태까지 수도 없이 많이 고맙다고 해주었다.

그중에서도 지금 한 말은 각별했다.

옆에서 좋아하는 사람의 미소를 볼 수 있다는 행복을 그제야 곱씹었다.

"그건 내가 할 말이야. 고마워할 사람은──."

나도 인사하려고 했는데, 요루카의 가느다란 손가락이 내 입을 눌렀다.

"아니, 말하게 해줘. 키스미가 고백해줬으니까 나는 나를 포기하지 않을 수 있었어. 미래에 희망이 있다는 것만으로도 이렇게나 가슴이 설레고 긍정적으로 볼 수 있게 되어서 놀랐어."

"우리에겐 지금은 그것만으로도 충분해. 설령 근거가 없어도 내일을 기대해보는 것만으로도 조금은 살기 쉬워지지."

"살아있는 한 고민은 끝이 없으니까."

요루카의 목소리에는 절절한 실감이 담겨 있었다.

"그렇게 생각하면 요루카의 부모님은 거물이시지. 이런 뭣도 아닌 어린애의 의견을 진지하게 들어주고 딸과 함께하는 미국 생활보다 딸의 바람을 존중해주셨으니까. 정말 요루카는 사랑받는구나."

"나도 가족이 더 좋아졌어."

"게다가 내 청혼을 웃어넘기지 않고, 결혼에 대해서도 제대로 대답해주셨지."

솔직히 미국행을 저지하는 것에 머리가 꽉 차있어서 다른 부분에 신경 쓸 여유는 없었다.

애초에 고등학생 주제에 결혼 허락을 받을 수 있을 거라는 생각은 안 했다.

어디까지나 세나 키스미의 결의인 거고, 현실적인 절차는 적당한 시기가 온 다음이다.

"나도 똑똑히 들었어. 아빠는 자기 책임으로 하고 싶은 걸 하라고 확실하게 말했는걸. 엄마가 증인이야. 잘됐다!"

요루카의 미소는 여태껏 본 적이 없을 만큼 화창했다.

최근 두 달 정도 시달렸던 미국행 스트레스에서 해방되고 경사스럽게 일본에 남을 수 있게 된 데다 결혼 허락까지 언질을 받았다.

만약 부모님이 번복하려고 한다면 이번에야말로 딸에게서 절연 선언을 당해도 불평할 수 없다.

"아버지는 그릇의 크기가 다르시더라. 진짜 대단해."

만약 내가 같은 입장이었다면 그런 식으로 말할 수 있었을까?

그 각오와 결단력을 같은 남자로서 존경한다.

"키스미도 대단해. 키스미는 내가 난감해하면서 말하지 못할 때 반드시 도와주는 히어인걸."

"히어로는 과대평가고."

"내 말이 맞아. 나는 소중한 일일수록 참는 게 어딘가 당연하다고 생각했었어. 인생은 쉽지 않으니까 내 생각대로 흘러가지 않는다고, 내가 힘들어하는 일은 평생 힘들어할 거라고 처음부터 포기했지. 하지만 키스미를 만나고 좋아해 준 뒤로 나도 용기가 났어. 하고 싶은 말을 할 수 있고 하고 싶은 일을 할 수 있게 되었지. 이 자유는 네가 준 거야."

"앞으로도 이런 식으로 둘이 함께 자유의 즐거움과 고생을 만끽하자. 그게 분명 자신의 인생을 살아간다는 거겠지?"

"응. 키스미와 함께라면 두려워하지 않고 살 수 있어."

사랑하는 연인은 평온한 표정으로 웃었다.

옆에 있는 그녀가 없는 인생은 생각할 수 없다.

마음은 말로 꺼내야만 의미가 있다.

나는 가슴을 펴고 말하겠다.

이 사랑엔 인생을 걸만한 가치가 있다.

특별한 사랑이 있기에 인생의 고난과 맞설 용기가 솟아난다.

그 결과 이렇게 나란히 앉아 사랑스러운 일상으로 돌아갈 수 있다.

우리는 같은 미래를 보면서 살아간다.

사후 보고를 하며 세나회에 요루카가 정식으로 일본에

남는다고 알리자 축하 겸 다 같이 신년회를 열기로 했다.

일정을 조절한 끝에 겨울방학 마지막 날에 모이게 되었다.

어차피 내일부터 학교에서 얼굴을 볼 테니 다음 날에 해도 되지 않냐는 나의 어리석은 제안에, 지난 노래방&눈놀이 팀에게서 그러면 에이가 참석할 수 없다는 대답이 돌아왔다.

내 동생은 얼마나 내 친구들의 마음을 사로잡은 거냐.

이젠 내 동생 포지션이 아니라 에이 본인의 인기가 대단하다.

지난번에 결석한 나와 요루카, 평소 보던 멤버들과 에이, 그리고 정식으로 가입한 카노와 하나비시라는 총 9명 풀 파티.

스포츠 시설에서 몸을 움직이며 실컷 즐기고, 게임 센터에서 놀다가 어째서인지 크레인 게임에서 남자 중 누가 제일 많은 인형을 뽑을 수 있는지 경쟁하게 되었다.

특히 해방감에 잠긴 요루카는 시종 잔뜩 기분이 업되어서 정말로 즐거운 시간이었다.

짧지만 굵었던 겨울방학이 끝나고 3학기.

칸자키 선생님은 아리아 씨에게서 이미 소식을 들었다면서 '잘됐군요'라고 웃었다.

고작 3개월뿐인 최종학기.

1월 연휴에는 작년 마지막 날에 예상했던 대로 우리 집 식구들이 스키 여행을 감행. 우리 부모님은 여전히 에이에게 약하다. 여행지에서 밤에 요루카와 전화하자 '키스미와 떨어져 있으면 외로워'라며 울상이었다. 이젠 일본에 남을 수 있다는 걸 알아도 불안한 듯했다. 내가 하도 오래 전화하는 바람에 부모님에게서 시시콜콜 질문 공세를 받았다. 아들의 연애 사정이 상당히 궁금한 모양이다.

2월에는 발렌타인으로 떠들썩했고, 학년말 고사를 넘기자 대망의 수학여행이 왔다.

여행지는 오키나와.

당연히 역사와 문화도 배우지만, 아무튼 메인은 바다다.

남국의 따뜻한 기후와 개방적인 분위기, 아름다운 바다에서 수상 레저를 즐겼다. 여름을 기다리지 않아도 다시 수영복을 배알할 수 있다니 참으로 감사하다.

고등학교 시절의 즐거운 추억이 또 늘어났다.

3월 화이트데이를 마칠 무렵에는 추위도 풀어지고 드디어 고등학교 2학년이 끝나, 다시 벚꽃의 계절이 돌아왔다.

교사 뒤 벚나무가 피기 시작하자 작년의 나처럼 좋아하는 사람에게 고백했다는 이야기가 여기저기에서 들렸다.

내가 고백한 지 1년이 지났다.

그리고 오늘. 요루카의 부모님이 다시 미국으로 돌아간다.

나는 두 분을 배웅하러 요루카와 함께 공항에 왔다.

아리아 씨는 대학 세미나 모임이 있어서 오늘은 아쉽게도 결석이다.

출발 전에 약속한 대로 나는 요루카의 부모님과 같이 식사도 했다.

그 정월 소동 이후 부녀 싸움이 무사히 수습된 아리사카가는 오붓하고 평화로운 시간을 보내고 있다는 걸 잘 알 수 있는 자리였다.

설령 가족이 떨어지게 된다고 해도 이제 괜찮다.

"요루카, 건강 조심해."

"아빠랑 엄마도. 오랜만에 오래 같이 있어서 즐거웠어."

출국 게이트 앞에서 가족은 마지막 작별 인사를 나누며 포옹했다.

나는 가슴이 따뜻해지는 그 광경을 한 걸음 뒤에서 바라보았다.

"지금이라도 같이 가도 되는데."

"나에게는 키스미가 있으니까 괜찮아. 그러니까 아빠, 이제 걱정하지 마."

뻔한 대답에 쓴웃음을 지은 요루카네 아버지가 내 쪽을 보았다.

"너까지 굳이 와 줘서 고맙다."

"아뇨. 오늘은 드리고 싶은 선물이 있었거든요."

나는 한 통의 봉투를 건넸다.

"편지라도 쓴 거니?"

"더 거창한 겁니다. 열어보세요."

나와 요루카는 서로의 얼굴을 바라보았다.

내용을 확인한 아버지는 얼굴을 찌푸렸고 어머니는 웃

었다.

"——보통 이렇게까지 하나?"

아버지는 완전히 허를 찔렸다는 듯 황당해하면서도 웃을 수밖에 없다는 모습이었다.

안에 들어있던 건 혼인신고서.

사전에 나와 요루카가 기입이 필요한 부분을 적어놓았다.

"결의를 형태로 남겨놓으려는 생각이에요."

"네 마음이라면 1월에 넘치도록 들었어."

어이없어하는 아버지는 혼인신고서를 바라보며 그런 부분이 어리다는 양 어깨를 으쓱했다.

"시기가 오면 정식으로 받으러 가겠습니다. 그때까지 사인과 인감을 남겨주시면 감사하겠습니다."

혼인신고서가 정식으로 접수되려면 결혼하는 당사자가 적어야 하는 부분은 물론이고 증인 두 명의 서명이 필요한데, 그곳을 두 분에게 부탁드렸다.

구두약속만이 아니라 나와 요루카의 결혼을 눈에 보이는 형태로 인정받고 싶었다.

"너는 정말 확고한 남자구나."

"장인어른과 대화한 덕분에 단련됐습니다."

"꼼꼼하게 자기들이 써야 하는 부분은 전부 다 적어놓다니. 어차피 헛수고인데."

"아빠!"

헛웃음을 짓는 아버지의 반응에 또 흐지부지 넘기는 거

냐며 당황하는 요루카.

반면 나는 흔들리지 않았다.

괜찮아. 우리의 진심은 제대로 전해졌으니까.

"——어차피 이 애가 혼자 살기 시작하면 바로 반동거 상태가 될 거 아냐. 주소도 바뀔 텐데 종이만 아깝게."

"어?"

요루카 혼자 맥이 풀린 얼굴이 되었다.

그 말의 의미를 이해하자마자 얼굴이 빨개져서 손을 버둥거렸다.

아버지는 혼인신고서를 세심하게 봉투에 되돌린 뒤 재킷 안주머니에 넣었다.

"키스미. 부족한 딸이지만 요루카를 잘 부탁해."

어머니는 축복해 주셨다.

"혼인신고서를 돌려받고 싶다면 술 한잔 정도는 같이 마실 수 있게 되도록 해. 마실 수 있는 나이가 될 때까지는 우선 맡아두마."

아버지는 마지막으로 웃으면서 선언했다.

그렇게 요루카의 부모님은 미국으로 출발했다.

우리는 전망대로 나와 멀리 하늘로 떠나가는 비행기를 배웅했다.

구름 한 점 없는 파란 하늘에 봄 햇살이 눈 부시다.

"가 버리셨네."

"엄마 아빠에게 혼인신고서를 준 건 아무래도 과했나?"

"내가 제안했을 때는 신나서 편승했으면서."

"하, 하지만. 다음 단계는 바로 제출이잖아. 그런 걸 쓰면 결혼이 갑자기 현실성을 띠기 시작한다고."

"앞으로 몇 년은 걸릴 테니까 안심해. 게다가 나는 이제부터 큰일이라고."

"왜?"

"그렇게까지 큰소리를 치면서 벽을 잔뜩 높여놨잖아. 제대로 실행해야지."

앞으로 달성해야만 하는 게 많다. 우선은 대학 수험이다.

"키스미라면 할 수 있어."

"요루카가 실망하지 않도록 노력할게."

"내가 키스미 없는 인생은 살 수 없다는 걸 알면서."

요루카는 기쁘다는 듯 내 팔을 끌어안았다.

"자, 이제 어떻게 할래? 이대로 데이트라도 할까?"

"……피곤하니까 어디서 쉬고 싶어."

"그럼 공항 안에서 차라도 마시자."

공항 안은 혼잡하니까 마침 딱 자리가 빈 타이밍에 가게에 들어갈 수 있다면 좋을 텐데.

"내가 더 좋은 장소 알아."

"어디? 추천하는 곳이 있다면 거기로 가자."

요루카가 얇은 입술을 꾹 다물고 살며시 손가락을 감았다.

"집에 안 올래? 오늘 밤은 우리뿐이거든."

"어, 그, 건······."

물론 그게 그날 밤의 다음을 하자는 말이라는 건 바로 이해할 수 있었다.

"열심히 한 사람에게는 보상을 줘야지."

"괜찮, 아?"

"──, 계속 미뤘으니까."

서로 얼굴을 제대로 볼 수가 없었다.

"이, 이런 대낮부터 그런 이야기를 하니까 되게 두근거리네."

내 안에선 신사와 짐승이 대난투 중이다.

아예 합체해서 이 난국을 잘 돌파해주지 않겠니.

"싫어?"

"이 대화가?"

대낮, 주변에는 가족 일행이나 커플이 있지만 비행기가 이착륙하는 굉음 때문에 우리의 대화는 지워진다.

"그런 게 아니라, 이제부터 할──**지도** 모르는 거."

요루카는 또 한 걸음 파고들었다.

우리는 직접적인 표현을 피하면서도 조금씩 핵심으로 다가간다는 예감을 받았다.

"할지도 모른다는 말은, 필요 없는 것, 같은데."

"것 같다, 도 필요 없을걸."

감질나고 달콤하고 괴롭다.

혼인신고서까지 써 놓고 남녀 간의 관계에는 소극적.

너무 빠른 건지 너무 느린 건지. 우리도 잘 모르겠다.

밤이라거나, 인기척이 없다거나, 그런 시추에이션이나 분위기를 조성하는 게 아주 중요하다는 걸 잘 알 수 있었다.

남녀의 대화에 빠져들기에는 태양이 너무 눈 부시다.

주변의 기척이 신경 쓰여서 견딜 수 없다.

요루카의 모습을 훔쳐보자 목까지 새빨갰다.

이렇게 용기를 내 줬는데 내가 겁을 먹으면 어떡하냐.

"우리 둘 다 생각하는 건 똑같겠지."

"나는 아마 일치한다고 봐."

문득 어깨가 닿자 요루카의 등이 움찔 튀었다.

너무 의식하잖아. 명백하게 긴장하고 있잖아.

아 진짜, 뭐가 이렇게 귀여워!

나도 몸이 뜨겁고 긴장 때문에 뻣뻣해졌다. 봄인데도 한여름 같은 기분이다.

속수무책으로 터져버릴 것 같다.

"……연인이 되고 많은 걸 경험했지만, 아직 하지 않은 게 있어."

나는 마지막 선을 넘기 위해 발을 내디뎠다.

"예를 들면?"

"키스 다음."

"어떤 건데?"

"전부 다, 지금보다 깊게 사랑하는 거."

"……나는 아무것도 몰라."

"같이 배우면 돼."

"조금, 무서워."

"부드럽게 할게."

"믿어도 돼?"

"좋아하니까, 나는 요루카를 전부 알고 싶어."

"응. 키스미의 전부를 가르쳐줘."

나는 요루카의 손을 단단히 잡았다. 서로 평소보다 더 땀이 맺혔다. 악수 정도는 수도 없이 했는데 이제부터 할 일을 앞에 두니까 특별함을 느꼈다.

"둘이 함께 어른이 되자."

"응."

우리는 서로를 사랑한다.

사귄 뒤로 거듭해온 애정 표현에 더해 오늘 새로운 것을 배운다.

그건 말 이외의 커뮤니케이션이자 서로의 사랑을 맺어주는 방법이다.

쑥스러우면서도 사랑스럽고, 격렬하면서도 평온하게 우리는 더 깊이 이어진다.

또 한 걸음 어른으로 다가가면서 재확인한다.

네가 아닌 다른 사람과 함께 하는 인생은 상상할 수 없다.

우리는 영원히 서로를 사랑한다.

에필로그

"내가 졸업하고 벌써 6년인가. 추억이네."

에이 : 키스미, 올해 문화제는 꼭 놀러 와! 꼭이야!

그 강력한 압박을 계기로 나는 에이세이 고등학교의 문화제를 찾아가기로 결심했다.

내 동생인 세나 에이는 초등학교 때 선언한 대로 내 모교의 후배가 되었고, 덤으로 1학년 때부터 학생회장까지 맡고 있다.

모처럼이니까 세나회 멤버들에게도 연락했다. 사회인이 된 지금 전원 집합은 어렵지만 오늘이 쉬는 날인 멤버 일부는 모이게 되었다.

에이세이 고등학교를 찾아오는 건 얼마 만일까.

익숙한 교사도 내가 다니던 때와 비교하면 어쩐지 작게 느껴진다.

그래도 문화제의 떠들썩한 분위기는 변함이 없다.

현역일 때는 문화제 실행위원으로서 후방에서 정신없이 일했으니까 순수한 손님으로 즐긴 기억은 흐릿하다. 특히 고2 때는 쓰러지기까지 했으니 더욱.

그런 나도 24살이 되었다.

지금은 취직해서 어떤 기업의 경영기획실의 일원으로 일하는 중이다.

업무 내용을 간단하게 말하자면, 사내 심부름꾼 겸 조율자. 그 업무의 폭은 다방면에 걸쳐있지만 주로 다양한 부서 사람이나 경영진과 엮이면서 회사 전체의 방향을 서포트한다. 우선 이직할 때 유리한 경력을 쌓기 좋은 영업직을 지망하며 채용 면접을 받았는데, 최종 임원 면접에서 지금 상사가 유독 마음에 들어 하더니 자기 부서로 잡아갔다.

『너 같은 타입은 중개자가 적합하니까 빨리 회사 사람들에게 얼굴 도장 찍고 내부를 활성화해줘.』

즉 회사원이 되고도 여전히 교두보 역할이란 소리다.

내 업무에 꽤 다양한 사람들이 고마워하니까 매일 바쁘면서도 보람은 느낀다.

아무튼, 집합 장소인 승강구 앞으로 가기 전에 나는 혼자 교사 뒤로 향했다.

여기만은 시간이 멈춘 것처럼 그 시절과 달라진 게 없다.

내가 아리사카 요루카에게 고백한 벚나무는 지금도 남아있었다.

가을이라 아름다운 꽃이 피어있진 않았다.

봄에 성대하게 개화한 인상이 너무 강렬해서 다른 계절에 보면 무심코 시들어버렸다고 착각해버릴 것 같다.

그렇다고 해도 일 년 내내 만개해 있으면 감사함도 사라진다.

긴 일 년 중 아주 잠깐만 피니까 특별하게 느껴진다.

눈을 감으면 언제든 만개한 벚꽃을 떠올릴 수 있다.

마지막으로 여기서 벚꽃을 본 건 졸업식 날이다.

졸업식을 마치고 요루카와 함께 나란히 올려다보며 고등학교 생활을 돌아보고 장래를 이야기했다.

잊으려 해도 잊을 수 없다.

모든 건 이 벚나무 아래에서 시작됐다.

이 장소에서 내가 고백하지 않았다면 또 다른 인생을 걸었겠지.

잠시 감상에 잠겨있었더니 문득 등 뒤에서 나를 부르는 목소리가 들렸다.

뒤를 돌아보자 그곳에는 잘 아는 얼굴이 있었다.

"아사키."

하세쿠라 아사키가 그곳에 서 있었다.

"등이 쓸쓸해 보이네. 내가 위로해줄까?"

"의사 선생님이 치료해주신다는 뜻이야?"

"원한다면 취향대로."

"아무리 그래도 진짜 의사 선생님에게 친구 할인을 요구하는 건 미안하니까 사양할게."

"저런, 아쉬워라."

염원을 이뤄서 의사가 된 아사키는 바쁜 나날을 보내고 있다. 이상과 현실 사이에서 자신의 기술과 경험을 연마하며 생명과 마주 보고 있다.

머리카락은 학창 시절보다 더 길게 자랐고, 더 지적인 얼굴이 되었다.

"아사키, 살 빠졌어? 밥은 잘 먹고 있는 거야?"

"걱정해줘서 고마워. 오늘은 당직 끝나고 일단 한숨 잔 뒤에 왔으니까 평소보다 쌩쌩해."

허세가 아니라 자연스럽게 말하는 그녀의 얼굴에는 충실감이 느껴졌다.

내가 아사키와 같이 집합 장소인 승강구로 이동하자 익숙한 얼굴들이 이미 모여있었다.

"키이 선배하고, 어, 아사 선배?!"

처음 입을 연 사유는 유독 놀란 목소리였다.

"뭐야, 우리가 같이 있는 게 그렇게 이상해?"

사유의 목소리에 살짝 수면 부족인 아사키는 못마땅한 표정을 지었다.

그 박력에 압도당한 사유는 그 이상 괜한 말을 하진 않았다.

"사유. 모자에 마스크에 선글라스라니, 감기라도 걸렸어?"

유키나미 사유는 얼핏 보면 그녀인 줄 알아볼 수 없는 차림새였다. 거의 변장에 가깝다.

"뿌우! 제 이름 꺼내지 마세요. 다른 사람에게 들키면 주변에 폐를 끼친다고요."

"완전히 유명해졌다니까. 출세 넘버 원."

유키나미 사유는 현재 유명 방송국 아나운서로 일하는

중이라 매일같이 TV에서 보고 있다.

사적으로 움직이는 연예인처럼 정체를 숨기는 게 완전히 익숙해졌다.

"젊은 층 인기라면 여기 그래픽 디자이너 선생님이 더 대단한걸요. 그쵸? 히나카 선배."

미야치는 트레이드 마크인 금발을 길렀다. 복장도 디자이너답게 패션 센스로 넘쳐났다.

대학을 졸업한 뒤 대형 디자인 사무소에 취직했고, 그곳에서 담당한 작품이 유명한 광고상을 수상.

원래도 학생 때부터 SNS에서 왕성하게 활동하며 팔로워가 잔뜩 있었는데, 지금은 명실공히 하늘을 찌를 듯한 기세로 대활약 중이다.

"미야치가 만든 포스터 봤어."

"스미스미, 고마워. 하지만 눈에 띈다는 의미에선 역시 나나무가 제일 아냐?"

아쉽게도 나나무라 류는 여기엔 없었다.

애초에 일본에도 없다.

그 녀석은 본인이 선언한 대로 정말 NBA 선수가 되었다.

고등학교 3학년, 마지막 여름에 아쉽게도 전국대회를 놓쳤지만 관동 대회에서 활약한 게 스카우트의 눈에 들어가 스포츠 추천으로 대학에 진학. 그곳에서 좋은 지도자를 만나 어어 하는 사이에 급성장을 이뤄 미국으로 떠났다.

외국인에게도 뒤지지 않는 피지컬과 골에 대한 집념으로

팀에서 두각을 드러내고 있다. 게다가 쾌활한 성격 덕분에 팀메이트와 지역 주민들에게 사랑받는 인기인이라나.

나도 나나무라네 팀 시합은 항상 확인한다.

"제가 고등학교 선후배라서 얼마 전에 나나무라 선배를 인터뷰했는데요, 그 선배는 진짜 변한 게 없어서 대화하기 무지 힘들었다니까요."

"그 뉴스 방송 봤어. 사유가 나나무라에게 상당히 놀림 당하는 게 재미있게 편집되었던데."

"웃을 일이 아니라고요! 모처럼 지적인 언니 캐릭터로 팔리고 있었는데 요즘은 예능 프로그램 일거리가 점점 늘어나질 않나."

"그만큼 재치있게 대답을 잘했다는 거잖아?"

내가 사유의 푸념을 달래주자 그녀도 내심 좋아하는 표정이 되었다.

"메이메이도 지금 해외에서 리코딩 중이라 못 온다고 속상해했어."

미야치와 카노는 지금도 사이가 좋다.

카노 미메이는 에이세이에서는 드물게도 대학에 가지 않고 졸업한 뒤 그대로 본격적인 프로 뮤지션으로서 활동했다. 아티스트 카노 미메이는 연달아 히트곡을 내놓았고, 음악 제작 의뢰가 끊임없이 들어오고 있다.

그런 카노의 앨범 아트워크는 지금도 미야치가 담당하고 있다.

새 앨범이 나올 때마다 보내주는데, 거기에 '링크스의 리더가'라는 멘트가 항상 첨부되어 있다.

우리의 질긴 인연은 지금도 변함이 없다.

"히나카, 하나비시는 오늘 일해?"

아사키는 가식적인 미소를 지으면서 미야치에게 질문했다.

"……아사키. 왜 또 나에게 물어보는 거야?"

본가가 병원인 하나비시도 의사가 되었다. 의사라는 직함을 손에 넣고 한층 더 여성 인기가 박차를 가할 줄 알았는데 그렇지도 않다는 모양이다.

전에 '세나, 나는 진심으로 어떤 사람을 사랑하는 건지도 몰라'라는 상담을 받고 이번에는 내가 등을 떠밀어준 뒤로는, 모든 여자에게 여지를 주듯 대하는 건 그만둔 모양이었다.

"하지만 가끔 하나비시와 술을 마시잖아?"

"서로 불규칙하니까 가끔 숨 돌리는 타이밍이 맞는 게 하나비시뿐이라 그래!"

내 질문에 미야치는 난감해하면서도 전 같은 거부반응은 흐릿해졌다.

"어라. 아리사카 씨는 아직 오지 않으신 건가요?"

그곳에는 우리의 담임, 칸자키 시즈루 선생님이 서 있었다.

에이의 조율로 여기서 선생님과 합류한 뒤 체육관으로 향할 예정이었다.

우리의 얼굴을 둘러보고는, 다들 변함이 없다는 사실에 만족한 듯 청초한 미소를 지었다.

"선생님, 아리사카 씨는……."

미야치가 나를 신경 쓰면서 슬쩍 지적했다.

"──. 그랬죠. 문제네요. 저만 옛날 그대로라니."

"오히려 선생님이 옛날과 전혀 달라지지 않으셔서 놀랐는데요."

"세나 씨, 빈말은 됐습니다."

선생님은 평소처럼 담담한 표정과 조용한 태도로 대응했다.

"아뇨, 진짜 진심이에요."

내가 고등학생일 때 배웠던 칸자키 선생님은 경악스러울 만큼 예전 모습 그대로였다.

이 자리에 있는 다들 평등하게 나이를 먹었는데 혼자 시간이 멈춘 것처럼 여전한 미모다. 오히려 우리가 어른이 된 만큼 칸자키 선생님이 그대로라는 점에 더욱 놀라움을 감출 수 없다.

어라. 시간 여행이라도 했나?

내 말에 여성진은 봇물이 터진 듯 비명 같은 감상을 질렀다.

"기억 속 선생님하고 하나도 달라지지 않았는데요."

아사키의 발언.

"왜 안 늙으신 거예요."

미야치의 발언.

"무슨 화장품 쓰세요? 다 가르쳐주세요!"

이건 사유.

여고생 시기를 지나 그녀들도 일하는 어른 여성이 되었다.

미용에 관심이 아주 열렬하다.

"체육관으로 먼저 이동할까요. 시간도 별로 없으니까 미용 이야기는 나중에."

반응하기 난감해하던 칸자키 선생님은 우선 우리 앞에 앞장섰다.

체육관에 도착하자 우리가 재학 중일 때와는 무대가 크게 바뀌어 있었다.

"와, 요즘 무대는 런웨이도 있군요."

"이것도 학생회장의 성과 중 하나입니다."

증설된 메인 무대는 위에서 보면 T자 모양을 하고 있다. 중앙에서 객석을 향해 런웨이가 뻗어 있다.

그 위에 서 있으면 단순히 눈에 띌 테고, 각 단체의 연출 폭도 넓어졌을 게 틀림없다.

"화려하게 하는구나."

"연극부나 경음악부, 그리고 아이돌 연구부 등이 잘 활용해서 성황이었죠."

오. 내가 도와줬을 때는 아이돌 동호회였는데, 어느새

부로 승격한 모양이다.

"왜 에이는 이렇게 눈에 띄는 장소를 늘린 거죠?"

"그건 직접 보시죠."

칸자키 선생님도 의미심장한 소릴 했다.

에이에게 아무리 물어봐도 당일에 직접 보는 걸 기대하라면서 자세한 내용은 가르쳐주지 않았다.

묘하게 들뜬 분위기인 체육관 내부는 거의 만석.

런웨이를 설치한 만큼 좌석 숫자는 우리 때보다 줄어들었다.

좌석은 외부 손님을 우선하고 학생들은 거의 스탠딩인데도 불구하고 많이 모여있었다.

감사하게도 학생회장의 권한 덕분에 사전이 우리 자리는 확보되어 있었다.

심지어 마침 내가 링크스로서 연주하던 때 선생님과 아리아 씨, 에이가 무대를 보던 장소였다. 굳이 같은 위치로 지정한 건 에이의 센스 있는 배치인 걸까.

한 명 한 명 좌석을 채우다 마지막으로 내가 앉자 한 자리가 비었다.

벽과 인접한 통로 자리라 언제든 나중에 와서 앉을 수 있다.

나는 고개를 뒤로 돌려 출입구를 보면서 그녀의 모습을 찾았다.

"요루카가 신경 쓰여?"

옆에 앉은 아사키가 꿰뚫어 보듯이 속삭였다.

"늦는 게 걱정되니까. 뭔가 문제라도 있었던 걸까."

연락을 넣어봤지만 답장이 없다.

"이제 어른이니까 괜찮겠지."

"그야 그렇지만, 이렇게 혼잡하면 요루카 혼자선 힘들 테니까……."

"엇갈리는 게 더 귀찮아. 게다가 오늘은 에이가 키스미에게 보여주고 싶어서 부른 거잖아."

아사키는 여전히 냉정하다.

곧바로 이벤트 시작 시각이 되자 입구에서 학생들이 우르르 들어왔다.

한번 체육관에서 나가면 놀아오는 것도 힘들 것 같다.

"무엇보다 요루카가 키스미를 못 보고 놓칠 리 없잖아."

아사키는 이제는 절친한 친구가 된 요루카를 잘 이해하고 있었다.

"아니, 하지만……."

그래도 불안하다.

나는 요루카만 걱정하는 게 아니었다.

"————, 가만히 있어도 내가 이렇게 하면."

아사키가 갑자기 내 무릎 위로 쓰러지듯 통로 쪽으로 몸을 내밀려고 했다.

"어, 아사키?!"

갑작스러운 접근에 나는 무심코 동요했다.

뇌리를 스치는 no 러브코미디 3원칙.

오랫동안 그런 걱정도 없었기에 완전히 방심했다.

이런 모습을 그녀가 보기라도 했다간──.

"잠깐 아사키. 내 남편에게 접근하면 용서하지 않을 거야."

돌아보자 요루카가 있었다.

"요루카의 모습이 보여서 손을 흔들려고 한 것뿐이야. 여전히 질투가 심한 건 애가 생겨도 변하질 않는구나."

"요루요루!" "요루 선배!"

요루카가 드디어 모습을 보이자 미야치와 사유가 기뻐했다.

"세나 씨──, 아니, 이 자리에 세나 씨가 **세 명**이나 있으니 불편하군요. 요루카 씨, 오랜만입니다. 미츠키도 잘 지냈나 보군요."

왼손 약지에서 결혼반지가 빛나는 요루카는 유모차를 밀며 내 옆으로 왔다.

세나 요루카. 지금은 내 아내다.

"칸자키 선생님, 오랜만입니다. 미츠키, 이분이 엄마랑 아빠의 선생님이야."

요루카는 유모차에서 소중한 딸, 미츠키를 안아 들었다.

그 모습은 소녀가 아니라 이미 어엿한 어머니였다.

"요루카, 어디 갔었어?"

"미츠키 기저귀를 가느라 여자 화장실에. 그 후에 사람이 잔뜩 줄을 서서 체육관에 들어오는 데 시간이 걸렸어."

아하. 기저귀를 갈고 유모차를 밀다 보면 스마트폰을 쉽게 건드릴 수 없으니 연락이 안 되는 것도 당연했다.

"그보다 키스미, 미츠키 좀 부탁해."

"그래. 미츠키, 엄마하고 학교 구경하니까 재밌었어?"

내 얼굴을 보자 딸 미츠키는 방긋 웃었다.

묵직한 생명의 무게와 온기에 나도 자연스럽게 얼굴이 풀어졌다.

사랑스러움이 멈추지 않는다.

어린아이는 귀여운 존재라고 생각하긴 했지만, 내 자식은 또 각별하다.

필사적인 수험 공부 끝에 나는 요루카와 같은 대학에 합격했다.

그 후 요루카와 즐거운 캠퍼스 라이프를 거쳐서 취직과 동시에 동거를 개시했다.

요루카의 부모님에게 맡겼던 혼인신고서를 받아와 관공서에 제출.

나와 요루카는 마침내 결혼했다.

여기까지는 요루카의 아버지가 예상한 그대로였지만, 그 후에 바로 미츠키가 생겼다.

양가 가족은 첫 손주 소식에 눈물을 흘릴 정도로 기뻐했는데 특히 에이가 오열해서 깜짝 놀랐다.

그렇게 우는 동생을 본 건 아기 때 이후 처음이다.

산달에 들어가자 요루카의 부모님도 미국에서 급히 귀국.

손주의 힘은 위대하다는 걸 느꼈다.

내가 손가락을 내밀자 자그마한 손이 꼭 붙잡았다.

"요루요루를 닮아서 미인이구나. 눈이 땡그래."

"나도 빨리 결혼하고 싶다!"

"미츠키, 많이 자랐군요."

미야치, 사유, 칸자키 선생님도 몸을 내밀어 미츠키의 얼굴을 바라보았다.

"기운이 넘쳐서 매일 휘둘린다니까요."

나와 요루카의 딸 이름은 아름다울 미에 달 월을 써서 미츠키.

요루카의 이름에서 느껴지는 밤(요루)의 이미지를 이어받으면서 내 이름인 키스미와도 연관성을 갖도록 '키스미'→'미츠키'라는 끝말잇기 형식으로 이었다.

게다가 나는 요루카와 처음으로 연락처를 교환했던 밤에도 '달이 아름답네요'라는 메시지를 보냈다. 요루카는 그걸 계속 기억해주었다.

미츠키가 태어난 날도 마침 보름달이 아름다운 밤이었다.

우리는 서로 사랑하는 연인에서 부부가, 그리고 부모가 되었다.

무대의 런웨이에 스포트라이트가 떨어지며 에이가 나타났다.

에이는 이쪽을 힐끔 보더니 우리가 온 걸 확인하자 득의양양한 미소를 지었다.

에이의 등장에 체육관 내에서 커다란 함성이 터졌다.

내 동생은 참 인기가 많은 모양이다.

"저기 봐, 에이야. 미츠키도 응원해주자."

내 무릎에 앉은 미츠키는 신기하다는 듯 무대를 바라보고 있었다.

"안녕하세요, 학생회장 세나 에이입니다. 여러분, 오늘은 이렇게 모여주셔서 감사합니다. 드디어 에이세이 고등학교의 문화제도 피날레입니다."

에이는 참으로 익숙하게 객석과의 대화를 즐기고 있었다.

"에이, 대단하구나. 나도 고등학생 때 저만큼 말재주가 좋았다면."

요루카가 살며시 귓속말했다.

"그럼 내가 나설 자리가 없어서 미츠키와도 못 만나는데?"

"그건 곤란해. 지금보다 행복한 나는 상상할 수 없는걸."

무대 위에서 에이는 이번 기획 설명에 들어갔다.

"이 에이세이 고등학교에서는 옛날부터 문화제 무대에서 공연이 끝난 타이밍에 고백하면 이뤄진다는 징크스가 전해지고 있습니다. 여러분도 다 아시죠?"

나와 요루카는 서로를 쳐다봤다.

뭐야. 지금은 그렇게 됐어?

설마 우리가 한 행동이 그런 식으로 후배들에게 전해지고 있을 줄은 상상도 못 했다.

"그거 사실 문화제 실행위원회에겐 꽤 민폐란 말이죠. 고백 때문에 쉬는 시간을 잡아먹으면 프로그램이 점점 밀리니까요."

장난기 어린 말투에 객석에서 웃음이 터졌다.

"하지만 이걸 다름 아닌 제가 부정할 수는 없습니다. 왜냐하면 그 무대 고백을 맨 처음 저지른 사람이 바로바로 제 오빠이기 때문이죠! 심지어 정확하게는 고백이 아니라 청혼!"

에이가 털어놓자 객석이 술렁거렸다.

나 혼자 에이가 드디어 남들 앞에서 '오빠'라고 불러준 사실에 홀로 알 수 없는 감동을 받고 있었다.

"축하해, 키스미."

내 아내는 그 은밀한 성취감을 제대로 눈치채주었다.

"정말 오래 걸렸어."

"에이가 학생회장이라니 신기한 기분이야."

"심지어 딸과 함께 보고 있다니."

한때 나와 요루카는 무대 위에 있었다.

지금은 객석에서 가족 셋이 무대를 올려다보고 있다.

그 변화가 겸연쩍으면서도 기뻐서, 어쩐지 웃어버리고 싶다.

에이의 연설은 계속됐다.

"그래서 여기 계신 여러분에게는 특별히 오빠와 그 여자 친구가 어떻게 되었는지 알려드리려고 합니다."

여기저기에서 듣고 싶다는 외침이 터졌다.

이쯤 되면 에이의 독무대 상태. 회장을 완벽히 장악하고 있었다.

"오빠는 이 무대에서 청혼한 여자친구와 결혼했습니다!"

능청스러운 누군가가 '축하해요!'라고 외치자 그대로 성대한 박수가 퍼졌다.

"심지어 자식까지 태어났습니다! 이름은 미츠키라고 해요. 제 조카인데, 너무너무 귀여운 거 있죠! 사랑해~~ 미츠키!"

내 동생은 모범을 보이듯 무대 위에서 갑자기 사랑을 외쳤다.

야, 학생회장.

록스타처럼 체육관을 뒤흔드는 듯한 무대 위 고백.

아, 내 청혼도 객석에서 보면 이런 느낌이었구나.

내 딸은 그걸 아는 건지 까르륵 기뻐했다.

"자, 이런 느낌으로 다양하게 고백하고 싶은 사람들을 모아 고백 자체를 이벤트로 만들자는 생각에 올해의 피날레 기획, '런웨이에서 사랑을 외쳐라'를 만들었습니다. 이러면 스케줄대로 진행할 수도 있고 재미있죠?"

완전히 달아오른 체육관이 고백하는 사람의 등을 떠밀

어주듯, 웃음이 나올 만큼 분위기가 고조되었다.

이런 축제 무드라면 설령 고백에 실패해도 후련하게 끝낼 수 있겠지.

"여태까지 몇 번이나 말씀드렸지만 만약을 위한 주의사항입니다. 이건 진지한 고백이니까, 이 자리에서도 나중에도 주변 사람들이 웃거나 놀리거나 하는 건 절대 금지. 용기를 낸 사람을 다 함께 응원해줍시다. 그리고 대답하는 사람도 솔직하게 답해주세요. 분위기 같은 건 무시하고 본인의 마음에 솔직하게 갑시다. 성공하면 행복하시길. 실패해도 서로 원망하지 않기. 확실하게 결판을 내고 개운하게 문화제를 마치자고요."

사전에 누우이 주지시킨 모양이었다.

에이의 부탁에 객석에서 '네!'하고 예의 바른 반응이 돌아왔다.

용기 있는 도전은 모두 칭송받아야 한다. 아무도 자신의 고백에 후회하길 바라지 않는다.

"따라서 고백을 받으면 바로 대답! 기다리는 쪽은 정말로 괴롭거든요."

에이는 그렇게 덧붙이며 귀엽게 윙크를 날렸다.

"요루카, 그렇대."

"처음에만 그랬잖아!"

우리 부부에게는 우스갯소리지만 초등학생이었던 에이에게는 고백하고 대답을 기다리는 내 모습이 어지간히 기억에 깊게 새겨진 모양이었다.

체육관이 조용해지길 기다렸다가 에이가 마지막으로 말했다.

"이건 저 세나 에이의 소중한 스승님이 해주신 말씀이기도 합니다. 좋아한다면 반드시 말해. 이벤트든 미신이든 용기를 낼 계기가 된다면 뭐든 괜찮아. 말하지 않고 후회하기 보다는 전력을 다해 사랑을 외치자. 어쩌면 상대방도 나를 좋아할지도 모르잖아!"

살다 보면 말하지 않고 넣어두는 소중한 감정이 얼마나 있을까.

우리는 쑥스러움이 많고 어설프다.

자신의 마음에 솔직해지는 걸 힘들어하고, 그걸 말로 전달하는 건 정말 어려워한다.

상처받는 게 무서워서, 용기가 나지 않아서 혼자서 포기해 버린다.

그래도 마음을 전하는 건 절대 헛수고가 아니다.

어제보다 한 걸음 더 앞으로 나아갈 수 있으니까.

사람과 사람이 인연을 맺어서 새로운 미래를 개척할 때가 있다.

한 명이 두 명이 되면, 현실도 뛰어넘을 수 있을지도 모른다.

커뮤니케이션은 그 첫걸음이다.

"키스미의 행동이 이런 식으로 미래까지 이어지다니 감

동적이야."

"그래. 그 시절엔 상상도 못 했어."

"네가 사랑을 외쳐준 덕분에 우리는 같이 있을 수 있었고, 이 아이가 태어나서 이번에는 모르는 누군가의 등을 밀어주고 있어."

요루카의 말에 고개를 끄덕였다.

그건 정말로 근사한 일이다.

무대와 이어진 런웨이에 첫 번째 타자인 남학생이 섰다.

저건 과거의 나다.

너에게 고백해서 내 인생은 바뀌었다.

부디 그들에게도 행복한 미래를.

소년은 좋아하는 소녀의 이름을 부르고, 심플하게 이렇게 말했다.

"좋아해. 나와 사귀어줘."

사랑은 순환하고, 또 서로를 사랑하는 연인이 탄생했다.

『다른 사람과 하는 러브코미디는 용서하지 않을 거니까』

完

후기

처음 뵙겠습니다, 또는 오랜만입니다. 하바 라쿠토입니다. 『다른 사람과 하는 러브코미디는 용서하지 않을 거니까』 6권을 읽어주셔서 감사합니다.

드디어 마지막 권입니다.

문화제의 공개 청혼을 거쳐 연인으로서 즐거운 나날을 보내는 키스미와 요루카.

하지면 현실은 두 사람의 사랑을 시험합니다.

요루카의 부모님이 미국으로 이사하자고 제안하는 바람에 최대의 위기를 맞습니다. 부모님의 사랑에 지지 않을 만큼 키스미와 요루카의 사랑 또한 인생을 건 감정.

다른 사람으로는 대신할 수 없다. 서로에게 그런 특별한 상대라는 걸 증명한 둘은 오래오래 행복하게 살았습니다.

완전무결한 해피엔딩. 꽉 닫힌 대단원. 기대 이상의 결말.

와타러브 고등학생편, 이로써 우선 막을 내립니다.

캐릭터들의 인생의 일단락을 이렇게 만족스러운 형태로 보여드릴 수 있었던 건 오로지 독자 여러분의 응원 덕분입니다.

진심으로 감사드립니다.

시리즈를 길게 이어갈 수 있었기 때문에 작품이 성장했

고, 작가가 집필 초기에 예상했던 걸 아득히 넘어선 내용으로 세상에 내보낼 수 있었습니다.

작중에서 성장하는 캐릭터들을 쓸 수 있는 건 저에게 정말 즐거운 시간이었습니다.

특히 4권 이후로는 제 머리로 생각해서 쓴다기보다는 키스미와 요루카가 이야기하는 말을 원고로 정리하는 듯한 상태였습니다.

둘 다 놀라울 만큼 곧은 연애를 하고 있고, 그 사춘기 특유의 눈이 부실 만큼 한결같이 상대방을 위하는 모습에 감동마저 느꼈습니다.

또 스토리를 꾸며준 다른 히로인들의 실연도 쓰면서 안타까웠습니다.

작가로서는 다들 각자의 해피엔딩을 마련해주고 싶었습니다.

지금부터 써도 된다고 하시면 여유롭게 전원 모두 쓸 수 있습니다.

그 정도로 다른 히로인들에게 느끼는 애착도 강합니다.

다만 이 작품은 요루카 같은 히로인을 쓰고 싶다는 열정에서 기획을 시작했습니다.

남자의 이상을 꾹꾹 담은 히로인이지만, 특히 중요했던 게 '어떤 때라도 절대 떨어지지 않는 여자'라는 파트너로서의 존재 방식입니다.

작중에서 반복해서 나오는 대로 현실에서는 학창 시절

의 애인과 끝까지 함께하는 건 무척 드뭅니다.

거의 모든 사랑이 이윽고 추억이 됩니다.

와타러브를 쓰면서 내내 담당 편집자님과 '현실에선 이렇잖아'라는 반론을 어떻게 극복할지에 대해 이야기했습니다.

안이한 편의주의나 유행에 편승했을 뿐인 전형적인 전개로 나간다면 이렇게 시리즈가 오래 이어지진 않았겠죠.

개인적으로는 5권에서 키스미가 주인공으로서 인간적으로 성장했기 때문에 6권의 중심인, 누군가의 잘못이 아닌 상황을 타개할 수 있었다고 봅니다.

분명 요루카 혼자서는 부모님을 설득하지 못했겠죠.

키스미와 함께 있었기에 현실에 저항할 수 있었습니다.

두 사람은 학창 시절의 추억이 되지 않고, 앞으로도 함께 살아갑니다.

그런 청춘의 무구한 소원을 이뤄주는 아름다운 작품이 되었습니다.

와타러브를 쓰길 정말 잘했습니다.

그리고 여러분의 추억 속에 남는 이야기가 되었다면 작가로서 더없는 행복입니다.

여기서부터는 감사 인사와 공지입니다.

담당 편집자 아난 님. 우선은 무사히 시리즈를 끝까지 다 써서 한숨 돌렸습니다. 앞으로도 계속해서 잘 부탁드립니다.

일러스트를 담당하신 이코모치 님. 새 일러스트를 받을

때마다 항상 감동적으로 기쁘고 최고로 즐거운 시간이었습니다. 멋진 일러스트를 그려주셔서 정말로 감사합니다.

이 작품의 출판에 조력해주신 관계자 여러분, 가족과 친구와 지인, 항상 감사합니다.

마지막으로 공지 두 개.

① 전자서적으로 와타러브의 단편집이 나올 예정입니다.

끝났지만 사실은 아직 끝나지 않았습니다. 전격 노벨코믹에서 연재했던 1학년 편과 라노스포(주식회사 KADOKAWA에서 개최한 라이트노벨 이벤트 'KADOKAWA 라이트노벨 EXPO 2020)의 공식 기념북에 실린 단편, 신규 원고가 수록될 예정입니다. 본편 내용을 보완하고 더 깊이 음미할 수 있는 주옥같은 에피소드 등 와타러브 독자 여러분께서 꼭 읽어보실 만한 책이니까 기대해주세요.

② 전격 문고에서 새 시리즈를 준비 중입니다.

차기작은 담임과 학생이 만들어가는 학원 청춘물! 독특한 관계성으로 마음을 흔들어 놓는 스토리는 2023년에 보여드릴 수 있을 겁니다. 부디 새 시리즈도 와타러브처럼 응원해주세요.

최신 정보는 제 Twitter(@habarakuto)에서 하나하나 알려드리고 있으니 팔로해주시면 좋겠습니다.

그럼 하바 라쿠토였습니다. 또 다음 작품에서 만나요.

BGM : 우타다 히카루 『당신』

WATASHI IGAI TONO LOVE COMEDY WA YURUSANAINDAKARANE Vol.6
©Rakuto Haba 2022
Edited by 전격 문고
First published in Japan in 2022 by KADOKAWA CORPORATION, Tokyo.
Korean translation rights arranged with KADOKAWA CORPORATION, Tokyo
through Korea Copyright Center Inc.

다른 사람과 하는 러브코미디는 용서하지 않을 거니까 6

2024년 2월 15일 1판 1쇄 발행

저   자 하바 라쿠토
일 러 스 트 이코모치
옮 긴 이 현노을
발 행 인 유재옥
총 괄 이 사 조병권
출판본부장 박광운
담 당 편 집 박치우
편 집 1 팀 박광운 최서영
편 집 2 팀 정영길 조찬희 박치우 정지원
편 집 3 팀 오준영 이해빈 이소의
디자인랩팀 김보라 박민솔
디지털사업팀 박상섭 김지연 윤희진
라이츠사업팀 김정미 맹미영 이윤서
영업마케팅팀 최원석 박수진
물 류 팀 허석용 백철기
경영지원팀 최정연
인쇄제작처 ㈜코리아피엔피
발 행 처 ㈜소미미디어
등   록 제2015-000008호
주   소 서울시 마포구 토정로222, 403호 (신수동, 한국출판콘텐츠센터)
판매 및 마케팅 (070) 8822-2301

ISBN 979-11-384-8209-7 (04830)
ISBN 979-11-6611-864-7 (세트)